花的圆舞曲

〔日〕川端康成 著
叶渭渠 唐月梅 译

南海出版公司

新经典文化股份有限公司
www.readinglife.com
出　品

目录

当父亲的故事

总之，万里子时刻不离地把我的照片带在身上，这是毫无疑问的。即使在漂泊的旅途中也是如此。

据说，从大阪到四国的船上，她把这张照片向全团的舞女们公开了。

“这是母亲弥留之际给我的一张照片，并说这就是你的父亲。他理应在东京，你长大后去投靠他吧。”

这个滑稽歌舞团忙完了浅草的演出之后，已经在农村巡回演出了半年。在三等船舱里，彼此把并不稀奇的身世又重复了一遍，看样子是想伤心一番。这张照片，也许万里子已经让舞女们看过多次了吧。说不定她把照片装饰在后台的化妆镜前呢。

可是，作为全团的红角、从大阪就开始受到器重的歌手露伊子一眼看到这张照片，就说：

“哟，这是你父亲，万里子可了不得呀。真的，S 演艺公司老板的长相同这张照片一模一样。假使通报与他是父女关系，你就没有必要这样到处去巡回演出啦。我替你给那老板写封信。”

我接到从四国发来的信，说是发现了我的女儿。

我好歹把旅费寄去了。露伊子大概是出于职业的特性，觉得讨我高兴对她也会有好处吧，特地把万里子给我带到东京来。

看了万里子所持的照片，觉得确实是我的照片。可是我从年轻的时候起就辛苦地干着演出这行当，有时候率领一些形迹可疑的剧团过着候鸟般的生活。对于这样一个到处奔走谋生的我来说，在何时何地照的照片，怎么也回想不起来，给这张照片的女人自然更没有记忆了。自己同巡回演出的演员在一起，也对女人干过许多胡闹的事，因此通报说有个女儿出现，也是不足为奇的事。退一步说，我连给女人一张名片也感到害羞，很少做让女人纠缠不休的蠢事，却只是像中学生那样送点照片而已，那也有可能与她相好到了有孩子的程度。

万里子说她出生于静冈。

“提起静冈，我还记得。”我决定对电影公司的朋友说，万里子是我的私生女，请公司雇用她。

如你所知，我与现在的妻子生了三个孩子，长期过着平凡的生活。年轻时，在社会上也走过歪门邪道，历经人世的艰辛，可一旦过上平静安稳的生活，反而觉得难过，净留恋昔日的生活。作为当年生活纪念的万里子出现，不知怎的，竟让我感到高兴，仿佛自己重返年轻时代了。可是，约莫过了一个月，电影制片厂的人来了，他说：

“你说她二十一岁对吧？”

“在我的记忆里，大概是那么大吧。”

“可是，经仔细调查，似乎是二十六岁。”

“如果说是二十六年前，那时我还在东京上中学，是个老实的学生。”

我漫不经心地刚要脱口说出，却又把它咽了回去，若无其事地说：

“是我记错了。可能是我上中学的时候吧。已经二十五六年了。”

“可是，电影制片厂里有个男人住在静冈，说认识她的父亲和母亲，说她父亲是个渔夫，四五年前死得很凄惨。母亲年轻时当过小饭馆的女佣，那时候两人生下了她这个私生女。”

“不可能是这样。”

我虽然蒙骗了电影制片厂的人，可是经他那么一说，我隐约想起，那个饭馆的女佣是带着一个五六岁的女孩子。那个女孩就是万里子吗？当时我名义上是属于团里的编剧，其实如同演员的勤杂工。

但是，万里子的母亲为什么在弥留之际给女儿留下遗言，说我是她女儿的父亲呢？

我打算下次即使遇见万里子，也什么都不说。谁知道万里子却忽然痛哭起来，抽噎着说：

“我知道我真正的父亲是谁。母亲过世后，我把她给我留下的照片让人家看，说这是我的父亲时，都遭到附近人们的耻笑。他们说：你的父亲是个叫源八的渔夫。我为此悲伤极了，就跑到东京来了。十四岁的时候，我还是认定这张照片上的人才是我真正的父亲，我是不知不觉间这样认定的。我想总有一天会见面的，看看照片，是我唯一的安慰。请您原谅我母亲吧。我深深知道母亲是多么爱您啊。因为她临死时对唯一的女儿留下遗言说：这是你的父亲，你去投靠他吧。于是我……”

我十分明白她想说什么。就是说，万里子从她母亲那里拿到照片的时候，就开始对我感到不可思议的爱。她就是在那个时候继承了她母亲对我的心情。如果说我坦诚地把这位母亲和女儿的谎言当作真实来接受，以此回报她们两个人对我的爱，算不算我的自私呢？

维护贞节的看家狗

一

这天夜里，丈夫满脸不高兴的样子，急匆匆地穿上外套，连手套都忘了戴就走了，已是春暖时节。

丈夫走后，昌枝无精打采地离开了门口，她打开中院的木门，扬声喊道：

“四六,四六。”

四六从狗窝里蹦出来，猛然跳到昌枝怀里。她好像被这只狼狗的重量推倒似的，摇晃几下，险些倒在竹篱笆上。狗对主人身体的纤弱颇感惊讶，再也不扑上去了，它只把脸贴近昌枝的衣服下摆，仿佛要领会主人的心思。尽管如此，看见昌枝茫然站立的姿影时，四六轻轻地摇着尾巴，仿佛邀请她似的走进了正门。它端坐在进门放鞋的地方等候着。

“行了，今晚四六也不用擦脚了。”昌枝说着，先踏上了房间。可是，四六依然一动也不动。因为它每晚已经习惯在这里擦脚，然后走进昌枝与丈夫的卧室。

“不用了，四六。”昌枝说着，抓住狗的项圈，把它拽上了房间。

“爱干净的爸爸已经不在了。没有爸爸的家里，就让四六的脚弄得泥泞不堪，让蜘蛛到处张网吧。”

四六一个劲地哼鼻子，嗅着走廊的气味。

“你怎么啦？哦，还有爸爸的气味吧。在这个家里，爸爸的气味已经变得稀罕了呀。刚才他来过又走了。”

昌枝的话音刚落，四六就衔着东西来了。

“哎呀，手套，是爸爸的，是新的呀，春天用的。”

狗想把手套交给昌枝。这准是新情人给他买的春天用的手套。

“这、这种东西，你把它还给爸爸吧。”昌枝说着，一股寒战从脚跟爬了上来。然而四六却把手套衔到寝室里来。丈夫和情妇戏耍的幕幕幻影，从手套里挣脱出来。她觉得手套渐渐成了活生生的东西。昌枝用疯狂般的眼神凝视着狗的眼睛，一边将手套蹭着狗的鼻子，一边用手掌拍了拍狗的脑袋，说：

“四六，快去吧。”

二

当昌枝在床铺上想象着狗衔着血淋淋的手套，在人们熟睡后夜深人静的大街上跑，然后闯入房间把女人咬死的情景时，四六已经从她的床铺跑到相距两千多米远的公寓的庭院里，狂吠起来。

二楼的一扇玻璃窗打开了。

“四六，那不是四六吗？”

四六用嘴把手套衔起来，爬上了樱花树干。在春天的月色下，花儿无声无息地洒落在屋顶上。狗从樱树上蹦到屋顶上，然后在瓦上向那扇窗爬去。昌枝的丈夫村井乘坐出租车回来，刚把西服外衣脱下来。

四六从屋顶跃入窗内。

“哟，狗，好可怕！”身穿红色睡衣的女人说着紧紧抱住村井。这当儿，血从她的脖颈往下淌，睡衣被咬破，肩膀露了出来。

“混蛋，放开！”村井说着把女人摔在一旁，抱住正要向倒在地上的女人扑上去的四六的脖子，与狗一起倒在地上，他用双脚夹住四六的肚子。

“走开，离我远点！如果接近我，哪怕一根指头碰到我，它都认为是主人的敌人，准咬你的咽喉。它就是这样训练出来的。”

女人哆哆嗦嗦地爬出去，好不容易才爬到了走廊上。

“夫、夫人指使狗……”

“住嘴。”

村井骂了女人一声，冲着怒视走廊吼叫的狗说：

“四六，好了。四六，算了。”

三

村井和昌枝由于金钱上的事，不得不时时相会。

但是这种时候，他们不在本是夫妇的家里，宁可到众目睽睽的大街上的茶馆里。这样彼此谈话没有阴影，可以随便些。临分手时，昌枝说了声“再见”。

话音刚落，回过头来，只见四六似乎在困惑，它不知在她与村井之间尾随谁才好，在马路当中徘徊。昌枝被它打动，终于躲进小巷里。四六追随在丈夫身后走了。

由于有过这种情况，所以四六把村井的情妇舞女的公寓记住了。

只要让它嗅一下带有牛肉味的包袱皮，它就会去肉铺；只要把带着菜味的包袱皮挂在它的脖子上，就能使唤它去蔬菜店。比如让它衔上丈夫的手套，它就会马上跑到舞女的公寓，而后回来。她生病之后，它甚至会去医生那里把药取回来。

昌枝给以安慰她的神情望着她的女佣放假了。在没有丈夫的家里，也打不起精神来正规地做三顿饭了。大概是因为这个缘故，才引起胃痉挛病倒的吧。

从打开寝室的房门开始，四六就在床铺下面冲着医生哼哼。

“四六，不要哼哼了。”

然而，当医生要给昌枝号脉，握住她的手腕时，狗就跳了出来，扑将过去。

“四六，他是医生呀！”昌枝说着从床上下来，一直追着医生，直到门口。她把狗关在门外。

“真是条护身的好狗啊！”医生说着，露出几分挖苦的笑容，接着又说，“有道理。这样一来，即使一个人也……”

“有一回，我和丈夫跳交际舞的时候，它大概以为我们在吵架吧，就冲着我们吼叫。”

“哟，那么您丈夫也就放心了。”

医生走后，昌枝终于明白了这句话的意思。

“四六是我的贞操带，原来是维护贞节的看家狗的意思呀。再怎么长期分居，做丈夫的也可以放心。床铺底下的猛犬看守着我的贞节呢。”

这自言自语徒然的回响，使昌枝想起了从前的恋人。能够上她床铺的，除了丈夫之外，就是他一人。为什么呢？因为四六是她从他那里要来的。四六这个名字也是这个昔日恋人的纪念品。四月六日是他们相恋的纪念日，这点丈夫是不知道的。

昌枝在手帕上洒了些香水，让四六嗅了嗅。

她打做姑娘的时候起就使用这种香水。四六还是狗崽的时候，就凭着这种香水的气味，充当了他们的情书传递员。只要在信上洒上那么一滴香水，四六就会在他与恋人之间穿梭。

四

昌枝认为她给昔日情人通电话让他前来，是因为医生的挖苦刺激所致。

她敞开中院的木门等候着他。果然，没等昌枝听见昔日情人的脚步声，四六就跑到门扉处，摇着尾巴。它猛地扑在他怀里，在他的四周转圈、跳跃，还舔了他的脸。

“四六，哎呀四六，你还记得呀，真是的。”昌枝说着，一边跑了出来，一边感受到狗与老主人重逢的喜悦。她觉得她与昔日恋人的重逢，也明朗地受到了感染。她几乎落泪地笑了。

“当然记得。对不，四六。”恋人边抱着狗边说，“狗是不会忘记爱的呀。狗中是没有叛徒的。只要四六在你的身边，我想你定会想起我的，四年了。”

“真是四年了。”昌枝觉得把恋人请到家里来，就像做了一场梦。

使他们两人消除这四年岁月的隔阂，此时此刻这样坦诚地成为恋人的，就是四六。两人抚摩着狗的脑袋，时而用脸贴紧狗的脸，交换着彼此爱恋的话语。四六生龙活虎般不断地摇摆尾巴，听着他们爱恋的话儿。

可是，在恋人刚要把昌枝搂在自己怀里的当儿，四六就发出可怕的吼声，同时咬住了他的脊背。四六的牙齿咬住他西服的碎片，他猛然后退了几步，脸色倏地刷白了。

“四六，是我呀。是我呀！”

但是，四六就像捍卫昌枝的身体似的在她跟前低下前足，一边盯着他，一边凶猛地继续吼叫。

昌枝蓦地从梦中清醒过来。她寻思：相隔四年的岁月再看看他，他是个多么没有风趣的男人啊！

“你跟四六说点什么嘛，别总是默默地望着它。”

“四六。”

狗明白这呼声中包含的她的心。它以迅猛之势向他扑过去。男人仿佛被一阵风刮走了似的，逃到门外，门扉砰的一声关上了。

昌枝从门上方把男人的鞋抛了出去。

“四六是我的良心。”

于是，她把狗抱了起来，说：

“四六，谢谢你，谢谢啊。唉，我差点很危险啊。”她仿佛阔别了许久，再次清爽地吸收到生活的活力。不过，她又在手帕上洒了香水，说：

“可话又说回来，他是你的老主人呀。那样做就够了。你赶紧追上去，向他道歉吧。这是他的气味，喏。”

然而，昌枝站在门口，只见衔着手帕的四六不是向旧恋人逃走的方向跑去，而是向她丈夫所住的公寓那个方向一溜烟似的跑去了。

“哟，是这样吗？那香水，我的气味已经成了丈夫的气味了呀……四六，等一等。”她说着，紧追在狗后头，向丈夫所在的方向跑去，一边大口大口地往心中吸入春夜的温暖。

父亲的十年

一

让治对秋子保密，他是为了请求秋子的父亲同意让他与秋子结婚才外出旅行的。如果与她商量，她不仅肯定认为没有必要去，而且还会反对他去。

“我十三岁就脱离了父亲，历经千辛万苦，靠自力更生活了下来，结婚的事理应不用借助谁的力量啊。”她用又像自嘲又像自怜的口吻说。这是秋子平日常说的话儿。

“什么允许不允许女儿结婚的，只有像为人父母的样子、养育女儿的父母才有资格说这种话。抛弃女儿简直就像抛弃一条狗崽子。一旦女儿要结婚，这才想起来似的，说什么父亲的权利，太滑稽了嘛。”

但是，让治觉得正因为秋子是酒吧间的女人，所以反而想举行不像酒吧间女人的结婚仪式。年轻姑娘即使随意结婚，谁都不会前来表示不满意，这是一种证据，证明她境遇的阴郁和不幸。因此，按社会一般办事的程序，首先得征求她父亲的同意才结婚，这是她走向光明大道的证据。况且，如果以这结婚为机缘，能使长期以来不通音信的父女再次重归于好的话，也可以使秋子荒芜了的心获得一点慰藉吧。再说，父亲连女儿结婚都不知道，总是一件伤心的事。让治正是因为爱秋子，才把这种爱扩展到尚未见过面的她父亲那儿去。他觉得不能不设身处地为这位父亲着想。

让治陶醉在这趟旅行的美妙心情中，晚上在火车里也不能成眠。第二天早晨抵达了村子，这里曾是繁荣的马市，当年的面影如今已荡然无存，留下一片默默无声的静寂。秋子的父亲是小学校的勤杂工，看来已年过花甲。他身穿一件可能已经穿了二十年的旧竖领衣服，双膝并齐地跪坐着，真是个耿直的老人。让治无法从这样一个老实的老人联想到都会酒吧间的女儿。这个勤杂工连对旅馆的女佣都郑重地点头施礼。但他只“是、是”地不时回应让治的话，又垂下头，对菜肴连筷子也不沾一下。那副模样令人觉得他仿佛在想，只要吃上一口宴请，就难以拒绝这门亲事似的。让治对他这种不明朗的态度十分焦灼。

“其实，我瞒着秋子，独自决定上门来提亲。尽管秋子说过，结婚也可以不必告诉父亲。”让治不容分辩地说。

言外之意是，如果你不答应，我们两人也可以随时结婚。事到如今，谅你也不会拒绝，对女儿说声“我讨厌这门亲事”。

“只要秋子说愿意跟你，”勤杂工终于开口了，内心十分痛苦似的，话语断断续续，“作为我来说，应该和女儿一起施礼请求你才是。”

“我已经与秋子完全约好了。”

“她本人怎么说的呢？先让她来信告诉我，然后……”

这也许是一时逃遁的借口。不过话又说回来，一个不曾见过面的学生，忽然登门造访，说已经跟女儿相约好要结婚，他无法相信也是在理的。让治为了证明他们确实相约好要结婚，作为证据，带来了秋子给他写的情书，以及两人的合影。

让治出示了一对情侣依偎在一张长椅上的照片，为了掩饰不好意思的心情，他大声地说：

“她长得好大了吧。”说罢满脸通红。

“是的。”老人喃喃地应了一声，话刚落音，只见老人脸颊上热泪潸潸，他凝视着女儿的照片羞愧地垂下头来。勤杂工似乎已经忘却让治在身旁，内心洋溢着一股仿佛面对着女儿的和蔼与慈祥。按说看到女儿同别的男人依偎的照片难免要恼火，可是这个父亲似乎没有看见那个男人，只是觉得女儿在遥远的地方已经长得那么大，那么标致，由衷地高兴，流露出了父爱的心。让治感到方才那股仿佛要强迫对方嫁女儿的心情顿时受挫，感到那种父爱充满了身心。这两人就凭着一颗正直的心，谈话进行得很顺利，事情完满结束了。让治心想，秋子不知该有多么高兴。第二天，让治返回了东京。

“你去父亲那儿了？”

“是的，去了。”

秋子仿佛用刀砍断他的话头似的，说：“谁求你去了？没有一点自尊心！”

秋子感到很委屈，蓦地走到另一张桌上的客人那里去了。

她的态度马上变得十分冷淡。让治即使到酒吧间来，她故意瞧也不瞧他一眼。

好强的她大概觉得让人家看见了这样凄惨的父亲，大大地伤害了自己的虚荣心吧。或许是她父亲忠告过她“同那样年轻的学生结婚是危险的”，或者她和她父亲之间有什么秘密，特别憎恨她的父亲的缘故吧。

总之，让治只因为去请秋子的父亲许可他们结婚，就完全失去了她。

二

此后过了十年。

让治平凡地结了婚，并且已经有了两个上幼稚园的孩子。

秋子也结过两三次婚。第一次婚姻失败后，还在酒吧间工作。第二次婚姻破裂后，又到别家店干活儿，重复着这种职业的女人常有的浮沉，不觉间已近而立之年，她有三个不同父亲的孩子。她的这些男人，没有一个像让治这样具有孩子般的正义感，上门向她父亲提亲。秋子这种浮萍般漂泊不定的生活，让治也不时有所听闻。

于是有一天，秋子的父亲忽然带着秋子造访让治家。两人有所顾忌，在他家门前来回走过五六回，都没有踏进他的家门。

“我只想代女儿来说一声道歉的话，我硬拽着不愿意来的女儿来了。”老人站在门口，多次低下头来，轻易不迈进这个门坎。

“这十年来，我一直在想：如果女儿与你结婚，就可以过上幸福的生活。”老人的声音微微地颤抖。

“爸爸。”秋子说着，也寂寞地莞尔一笑，“他已经完全老糊涂了。我想至少在他腰腿还能站得直的时候，让他看看东京，所以就把他请来了。他看见和我一起到车站迎接他的丈夫，就固执己见地说：这个人是谁？我不认识他。我不记得曾让这个人与你结婚。我只许过把你嫁给一个叫让治的人。他还是旧时的脾气，很顽固，真没办法。他说，‘我哪怕拽着也要把你拽到这里来道歉’，所以我就来了。事到如今，还有什么情理前来造访呢。”

秋子在和服外面罩上了件黑色短外褂，她的着装也像个母亲，蛮朴素的，当年酒吧女的面影已经荡然无存，却看到因操持家务而面容憔悴的沉着与文静。她父亲已是白发稀疏，清晰地显出在贫苦生活中一步步迈向死期的那种衰颓相。让治看到这种情况，那股对背叛者的愤怒和埋怨顿时消失了，抚触到痛苦生活的人们的那份同情，深深地逼上了心头。他硬把他们两人请进了书斋。

在恬静地叙旧的过程中，秋子出乎意料地忽然低下头来。

“让治，实在对不起。”

她说着蓦地把脸落在父亲的肩上，边哭泣边说：

“打那以后，我好几年好几年，不知多么盼望着有个机会向你表示歉意，哪怕是三言两语。所以当父亲严厉地说要带我来道歉时，我口头上虽然表示不愿意来，可内心不知多么庆幸啊，能这样斥责我的，只有父亲啊。父亲这份情与爱，使我禁不住哭了出来。”

“不！”

让治觉得自己的眼帘里也发热了。他说：

“真诚地欢迎你们来啊！我觉得内心多少年来的阴影仿佛都烟消云散了。”

“假如我与让治生活在一起，恐怕是最最幸福的了。我经常这样后悔、痛哭。只有你一个人主动到那么老远的父亲那边，去求他答应这门亲事。无论如何也无法把你忘掉啊。那时候我心神浮动，丝毫也不懂得人心的真实是多么珍贵啊。只顾一味发脾气，逞强叛逆。”

“女儿有这种表现，也是因为做父亲的我没有能耐呀！”父亲说着，垂下了布满皱纹的脸，“我代表女儿……”他说着又双手扶地，低头致歉。

让治像是要岔开这悲伤气氛似的，说：

“在东京，是不是已经参观过了？”

“最重要的，首先是到你这里来啊。”

"那么，您就作为有老交情的女友的父亲，让我陪同您参观两三天吧。"

秋子惊讶地望了望让治，那哭湿了的眼睛里洋溢着明朗的喜悦。

事到如今，虽然已经无法挽回，但三人的心彼此相通，是暖乎乎的。十年前让治到秋子父亲的家乡去，毕竟没有白去。

住十天浅草的女人

一

听说莉拉子每天将寄到后台来的好几封情书带回到酒吧间来，一躺在床上，就疯狂般地用高亢的声音读给女招待们听。

据说有个公司职员供她上女校。另一个男人从她的家乡把她的母亲和弟弟接来供养。还有一个自称是某私立大学男学生的说她口头答应和他结婚，不到五个钟头，他就把她的名字刺到了他的粗胳膊上，而后折回了酒吧间。但是，那时候莉拉子已经约好去内藤那儿了。这就是说，在五个小时之间，她同两个男子许了婚。

她一出现在酒吧间，其他女招待一个个都发呆了，仿佛都忘记说话似的。

“啊！啊，年轻人真能折腾，我都看腻了。不过，像莉拉子这样干的，我还不曾遇见过呢。”

良子说着，筋疲力尽地一屁股坐在新吉身旁。

“自从她来了之后，几乎没有哪天不嗅到血腥味。这家酒吧多亏了莉拉子的恩惠，如此招徕顾客。但是，它早晚还是会倒闭的。”

说这话的良子已年过三十了。

新吉漫不经心地看了一遍附近。只见桌上盆栽的花草全已凋落。似乎无人捡起这些凋零的花瓣。花茎开始枯萎，根部也已经腐烂。弃置一旁的长椅子的布面已经磨破，露出了稻草屑。白色的桌布渗上了五六个啤酒杯底的印渍。一转动身体，椅腿就嘎吱嘎吱地直响。好几块彩色的窗玻璃破了，也没有人管一管。凌乱得简直就像拍摄一场大打出手的闹剧之后散落一地的道具。事实上，几乎每天晚上都发生血腥的打架事件，可以说出入此地的男人几乎无不怀揣凶器。这是一家老早就相当闻名的酒吧，不过自从莉拉子来了之后，不到一星期，不施暴力和不垂青于莉拉子的客人渐渐不来光顾了。女招待们似乎也懒得去打扫，沉淀在潮湿而污秽的地板上的空气，只有阴郁地等待着当夜暴力的爆发。

而且，连争斗的当事者们也不知道为什么会发生这些血腥的争斗。莉拉子这种人，不知怎的，似乎天生只会考虑挑起男人的腾腾杀气。可是据良子说，莉拉子每晚上床后，总是紧紧地抱住她，哭喊着再没有什么人比自己更不幸的了，哭过不久，就又放声歌唱滑稽剧舞台上唱的歌，一直唱到嗓子眼沙哑，再也唱不出声来，才停下来。她的话儿使新吉感到，这是一个凄惨女人的破灭。于是，这就更吸引着他。

莉拉子擅自停演，这天夜里也不来排练。新吉为了接她来到酒吧间，只见良子刚从内藤的公寓那儿回来。据说这天早晨，其他女招待还在睡大觉的时候，莉拉子就逃到内藤的公寓去了。

从酒吧间出来，遇上了梅雨季节的毛毛雨。这时候，只见永见这个在同一个滑稽剧剧场文艺部并排而坐的同事双手揣在怀里，一边晃着袖子，一边往上野的方向跑去。新吉在他身后扬声问道：

“喂！上哪儿去呀？”

“去内藤的公寓看看你的情人出嫁的地方嘛。我已经向良子详细地打听路了。不过，莉拉子这种脾气的女人即使去了内藤的公寓，也许直到天亮都未必肯让男人碰她一个指头呢。”

“哪有这种蠢事。”

新吉一边打消友人的宽慰，一边又说：

“莉拉子是那样寂寞呀，女人到男人那儿去，自己感到寂寞的时候，就已经是男人的了。”

“是吗？”

“是啊。不过，话虽那么说，她似乎相当寂寞，说怪也真怪呀。以前没有过这种怪事嘛，是不是？总之，她是到恋人那里去了，不是吗？本来两人单独在一起是最理想的，可谁知道过了不到三个小时，她又打电话把良子叫到身边，一直把良子留到傍晚。良子刚回来，她就像追赶似的寄来了快件。这还嫌不够，马上跟着给良子挂来了电话，说希望良子明天一大早就去。像莉拉子这样的女人，同恋人在一个房间里，竟寂寞得简直像被诱拐的少女。”

“昨儿一天就向两个男人许婚，这种事也不是正常人的行为啊。”

“也许她希望能安静下来，不管在哪儿都行。也许她想隐身呢。”

因为新吉觉得：与其以为莉拉子在恋人身边幸福地欢闹，莫如估计她去恋人的公寓不到一个小时，就不堪忍受只有两人在一起的那份寂寞，这样反而更像她本人。这样一份与她的性格不相称的柔弱劲，使她倒向男人怀里的动作显得更美了。它不是表示爱情力量的软弱，而是表现了爱情力量的强大。

公寓的大门已经关闭。从门缝里可以窥见大门正对面有个四五尺的挂钟。在视野里，只有黄铜的大钟摆规律地摆动着，却令人感到像是魔物似的。

“我想确实是这家。划根火柴看看吧。”

永见说着伸手遮住火柴的火，在身子往前伸的当儿，积在帽檐上的雨水唰唰地落到肩膀上。这声响使两人吓了一跳，猛然向后退了几步。然后，他们在马路对面香烟铺的屋檐下，眺望这半洋式的高层建筑。只有三楼一扇挂着崭新的雪白窗帘的窗亮着，令人感到莉拉子就在里面。新吉用有气无力的声调说：

“这时候她已进了公寓，无可奈何啊。”

“可别那么说……今晚我让她到你那里去过夜，好不好？”

永见说着毫不犹豫地迈开步，边走边说：

“你为什么要来看呀，这样做是不是才舒心些？”

莉拉子来浅草滑稽剧剧场的当天，便同那里的文艺部成员新吉订了婚。但是，令新吉吃惊的是，她被剧场雇佣的当天晚上，就同时开始在浅草的酒吧间工作。

二

第二天晚上，永见又来邀新吉。

“好像有点丢人。”

新吉虽这么说，还是去莉拉子的酒吧间看了。

良子一看见这两人的身影，赶忙跑到门扉处，压低嗓门说：

“莉拉子和内藤刚来呢。”

“到这里来吗？”

永见说着，同新吉面面相觑。莉拉子昨日一大早，不是悄悄地把身边的杂物统统裹在包袱里，从这家店逃出去了吗？而且，她不是害怕那些聚到这里来的流氓，请求良子绝对替她保密，不要将她的去处和男友告诉别人吗?

“这么说，她还在这里吗?”

“不，刚回去了。据说她准备和内藤乘今晚的末班车到九州，行色匆匆呀。”

“九州?”

“唔，据说内藤的家在久留米。”

“去九州了吗?”

新吉呆立了许久，仿佛想着那遥远的路途。内藤还是个二十岁左右的学生。他忽然把莉拉子这样一个女子带进自己的家和亲人当中，那股子冒失劲儿使新吉感到很美，他忽地垂下头来。这时刻末班车早已驶出了东京站。在浅草的十天，纠缠着莉拉子的各种人和事都追不上也缠不住他们了。

“他们将越过关门海峡了吧。”

“不上二楼来坐坐吗?”

良子说着，登上了台阶。永见尾随其后，还是追问莉拉子的事。

“刚才是怎么个情况?”

“精神得很。同昨儿简直判若两人。她说下次回到东京来的话，就同内藤成家了。据说，莉拉子的父亲也同意她与内藤结婚。”

“撒谎。她父亲好像是住在神户，信件不可能两天就往返的，不是吗?他们不至于拍电报商量结婚的事吧。”

新吉一坐在椅子上，良子马上咬着他的耳朵悄悄地说:

“我说呀，可不能下楼去。川岛那帮家伙来了。”

川岛拥有法学士的律师头衔，但不知什么时候竟流入浅草，沦为暴力集团的首领。他总想把莉拉子吸引到自己的桌子旁来。记得有一回，莉拉子坐在川岛的身边，虽然觉得很不自在，可是看见原本与她有两三天婚约之缘的新吉在场，就故意与川岛亲密地欢闹。

“莉拉子去内藤那儿，他大概还不知道吧。”

“可能吧。”

良子说罢就不作声了。

“可了不得。刚才川岛坐在账房那里，把短刀插在榻榻米上。口袋里装有东西，本以为是尺八，谁知却是一把短刀。”

“然后呢？”

“他威胁我们老板，问：你把莉拉子送到哪儿去了？”

“老板说了吗？”

“我吓得赶忙逃了出来，不知道老板说了没有。”

“管他的呢。莉拉子已经不在东京，他们无可奈何，也不至于追到九州去吧。”

永见说着，在挂着一副忧郁的脸的新吉面前笑了笑。这时，带着一个商人模样的客人登上楼来的年轻女招待，抓住良子的肩膀说：

“戏也快落幕了。自从莉拉子来后，谁也不理睬我们，可是她一旦走了，这家店铺也就完了呀。我已经决定改行了。”

“川岛气势汹汹的，哪肯就此善罢甘休呢。不坦白出来，恐怕很危险呀。”

“倒是非常意外。”

“怎么啦？”

“老板全都说了呀。说昨天早晨她到内藤那边去了。川岛这个人会是一副什么面孔呢，这可是个麻烦的家伙呢。他拔出插在榻榻米上的短刀，说：是吗，那么你就充当中间人妥善处理吧。就这样简单干脆。”

“哎哟。”

“老板这就放下心来，说起大话，说什么‘其实连我也不招呼一声就跑出去了，真叫人生气。对我也说句话嘛，我也送她个衣橱’。川岛连笑也不笑一下，虽说也恼火，不过只是嘱咐老板把事办好。”

年轻女招待说着，忽然躲到自己的客人那边。因为川岛上楼来了。他挂着一副一本正经的面孔，沉着地按住新吉的肩膀，说：

“喂，走吧，不一起去吗？”

“去哪儿？”

新吉跟他只是脸熟，所以惊讶地抬头望着川岛。

“去哪儿不知道，不过走吧。”

川岛一行七八个人。似乎学生模样的人居多。在他们当中，新吉和永见两人体态之贫弱，显得格外突出。离开了浅草公园，他们一伙人走在已是夜深人静的电车道上。

“稍往背巷里走吧，避开派出所。”

大伙不约而同地拐进背巷的时候，川岛一边苦笑一边对新吉低声细语。新吉不知怎的，顿时感到自己仿佛坠入了人生的背巷里，整个精神都崩溃了。此时完全失去了莉拉子，这种场合具有意想不到的魅力。川岛当然知道新吉与莉拉子的关系，但他一句话也没有触及这个问题。不过，川岛一反常态地邀请新吉一起出来，这显然是利用新吉在莉拉子一事上的遭遇安慰自己，因此新吉不知不觉间甚至想利用一下他们的暴力。

走进途中的一家小咖啡馆，马上看见一个身穿号衣、头缠正面打结的包头巾的男人，挥起扁担跳了进来。

“嘿！竟敢砍人。打、打、打死你，到外、外、外面来。”

鲜血染红了他头上缠着的手巾，在他半边脸上流淌个不停。这个男人简直是火冒三丈，可是川岛他们则相反，佯装不知的样子，只顾戳菜盘子。其中一人说：

“喂，那个年轻人怎么啦，他流血了。”

“到底是有什、什么仇要砍人？看我不打死……”

“那家伙怪可怜的。不过，可能是认错目标了吧。”

“他确实是进来了，我一直瞅着来着。”

“是吗。那你就好好看看吧。看看这里面有没有砍了你的人。要沉得住气哟。”

头缠手巾的男人“哼”了一声，没了退路。

“畜生！你等着瞧。”

说着，他就销声匿迹了。

川岛他们当中的一个人，只是迎面撞上荞麦面铺的外送人，就无缘无由地砍了他额头一刀，并中途回去了。

新吉看见满是血的脸也无动于衷。他觉得从昨日起就变得沉甸甸的心，仿佛反倒活了起来。他不禁对这样的自己感到震惊。

“看不见莉拉子，真扫兴呀。”

川岛说着，茫然一笑。

“不过，那个女人，早晚会在什么地方让她见见男人的血吧。”

新吉觉得一阵冷战爬上了脊梁骨，他为了掩盖自己的颤抖，把头垂了下来。

禽兽

小鸟的啁啾鸣啭，把他从白日的梦中惊醒。

一辆破旧的卡车运载着一个大鸟笼。鸟笼比戏台上看到的那种押解重囚的带网竹笼还要大两三倍。

不知什么时候，他的出租汽车竟挤进了送殡的车队里。后边那辆汽车，在司机座前的挡雨玻璃上贴了一张“二十三号”的条子。他回头望了望路旁，眼前立着一块“史迹太宰春台墓”的石碑。已经到达禅寺前了。寺门上也贴着一张字条，上面书写着“山门不幸，送津执行”。

这是在坡道途中。坡道下面的十字路口，站着一个交通警察。一时间，约有三十辆汽车拥到这里来，很难把交通整理得井井有条。他望着放生鸟的笼子，心情焦灼起来，便向小心翼翼抱着花篮、端端正正坐在他身边的年轻女佣问道：

“几点了？”

年轻女佣不可能戴手表，司机替代她回答说：

“差十分七点，我这个表约莫慢六七分钟。”

初夏傍晚时分，天还很明亮。花篮里的蔷薇花娇艳芬芳。从禅寺的庭园里，不时飘来一阵阵恼人的香气。不知是什么树，在六月开了花。

“那就赶不上了。能不能开快点呢？”

“现在只有从右侧穿过去，要不……今天日比谷大礼堂举行什么活动呢？”司机大概是想回头去接散会的客人。

“是舞蹈晚会。”

“啊？……要给这么多鸟放生，得花多少钱啊？”

“一般来说，途中碰上出殡就不吉利啦。”

传来了一阵杂乱的振翅声。卡车一开动，鸟群就骚动起来。

“是个好兆头呀。据说再没有比这更走运的了。”

司机仿佛要证实自己的话，让滑行的汽车从右侧穿过，就开始加速，超过了送殡的行列。

“真滑稽，我们的想法正相反！”他带笑地说着，心里却想：人们习惯于那样思考问题，也是很自然的。

在去观赏千花子的舞蹈表演的途中，碰上出殡，总是叫人耿耿于怀。现在当然觉得这是挺可笑的。若论不吉利，在途中碰上出殡，不吉利的程度还不如把动物的尸体放在他家里不管呢。

“回家可别忘了把菊戴莺扔掉。它还搁在二楼的壁橱里呢。”他冷不防地对矮小的年轻女佣冒出了这么一句。

菊戴莺双双死去已一星期了，他懒得从笼中把死鸟捡出来，便连笼带鸟一股脑儿往壁橱里一搁了事。那壁橱就在楼梯的尽头。每当家中来客，他和女佣总是把鸟笼下的坐垫拿出来，用毕又放回去，两人就是懒得把死鸟扔掉，因为他们早已对小鸟的尸体熟视无睹了。

菊戴莺同煤山雀、小花雀、巧妇鸟、蓝歌鸲、鹳雀一样，都是小巧玲珑的家鸟。它的上身是橄榄绿色，下身是淡黄灰色，脖颈也是灰色，翅膀有两条白带，长羽毛的边缘是黄色。头顶有两道粗大的黑线，套着一道黄线，展开羽毛的时候，黄线就明显地呈露出来，宛如戴上了一圈黄菊花瓣。雄鸟的黄线带深橙色。滚圆的眼睛特别逗人喜爱。它高兴地飞来飞去，抓挠着鸟笼的顶端，动作是这样的活泼，惹人怜爱，可又蕴含着一种高雅的气派。

鸟店老板夜间将鸟儿拿来，立即放在昏暗的神龛上。过了片刻再去看看，小鸟的睡姿确实优美无比。两只小鸟互相依偎，将自己的脖颈深深地伸进对方身上的羽毛里，圆鼓鼓的，活像一团毛线球，简直分不出彼此了。

他是个四十开外的单身汉，见此情景，胸中不禁浮现孩提时那股温暖而又纯洁的思绪。他站在饭桌旁纹丝不动，久久地凝视着神龛。

他遐思冥想：人世间的某个国度里，也许会有这么一对幼小的初恋者，睡姿也这般优美。他多么希望有个伴侣同他一道观赏这种睡姿啊。可是，他并没有呼唤女佣。

从翌日起，就餐的时候，他总把鸟笼放在饭桌上，边吃饭边观赏菊戴莺。平时即使会客，他也不曾把自己心爱的动物从身边移开。他并不好好倾听对方的话，只顾逗弄小歌鸲，用手给它喂食。要么热衷于打着手势训练歌鸲，要么把柴犬抱在膝上，耐心地给它捉虱子。

“柴犬有些地方像个宿命论者，我很喜欢它。有时让它坐在我的膝上，有时让它蹲在角落里，一待就是半天，一动也不动。”

很多时候，他就这样一直待到客人起身告辞，连瞧也不瞧客人一眼。

夏天，他把绯鳉和鲤鱼苗放在玻璃缸里，摆在客厅的桌子上。

“也许是年龄的关系吧，我渐渐讨厌见男人，真的讨厌，见到他们就打不起精神来。不论吃饭还是旅行，同伴最好是女性。”

“那你就结婚好啰。”

“结婚嘛，似乎以找个寡情女子为好。所以不行呀。你明知这个女人薄情，表面上却佯装不知，同她交往，这反而最轻松不过了。因此我雇女佣也尽量雇用寡情的女子。”

“正因为这样，你才饲养动物的吧。”

“动物可不怎么薄情……倘使身边没有什么有生命的东西，我就寂寞难熬啦。”

他说话心不在焉，只顾全神贯注地观赏着玻璃缸里五彩缤纷的鲤鱼。它们游来游去，鳞光闪闪，变化万千。他心想：这样狭窄的水域，居然也有这样一个微妙的变幻无穷的光的世界！他早已把来客忘得一干二净了。

鸟店老板只要弄到什么新品种，就会悄悄地给他送来。有时他的书斋里，养的鸟雀竟多达三十种。

“鸟店老板又送鸟来了？”女佣厌烦地说。

“这不挺好吗？只要有了这个，我的情绪就会好上四五天。再没有什么比这个更划得来的了。”

“可是，我看到老爷一本正经地板起脸孔只顾看鸟儿，就……”

“就觉得有点毛骨悚然？就觉得我快要发疯？家里就变得鸦雀无声、寂寞难熬，是吗？”

在他看来，新小鸟来后两三天，生活完全充满了丰富的爱，世界也变得可爱了。也许是自己不好，怎么也感受不到人间的可爱。小鸟是活的，富有生气，它领略自然界的美比贝壳和花草领略自然界的美来得早。纵然成为笼中鸟，这小小的动物也会让人看出，它们充满了生命的喜悦。

这对小巧活泼的菊戴莺尤其如此。

但是，刚过一个月的光景，给它们喂食时，其中一只从笼中飞了出来。女佣惊慌失措。小鸟飞到了小堆房旁边一株樟树的树梢上。樟树叶布满了晨霜。一对鸟儿，一只在笼里，一只在笼外，高声鸣叫，你呼我应。他赶忙把鸟笼放在小堆房顶上，安上一根粘竿。鸟儿的鸣啭声凄凄切切。但是，晌午时分，逃脱出来的小鸟远远飞去了。这菊戴莺是从日光山捉来的。

留下的一只是雌鸟。他不禁想道：以往睡得那样香甜，如今……他到鸟店唠唠叨叨地催促老板帮忙找只雄鸟，自己也亲自四下寻觅，可是没有找到。不久，鸟店老板让人从农村又送来一对。他说只要一只雄性的就够了，对方却对他说：

“它们是成双成对地生活，扔下一只留在店里也没有用处，干脆把雌鸟白送给您算了。”

“可是，三只鸟生活在一起，能相处得好吗？”

“可以吧。将两个鸟笼靠在一起，过上三四天，它们就会熟悉的。”

但是，他像孩子摆弄玩具一样，待鸟店老板一走，就迫不及待地将两只新鸟移到原来那只的笼子里去了。不料它们闹得厉害。那对新鸟压根儿不站在栖木上，只顾吧嗒吧嗒地在笼子里来回地飞。原来那只菊戴莺惊慌之余，不知所措，在笼底呆立不动，仰望着这对闹腾的不速之客。这两只鸟儿，像一对遇难的夫妻，互相召唤。三只鸟儿都诚惶诚恐，心脏噗噗地跳动。他试着把它们放在壁橱里，只见那对夫妻一边鸣叫一边紧紧地互相依偎，那只失群的雌鸟独自向隅，心情平静不下来。

他心想：这还了得！于是把它们分笼安置。可是他看了看笼中那对夫妻，再瞧瞧那只雌鸟，觉得很是可怜。他又试着把原来的雌鸟同新来的雄鸟放在一个笼里。它们并不亲密。新来的雄鸟还是同被隔开的妻子互相呼唤。然而，不知什么时候，这一对却挨在一起睡着了。次日傍晚，把这三只鸟合放在一个笼里，它们也不像昨天那样闹腾了。两只雌鸟从两边把头伸进雄鸟的怀里，簇成一团入睡了。然后，他将鸟笼放在枕边，自己也进入了梦乡。

但是，翌日清晨，他睁眼一瞧，两只鸟在栖木上依偎着酣睡，活像一团暖融融的毛线球。另一只鸟则在笼子的底板上，半张着翅膀，伸直腿脚，虚闭着眼死去了。他悄悄地将死鸟捡出来，仿佛害怕让另外两只看见。他一把死鸟捡出来，就背着女佣将它扔到垃圾箱里，自己恍如作了一件谋杀案。

“究竟是哪只鸟死掉了呢？”他把鸟笼仔细地端详一番，出乎意料，活着的好像还是原来的那只雌鸟。比起前天刚来的雌鸟，他更喜欢那只已经喂养了好些日子的熟悉的雌鸟。也许是这份偏爱，促使他这样想的吧。他过着独身生活。他憎恨自己的这种偏爱。

“既然爱有差别，何必非要跟动物一起生活不可呢。人，也有好人嘛。”

菊戴莺非常孱弱，随时可能成为死鸟。后来，这两只鸟却很健壮。

他先给偷猎到手的小伯劳喂食，然后又喂从山里猎获的各种雏鸟。忙得连门也不出的季节快到来了。他把洗衣盆搬到走廊上给小鸟洗澡。藤花飘落在盆子里。

他一边听着鸟儿振翅拍水的声音，一边清扫笼里的鸟粪，这时墙外传来了孩子们的喧哗声，他们仿佛在为一只什么小动物生命垂危而担心。他心里想：会不会是他家饲养的小硬毛猎狐梗迷了路，从中院跑了出去呢？他踮脚往墙外张望，原来是一只小云雀。它脚跟还站不稳，就用孱弱的翅膀拍打着垃圾箱。他一闪念：把它捡来喂养吧！

“怎么啦？”

“那家人……”一个小学生指着那户富贵人家说，“是他们抛弃的，会死掉的啊！”

“嗯，会死掉的。”他漠然地说罢，便离开了墙边。

那户人家饲养了三四只云雀。可能是估量到这只雏鸟将来不会鸣叫，没有什么前途，这才把它舍弃的吧。“何苦捡人家扔下的废鸟呢？”他的慈悲心猝然消失了。

有的雏鸟分不出雌雄。鸟店老板总是不管三七二十一，把雏鸟整窝端回来，待到分辨出是雌鸟，就把它扔掉。因为雌鸟不会鸣叫，卖不出去。爱动物，归根结底就是寻求优良品种。这是理所当然的。从另一个角度来说，这种冷酷劲是免不了的。他的脾气是不论对任何小动物，只要看见新的，就想占有它。凭借经验，他知道这种喜新厌旧、见异思迁，实在等于薄情。另外他也感到，这样做，结果会给自己招来生活和感情上的堕落。如今不论是什么名犬、名鸟，只要是别人一手饲养大的，人家白给他也不要。

因此，孤独的他在遐想：人真讨厌啊！一旦成了夫妻，成了父子兄弟，对方即使是个无聊的人，你也难以摆脱这种羁绊，只好认命共同生活下去。而且，人，各自都装有一个“我”字。

这些姑且不谈。他认定以一种理想的模式作为目标，把动物的生命或生态当作玩物，人为地把它们培育成畸形，这是一种可悲的纯洁，使人感觉到特别爽快。那些爱护者拼命追逐良种、良种，为此而虐待动物。他把他们看作是这个天地，也是这个人间的悲剧象征，一面投以冷笑，一面又宽恕了他们。

去年十一月，一天傍晚，一个患慢性肾脏病还是什么病的、像干蜜柑似的狗店老板，顺路上他家里来了。

“方才发生了一桩不得了的事。进公园之后，雾霭濒蒙，天色昏暗，我松开了绳子，只有一会儿工夫没看见它，它竟跟野狗搭上了。我立即把它们隔开，使劲踢它的肚子，几乎把它踢瘫了。我想它该不会怀孕吧。真是令人啼笑皆非啊。不过，这种事越这么想，越不会发生。”

“邋里邋遢，你不是买卖人吗？”

“啊，很惭愧，我没法跟别人说呀。混账，一转眼就想让我亏四五百元。”狗店老板微颤着两片蜡黄的嘴唇说。

那只精明的军犬小里小气地缩着脖子，用怯生生的目光仰望着这位肾脏病人。雾霭漂流过去了。

本来经他斡旋，估计这只母狗卖得出去。尽管他提醒过对方：狗一旦到了买主家里，产下杂种狗崽的话，那就丢人现眼啦。可是狗店老板大概手头拮据，过不多久，没让看狗就卖出去了。果然，两三天后，买主将狗带到他家里来。据说买后次日夜里，狗就产下了死胎。

“据说女佣听见痛苦的呻吟声，便拉开挡雨板，只见这只狗在走廊地板底下吃着自己生的狗崽。她惊恐万状，给吓呆了。那时候天刚蒙蒙亮，看不太清楚它产下了多少只。女佣看见的时候，它正在吃最后一只狗崽。我马上把兽医叫来。据兽医说，按理狗店老板不会一声不吭就将怀孕的母狗卖出去的，它准是同野狗或家犬搭上了，遭到毒打之后才送来的。它产崽的样子非同寻常。或许它有吃狗崽的习惯。要是这样就干脆退回去算了。我们全家十分愤慨，都说那只狗受到如此待遇，太可怜了。”

“哪儿。”他说着，漫不经心地把狗抱了起来，一边抚弄狗的乳房一边说，“这是喂过狗崽的乳房。这次产下的是死胎，它才吃狗崽的。”

对狗店老板的缺德，他感到气愤，也可怜狗的遭遇，可是却摆出一副无动于衷的表情。

因为他的家犬，也产过杂种狗崽。

他外出旅行不和男伴同睡一室，也讨厌让男友在自己家中留宿，甚至不用学仆。但他饲养的狗净是雌性，却与这种厌恶男性的郁闷心情无关。雄狗若不是优良品种，就不能做种狗。再说，把种狗买进来很花钱，还得像吹捧明星那样大肆宣传，受不受欢迎还不一定，而且很可能被卷进同进口种狗的竞争中去，这简直是一场赌博。他曾到过一家狗店，要求看看著名的日本梗犬种狗。那只梗犬成天待在二楼的窝里。只要把它抱下楼，它就习惯性地以为是母狗来了，像老练的面首一般。它的毛细短，裸露出异常发达的器官，连他都觉得可怕，不由得把视线移开了。

不过，他并不是由于这个原因才不饲养公狗。看到母狗生产和育仔，对他来说比什么都快乐。

那是一只波士顿梗犬。它挖墙脚，咬破旧篱笆。发情期时本来把它拴得好好的，可它把绳子咬断跑了出来。他晓得它会产下杂种狗。当女佣把他唤醒的时候，他像个医生，睁开眼睛就说：

“准备剪刀和脱脂棉。还有，赶紧切断酒桶的绳子。”

中院的土地上，洒满初冬的朝阳。唯有这里呈现些许新鲜的气氛。在阳光下，狗躺卧着，从肚子里钻出来一个茄子似的袋状物。它轻轻地摇摆着尾巴，抬眼望着他，仿佛在申诉什么。他忽然感到这是一种类似道义的谴责。

这条狗是初次来月经，还没发育成熟。从它的眼神里可以看出，它似乎不知道分娩是怎么回事。

“这只狗好像不晓得自己身上究竟起了些什么变化，显得很困惑的样子。怎么办？”它难为情似的，有点腼腆，却天真地任人摆布，对自己的所作所为似乎毫不感到有什么责任。

因此又使他回忆起十年前千花子的往事。她当年卖身给他时，脸上的神气恰好和眼前这条狗一样。

“听说一搞上这行买卖，就渐渐麻木不仁，是真的吗？”

“那也不见得。只要你见的是你喜欢的人，就不会变得麻木不仁。再说，倘若你经常见的总是那么两三个人，也不算是买卖呀。”

“我很喜欢你。”

“即使这样，你还是麻木不仁，是不是？”

“哪儿的话。”

“是吗？”

“我出嫁的时候，就会真相大白的。”

“是会真相大白的。”

“我该怎么办才好呢？”

“你该怎么办？”

“你太太当时是什么样子？”

“这个……”

“嗯，告诉我嘛。”

“我没有太太。”

他惊奇地凝望着她那非常认真的样子。

“你像她，我感到内疚啊！”他说着把狗抱了起来，移到产箱里。

母狗很快就生产了胎衣崽，它似乎不知所措。他用剪子破开胎衣，剪断脐带。第二个胎衣很大，里面两只狗崽泡在浑浊的青绿色羊水里，看上去像死人一般的颜色。他麻利地用报纸把它们包上。接着又生了三只。都是胎衣崽。然后又下第七胎。这是最后一胎了，崽子在胎衣里蠕动，但已经干瘪了。他观察了好一阵子，旋即用报纸把它连胎衣一股脑儿包起来。

“你给我扔掉吧。西方有溺婴的习惯。弄死发育不健全的崽子，才能造就出良种。可是日本人富于人情味，不能这样做……你给母狗喂点生鸡蛋吧。”

他洗过手，又钻进被窝里。新的生命诞生了。他内心充满了新的喜悦，恨不得到街上转悠一番。至于弄死了一只崽子的事，他早已忘得一干二净了。

却说在小狗刚会半睁眼睛的一个早晨，一只崽子死了，他捡出来放在怀里，早晨散步时顺便把它扔掉了。两三天后，又有一只死了。母狗为了造窝，把稻秸扒得乱七八糟。崽子被埋在稻秸里。狗崽还没有足够的力气自己扒开稻秸。母狗不但没把狗崽叼出来，自己反而躺在盖着稻秸的崽子身上睡大觉。一夜之间，狗崽有的被压死，有的被冻死。如同人间愚蠢的母亲用乳房压着孩子，把孩子憋死了一样。

“又死了。”他说着就漫不经心地将第三只死狗揣在怀里，吹着口哨唤来了一群狗，把它们带到附近的公园里去。波士顿梗犬高高兴兴地四处乱窜，看样子压根儿不知道自己憋死了自己的孩子。他看见这种情形，忽地又想起千花子来。

千花子十九岁上，被一个投机商带到哈尔滨，待了三年，向俄罗斯人学习舞蹈。而后这个男子无所作为，完全失去了生活能力，于是让千花子参加正在中国东北巡回演出的乐团，好容易才煎熬过来，两人辗转回到了国内。在东京安顿下来不久，千花子便抛弃了这个投机商，同一个从中国东北搭伴来的伴奏家结了婚，然后到各处巡回演出，还举办了个人专场舞蹈会。

那时节，他也算是一个关心乐坛的人。不过，与其说他理解音乐，不如说他只是每月给某音乐杂志交钱罢了。但是，为了同一些熟人闲聊，他还是常去听音乐会，也观看千花子的舞蹈。他被千花子粗犷妖艳的肉体弄得神魂颠倒。究竟是什么秘密唤醒了她这种野性呢？同六七年前的千花子比较，他不禁愕然，甚至想：为什么那时候不同她结婚呢？

然而，举行第四届舞蹈会的时候，她肉体的魅力骤然削弱了。他鼓足劲头走到后台，也顾不得她尚未脱下舞服，正在卸妆，就拽着她的衣袖，把她带到昏暗的后台去。

“请你松手！稍一触动，我的乳房就痛。”

“这可不行啊，干吗要干这等傻事？”

“因为我向来喜欢孩子。说真的，过去我多想要一个自己的孩子啊。”

“你真想抚养孩子？被那种婆婆妈妈的事缠住，你的技艺能发展下去吗？现在养了孩子，你怎么办？早就该注意啦。”

“但是毫无办法啊。”

“别胡说，女艺人一个个都抚养孩子，那还了得！你丈夫是怎么想的？”

“他很高兴，很喜欢呢。”

“唔。”

“干了那行，现在能有孩子，我多高兴啊。”

“那就不跳舞算了。”

“不嘛！”

出乎意料，她的声音异常激动。他也沉默不语了。

但是，千花子再也不生第二胎了。就是生下的孩子，她也没能放在自己身边加以照料。也许就是由于这个缘故，夫妇俩的关系渐渐地淡漠了，疏远了。这种传闻也传到了他的耳朵里。

千花子没有把心思放在孩子身上，就像这只波士顿梗犬一样。

拿狗崽来说，他若有心挽救它，还是可以救活的。头一只死去之后，他满可以把稻秸切得更细碎些，或者在稻秸上铺一块布，这样第二只就可以免于一死了。这点他是知道的。然而最后一只狗崽，不多久也同它的三个兄弟一样丧生了。他倒不是盼望这些狗崽死光，却也没想过必须让它们活下去。他对它们这么冷漠，大概因为它们都是杂种的缘故吧。

马路边的狗，常常跟随他回来。在远远的路上，他一边招呼这些狗，一边走回家，给它们喂食，还让它们睡在暖乎乎的窝里。他感谢狗能理解他那颗慈悲的心。然而，打他饲养了自家的狗以后，就不再去理睬路边的杂种狗了。至于人间，大概也是这样吧。他蔑视世上有家眷的人，也嘲笑自己的孤独。

对待小云雀，他也是如此。起先他想救活它、饲养它，后来这种慈悲心很快就消失了。他还想，何苦去捡人家扔下不要的鸟儿呢。所以一任孩子把小云雀摆弄死了。

可是，在他去看这只小云雀的一刹那间，菊戴莺沐浴的时间过长了。

他慌忙把水淋淋的鸟笼从澡盆里拎出来，两只鸟儿都倒在笼子里，活像一团湿透了的破烂布，一动也不动了。他将鸟儿放在掌心上仔细端详，只见鸟儿的腿脚在微微抽动。他兴奋地说："谢天谢地，还活着呢。"可是，小鸟已经闭上眼睛，小小的躯体也都冻僵了。看样子是无法挽救了。他将两只鸟儿放在长方形火盆上烘烤，又让女佣续上新炭，扇了扇火。鸟儿的羽毛冒出一阵热气。小鸟痉挛地动了起来。也许这浑身的热气能使鸟儿感到震惊，从而产生一股同死神搏斗的力量。可是他的手被烫得受不了，于是在鸟笼里铺了一块手巾，再将小鸟放在上面，然后再放在火上烘烤。手巾烤成焦黄了。鸟儿仿佛被人弹动似的，不时吧嗒吧嗒地张开翅膀，东倒西歪，总也站不起来，而后又闭上了眼睛。羽毛全干透了。鸟儿一离开火，就又趴倒了。看样子活不成了。女佣到饲养云雀的那户人家去探听，说是小鸟孱弱的时候，让它喝点粗茶，把它裹在棉花团里，就会好的。他双手捧着裹在脱脂棉里的鸟儿，弄凉了粗茶，往鸟儿嘴里灌。鸟儿渴了。转眼间，它一靠近碎食，就探出头来啄食了。

“啊，活过来了！”

这种喜悦令人感到多么舒畅啊！等他透过气来，这才发觉，他为了救活小鸟，足足折腾了四个半小时。

这时菊戴莺想双双待在栖木上，可不知多少回都从上面摔了下来。好像是张不开爪子。他抓住鸟儿，用手指触了触它的爪子，鸟爪萎缩而又僵硬，如同一根枯枝一折就会断。“老爷，您刚才不是烤火来着吗？”经女佣一说，他想起来了，难怪鸟爪的颜色变得焦黄。真糟糕！心头的火气更大了。

“鸟儿要么放在我的掌心里，要么搁在手巾上，鸟爪怎么可能烧焦了呢？……明儿要是鸟爪还好不了，你就到鸟店去请教怎么办吧。”

他锁上了书斋的门，把自己关在里面，然后将两只鸟爪含在自己的嘴里，让它暖和暖和，味觉催人落下哀怜的热泪。不一会儿，他掌心上的汗濡湿了鸟儿的翅膀。他用唾沫润了润鸟爪，鸟爪有点柔软了。他生怕粗手粗脚会把爪子折断，便小心翼翼地先将一只伸直，再试着让小鸟的爪子抓住自己的小指头。然后又将鸟爪含在嘴里。他松开栖木，将鸟饵移到小碟里，放在鸟笼底板上。可是鸟儿的爪子不灵便，要站立起来吃食还是很困难的。

“鸟店老板说，可能是老爷把鸟爪烤伤了。”第二天女佣从鸟店回来说，“老板还吩咐用粗茶暖和爪子。据他说，让它自己啄啄就可以了。”

果然，鸟儿要么一味啄自己的爪子，要么叼着它们生拉硬拽。

鸟儿以啄木鸟的气势，精神抖擞地啄了起来，它仿佛在说：“爪子啊，怎么啦，可要争气啊！”它试图凭借那双不灵便的爪子，果敢地站起来。自己身体的局部受了伤，这小小的动物似乎觉得不可思议。它迸发出的生命火花，几乎使他高声喊出几句鼓励的话。

他把鸟爪泡在粗茶里试了一下，但觉得还是含在嘴里更见效。

这对菊戴莺对人太认生了。过去只要一抓住它们，它们的胸口就剧烈地起伏跳动。如今，在爪子受伤的头一两天里，把它们托在掌心上，它们也习惯了，非但不害怕，反而兴高采烈地啾啁鸣啭。甚至把它们放在手上，它们也吃食了。鸟儿这种变化，使他越发怜悯它们。

但是，他看护小鸟，没有恒心，动不动就偷懒，萎缩了的鸟爪沾满了鸟粪。第六天早晨，这对菊戴莺双双死去了。

诚然，小鸟的死是不可捉摸的。早晨往往发现鸟笼里有意想不到的死鸟。

他家里最先死去的是红雀。这对红雀夜间被老鼠咬掉了尾巴，笼子里染满了斑斑血迹。雄鸟次日就呜呼了。雌鸟迎来了一只又一只雄鸟，不知为什么，雄鸟也都一一死去。这只雌鸟却像猴子般拖着露出红肉的尾巴，活了很久。但是，它终归衰弱下去，也猝然长逝了。

“看来红雀在我们家养不活，以后不再喂养红雀了。”

红雀是少女喜欢的鸟类，他本来就不喜欢。比起吃撒食的洋鸟来，他更喜爱吃碎食的日本鸟，因为这种鸟儿更高雅。就鸣禽来说，他并不喜欢金丝雀、黄莺、云雀一类吱吱喳喳鸣啭的鸟儿。他所以饲养红雀，只不过是鸟店老板送给他红雀的缘故。因为死去一只，才又买来了后来的几只，如此而已。

以狗来说，家里一旦养了苏格兰牧羊犬，就不想让它绝种。他憧憬母亲般的女性。他爱像初恋的女性一样的女人。他希望同一个像他死去的妻子那样的女子结婚。这不是同样的感情吗？他过着同动物为伴的生活，似乎是因为他太孤单、太寂寞了。他决心不养红雀了。

继红雀之后死去的黄鹡鸰背呈黄绿色，腹呈黄色，那优美的淡淡的倩影更蕴含着一种稀疏竹林似的野趣。尤其是同它混熟了，它不进食时，只要他亲自喂养，它就一边欣喜若狂地颤动着半展的双翅，清脆悦耳地欢唱起来，一边高高兴兴地进食，还淘气地去啄他脸上的黑痣。他把它放在客厅里。它大概是捡了咸饼干屑或别的什么东西，吃进肚子里撑死了。它死后，他本想另买一只，后来改变了主意，便将迄今未曾亲自照料过的歌鸲放进那只空笼子里。

菊戴莺的死，无论是因为溺水还是伤爪，恐怕都是他的过失造成的。他对它们的依依之情反而难以切断。过不多久，鸟店老板又给他送来一对。是小巧玲珑的一对。这回沐浴，他寸步不离澡盆地关注着，不料竟迎来了跟上次同样的结果。

他从盆里将鸟笼提拎起来，鸟儿颤抖着，闭上了双眼，但好歹还能站立起来，比上次的情况好一些。这回，他可留意不再烧伤它们的爪子。

“真倒霉。请你把火生起来。”他沉住气，有点内疚似的说。

“老爷，还是让它们死去算了。怎么样？”

他听了这句话，如梦初醒，不由得吃了一惊。

“可是，上回不费事就把它救活了嘛。”

“救是可以救活，可是活不多久呀。上回鸟爪都伤成那样子，我心想还不如早点死了好。”

“能抢救还是要抢救嘛！”

“还是让它们死了好。”

“是吗?！”他骤然感到体力衰竭，几乎神志不清了。于是，他默默地登上二楼书斋，把鸟笼放在透过窗户投射进来的阳光下，茫然凝望着菊戴莺慢慢地死去。

他祈望着，也许阳光的力量会把它们救活过来呢？但是，不知怎的，他增添了几许莫名的悲伤，犹如看见了自己的凄惨样子。上次他为了救活小鸟的性命而忙乎了一阵子，如今他已无能为力了。

鸟儿终于断气。他从笼里把湿漉漉的死鸟捡出来，久久地把它们放在掌心上，又放回笼中，将笼子藏在壁橱里。他下楼对女佣若无其事地说了声：“死了。”

菊戴莺娇小孱弱，容易死亡。可是他家中喂养的鹱雀、鹪鹩、煤山雀同属雀类，却活得挺欢。两次替鸟儿洗澡，都把鸟儿弄死了，这不免使他感到是命里注定，比如家中死过一只红雀，别的红雀也就很难养活。

“我同菊戴莺已经没有缘分啦。”他带笑地同女佣说罢，就在茶室里侧身躺了下来，让小狗不停地抓挠他的头发，然后从并排的十六七只鸟笼里挑选一只鸱鸺，拿到书斋里去。

鸱鸺一见他的脸，气得瞪圆双眼，不住地摇晃着瑟缩的脖颈，啾啁鸣啭，呼哧呼哧地喘着粗气。在他的注视之下，这只鸱鸺绝不吃食。每当他用手指夹着肉片一靠近它，它就气鼓鼓的，把肉叼住挂在嘴边，不想咽下。有时他偏同它比赛耐性，固执地一直等到天明。他在旁边，鸟儿连瞅也不瞅碎食一眼，纹丝不动地待在那里。待到天色微微发白，它终于饿了，可以听见鸟爪横着向栖木上放鸟食的地方移动的声音。回头看去，鸟儿耸起头上的羽毛，眯缝着眼睛，那副表情无比阴险，无比狡猾。往饵食方向探头的鸟儿，猛然抬起头来，憎恶地吹了口气，又装作不认识他的样子。过了片刻，他又听见鸱鸺的爪声。双方的视线碰在一起，鸟儿又离开了饵食。这样反复折腾了好几次，伯劳鸟已经吱吱喳喳地唱起了欢快的晨曲。

他不但不怨恨鸱鸺，反而把它看作对自己的一种安慰。有一次，他对友人说：

“不知道有没有这样的女佣，我想找一个。”

“唔，有时你倒很谦虚嘛。”

他露出不悦的神色，把脸扭过去，不理睬他的朋友。

“唧唧，唧唧。”他呼唤身边的伯劳鸟。

“唧唧唧唧，唧唧唧唧。”伯劳鸟尖声答应，仿佛要吹散周围的一切。

伯劳鸟同鸱鸺虽同属猛禽，可这只伯劳鸟对喂食人却极为亲热，像个撒娇的姑娘似的去接近他。每当听见他外出归来的脚步声或是咳嗽声，它就鸣啭不止。一出鸟笼，它就飞落在他的肩上或膝上，喜盈盈地抖动着翅膀。

他将伯劳鸟放在枕边，替代了闹钟。天一亮，无论是他翻身、动手，还是整理枕头，它都发出“吁吁吁吁”的撒娇声。连他的咽唾沫声，它也“唧唧唧唧”地回应。转眼间，它猛然鸣叫起来，把他唤醒。这鸣声像一道道闪电，划破了生机勃勃的晨空，令人感到愉快和清爽。它同他互相呼应了不知多少回合，待到他完全苏醒过来，它就仿效各色鸟儿的轻轻啾啁，声音清脆悦耳。

首先是伯劳鸟的欢唱，接着是众多小鸟的啼鸣，使他有了“今天也很如意啊！”这种感觉。他穿着睡衣，用手指粘上碎食去喂伯劳鸟，空腹的伯劳鸟用力咬住他的手指。他把这种举动也看作是爱的表示承受了下来。

外出旅行，纵然只有一宿，他也会梦见动物，半夜三更被惊醒过来。所以他几乎不在外留宿。这也许是个怪癖，有时候他独自一人去访友，或者去购物，半路上百无聊赖，又折了回来。没有女伴时，他只好带着小女佣一起出去。

就说去观赏千花子的舞蹈吧，既然叫小女佣连花篮都带上，就不能说声“算了，回家吧”便折回去。

当晚的舞蹈会是某报社主办的，由十四五名女舞蹈家参加演出，像是会演性质。他没看千花子的舞蹈已经有两年了。如今他实在不愿意看到她在舞蹈上的堕落。那种残存的野性力量，已经成为一种庸俗的媚态。舞蹈的基本形式，连同她的肉体美，都荡然无存了。

虽然司机那么说，他却借口碰上送殡行列，家里又放着菊戴莺的尸体，很不吉利，就吩咐女佣将花篮送到后台去。据说她很想见他，可他看过方才的舞蹈就不便和她细谈。于是趁幕间休息，他干脆溜到后台去。在入口处，他还没站定，便赶紧把身体隐藏在门后。

这时候，千花子正让一名年轻男子化妆。

她静静地闭上眼睛，伸长颈脖，微仰着脸儿，任凭对方摆布。由于嘴唇、眉毛、睫毛都未描画，那张纹丝不动的一本正经的脸，看上去好似一个没有生命的玩偶。简直像一张死人的脸。

约莫十年前，他曾打算和千花子双双殉情。那时节，他成天念叨着想死、想死，几乎成了口头禅。可是没有什么理由非死不可。

这种想法是在终生独身，同动物一起生活当中产生的，只不过像一朵漂浮的泡沫花。对千花子来说，仿佛有人从别处给她带来了人世间的希望。她茫然地任人摆布。就是这样，她不能算是还活着。但是把这样一个千花子当作死人看待好吗？千花子果然不知道自己所做的事的意义，她以通常的表情天真地点了点头，只提出一个要求：

“请把我的腿绑紧些，据说咽气时下摆会吧嗒吧嗒地响呢。”

他用细绳替她绑腿，仿佛现在才发现她的腿竟如此的美，不禁有点愕然，心里想道：

“也许人们会议论：这家伙也能同这么个标致的女人一起死？”

然后，她背朝他睡下。只见她天真地合上眼睛，微伸脖颈，然后双手合十。这种虚无的价值，闪电般地打动了他。

“啊，不该死啊！”

当然，他不想杀人，也不想死。千花子是真心实意还是闹着玩？这不得而知。从她的脸部表情来看，似乎两者都不是。那是仲夏的一个晌午发生的事情。

但是，不知怎的，他感到异常震惊。从这以后，他连想也没想过要自杀，再也不把自杀这个词挂在嘴边了。当时他心里激荡着这样一个念头：纵然发生天大的事，我都应该感激这位女子。

让年轻的男子作舞蹈化妆的千花子，使他回忆起当年她合十时的脸儿。他刚才乘上汽车立即做的白日梦，也就是这些。即便夜间，每次想起那时的千花子，他总有一种错觉，恍如被仲夏白昼令人目眩的意境所笼罩。

“话又说回来了，那一刹那，自己为什么又躲到门后去呢？”他喃喃自语。从廊道上折回来，他遇上一个男子，对方亲切地向他打招呼。他一时想不起这是何人。这个汉子却非常激动地说：

“还是这样好嘛！让许多人都来跳，更能显出千花子的精彩啊。”

“噢！”他想起来了。此人是千花子的原配，一个伴琴师。

“最近好吗？”

“哦，我早就想到府上拜访呢。告诉你，去年岁末，我已同她离婚了。无论怎么说，千花子的舞蹈确是出类拔萃。太精彩啦！”

他心里想，自己也应该说几句好话。可不知怎的，他心慌意乱，胸间涌上一阵阵郁闷，于是脑子里浮现出一句话来。

恰巧他怀里有一份十六岁逝世的少女的遗稿集。近来他读了少男少女的文章，比什么都要快乐。十六岁少女的母亲，似曾给故去的女儿化过妆。她在女儿逝世当天的日记末尾写了这么一句：

“她的脸儿生平第一次化妆，真像个新娘子。”

小姐日记

元旦
早晨风和日丽
总觉得
今年犹如有好事

正月初四
他
一年一度邮来了明信片

朝子打开新的日记本，看到一行字：

春心静寂日记始

可是心神毕竟不能像所吟的歌那般平静安宁，只是总觉得体内什么地方留有白天的疲劳，她茫然望着日记本页角上印刷的这首歌。头脑之所以模糊不清，大概是因为不习惯日本发结那份重量吧，还是因为捉摸不定的时代不安的阴云笼罩在人们头上呢?

原来晨报报道，大政治家和大实业家就新年国家的展望、国民的觉悟，堂堂皇皇地说了一通，因此朝子也迈着注入新生力量似的步伐四处拜年，可是等到筋疲力尽而归的时候，她就感到这些显赫人物的讲话，对于一个公司老职员家的平凡女儿朝子来说，是一种毫不相干的豪言壮语。

“那侍女真没办法呀，把红茶洒了，茶碗底都湿了，也照样端给身着盛装的客人。你的衣裳有没有给弄脏呢？”

母亲刚迈出公司董事的家门就说道。她在朝子跟前弯下腰瞅了瞅艳丽和服的膝部。朝子满脸通红，几乎冒出火来。不过。她回家里折叠和服时，还是不得不认真地检查了一遍。她一边用挥发油揩拭绣有宝船的衬领上沾着的白粉，一边想起全家为了购买这件艳丽和服争论了半天的情景。

母亲头脑里盘算出：购置一件铭仙料子和服、一条窄腰带，就等于准备了所有的嫁妆，首先是结婚后还能穿个五年七年的……为什么呢？因为母亲认为除非是财主家的公子，像今天这样低工资的年轻人，哪有条件备齐妻子的全套和服呢。朝子则总想朴素些、淡雅些。她说：

“可是，妈妈，今后年轻人会一个劲地追求时髦。十年前做的和服，不是觉得太朴素了不好办吗？更何况是整身的大花纹图案呢……”

父亲拿到的年终奖金比自己估计的要少，他把成束的十元钞票分成七份送给七个子女，这是长女的、这是次男的、这是次女的……他来回地数了好几回，皱着眉头说：

“一旦爆发战争，战争年代还能穿着惹人注目的飘飘然的服装走路吗？”

父亲这席话顿时使母亲和朝子沉默不语。于是，父亲又微笑着说：

“一般来说，置备嫁妆嘛，光考虑能穿得出去还远远不够。还要做好思想准备，说不定什么时候丈夫为了婴儿而进当铺呢，还是买能当得出去的东西更聪明些吧。”

却说朝子穿上这艳丽的和服，跟着母亲上公司董事家、母校女校校长家、父亲旧友议员家等平素不照面的人家家里去拜年，无论到哪家，人家都净提到朝子的婚事问题，这样一来，简直就像到处恳求人家说：

“请您想着点，我这里也有一个上乘的待嫁姑娘，请多多关照。”

提起这事，高岛田商店的盛装好像也是新娘姿态的化装。对朝子来说，今年没能结婚，那就意味着是岁暮了，而说今年也许能结婚，那恐怕就是过新年了吧。所谓“总觉得，今年犹如有好事”，难道除了结婚以外就不会有其他什么了吗？新的一年的希望和计划，都未能迅速地爬上心头，朝子元旦这天的日记没法写。

所谓“他，一年一度邮来了明信片”的这个“他”，恐怕是指昔日的恋人吧。她一边想一边又拿起摞在桌角的贺年片看了看，同学A子在“赤仓的雪”明信片上写道：请到这里来滑雪。

一个妇女评论家在报刊上以A子为问题写过文章，所以朝子知道A子在百货店的女装部工作。据说A子第一次拿到工资的时候，非常惊讶地说：“哎呀，我只不过是把多余的时间在店里愉快地消磨掉罢了，竟还能拿到工资，真没想到。请把这些钱捐给贫民救济事业吧。”

妇女评论家写道：她的上班时间和着装，与一般女店员都不同。她不受店员规则的约束，只是接待高级女客，为客人提供咨询服务。不过像这样的资产阶级小姐，远比过去的女店员有教养、有广泛的兴趣、有社交经验，深受客人的青睐。因此不论哪家百货店或大商店都竞相雇用。这威胁着贫困的女店员的生活。朝子想起了不仅仅在职业战线上，就是在结婚战线上，像 A 子这样的小姐从女校的时候起，向她求婚的信便犹如雪片般不断飞过来。新年期间，她早已把百货店的事忘得一干二净，大概是成为滑雪场上的女王了吧。

“今年必须争取丈夫能就职，我想正月初一到吉利方位的神社参拜，朝子你知不知道哪儿的神最灵验呢？”

这是 B 子的来信，她的字迹依然是那样潦草。B 子在女校里也是个被热烈评论的恋爱结婚者。也许这封信是她那样爽朗地边笑边写，意在开玩笑的吧。不过，说不定她的性格已经发生变化，已经成为一个为家务所累、面容憔悴的人了呢。

几十组男女跳舞的照片下方，印刷着邀请参加新年舞会的字样。朝子感到奇怪，心想：舞厅的宣传怎么会飞到自己这里来呢？不过，“C 子”这两个小小的钢笔字跳进了她的眼帘。C 子当上了舞女，这点她对同学毫不隐讳，也不感到羞耻。贺年片上除了舞厅的广告以外，一个字也没有写，朝子从这里仿佛反而领略到 C 子的杂多心绪似的。

D 子的信里有这样一句话：“今年我也不愿意结婚。”她可能至今还没有从少女的友情之梦中清醒过来吧。

朝子与她们每个人都一两年没有相见了，并且也不能走她们任何人所走的路。她独自一人留在旧时代安稳的家庭里——从二楼上传来了妹妹她们朗诵《百人一首》的喧嚣声。

舔唇消脂初结发

朝子把这歌句又记在日记里。她用雪花膏把浓妆抹掉。总之，为了返回妹妹她们那般年龄，她愉快地登上了楼梯。

致父母的信

第一封信

我要给以年轻姑娘为对象的杂志撰写一篇短篇小说，可是脑子里怎么也浮现不出一个年轻姑娘喜爱的故事来。好歹试写了这篇《致父母的信》。以“致父母的信”作为小说篇名，未免太平淡无奇了。然而，我有生以来还不曾给父母亲写过一封信。今后也永远不会写。这是一封我一生中不能寄出的信。所谓致父母的信，对我来说，意味着致已故父母的信。仅仅这点，就多少可以牵动年轻姑娘的感情吧。过去少女们对描写孤儿哀愁的文章，都是很动感情的。据我的经验，这种文学中的优美的怜悯之情，大都是玄虚的。少女们从这种玄虚中培植了哀伤的感情。她们会不会喜欢我的信？这是值得怀疑的。

新的一年，我将迎来第三十四个春天。我无论如何也不能把你们叫作“父母”，我的年龄与你们的年纪是不是还有些距离呢？这种说法似乎有点奇特。但我确实不知道你们是多大年纪作古的。我也不知道我是在你们多大岁数时生下的。你们是正式结婚，我由你们的父母和兄弟抚育成人，他们多次告诉我你们的年龄，但我总是记不住。我倒不是有意忘却，或许是内心深处的某种恐惧感，不让我去记住它。我自己恐怕也只能活到你们辞世的那个岁数。这种恐惧感，自少年时代起就渗透了我的心。

我结婚已经五六年，至今还没有生儿育女。绝不是我不喜欢孩子。再说，人不可貌相，孩子都很亲近我。妻子常说我像个孩子。我也觉得，能让我保持童心的女性，就是我理想的妻子。然而，我不曾感到自己有过所谓“童心”。同孩子们嬉戏耍闹，是我秘密的天堂。和孩子们玩耍被人看见的时候，不知怎的，我觉得非常羞涩，就像自己偷了什么东西被人发现一样。凡是日本人，也许多少都有点这种感情吧。不过，我似乎还夹杂着另一种感情，就是害怕当父亲。

那是十年前的往事。我和一个年方五岁的女孩子隔着长方形火盆相对而坐，女孩子冷不防探过头来，亲吻了我的嘴唇。我吓了一大跳，把脸躲闪开，好像觉得很肮脏，下意识地用手背揩了揩嘴唇。女孩子可能是从她父母那儿学来的。她现在该是上女子学校的年龄了，也不知道她是否还记得这件事。在我的记忆里，似乎再没有什么比这件事做得更愚蠢了。被一个五岁的女孩亲嘴唇，在我的一生中恐怕不会出现第二次。因为我害怕自己有孩子。我不能容忍把像我这样的孤儿再送到社会上去。随着年龄的增长，我的身体反而结实了。妻子向来健壮。按理说我们不可能生出像我这样孱弱的孩子，孩子也不可能成为年幼的孤儿。然而，这种不合常理的感情，正是你们在我身上培养起来的。虽说父亲您体弱多病，可这不是您的罪过。您原来不是医生吗？当然，我之所以不想要孩子，还另有原因。在这里，我没有必要告诉您。

妻子也并不是很想要孩子。但是狗生下崽子，她却像自己的宝宝似的疼爱它，把它抱在怀里，紧贴在自己的乳房上，漫不经心地喃喃自语：人，生来还是应该抱点什么啊。我很明白，所谓抱点什么，当然是指抱孩子。狗崽子刚满月，我就将产箱搁在写字台旁，每天通宵达旦地看个不厌，照顾得无微不至，连工作也不专心了。它要是人，是赤子，我一定成了为子操心的父亲。我喂狗的目的之一，是为了享受喂狗崽的乐趣。对我来说，与动物为伴比与人为伴生活惬意得多，而喂狗崽比抚育儿女要省心得多，抚养别人的孩子比生育自己的孩子更自由自在得多。根据我的印象，当父亲是一种大胆的冒险。而要来的孩子，纵使将来会多么不幸，父亲还有办法搪塞罪责。所以说，我三四岁上，你们离开尘世，倘使认为我是在不幸中长大，你们就太自以为是了。我不认为自己是那样不幸。我只是担心不能使自己亲近的人得到幸福。被迫不了解父母之爱的人，是很难令人相信能主动了解父母之爱的。

我经常对妻子说：我不能和对生活无所追求的人共同生活。妻子没有职业，也没有一点学习绘画、音乐之类的兴趣，更不能帮助我工作。连妻子要读我所写的东西，我也加以禁止。她不热衷于梳妆打扮，也并不热心操持家务。这么一来，每天生活的希望在哪里？无论什么时刻，只要我吃饭，妻子也想吃；我睡觉，妻子也想睡。就这样，家庭虽然没有掀起什么风波，可眼看着妻子越来越失去生活的能力，只能认为我们等待着逐步走向别离的道路。由于逐步走向别离的想法不知不觉渗透到妻子的脑海里，我便渐渐使妻子失去在我家中度日的希望，相反，目前她想同我分手，自己经营类似饮食店的买卖，人来人往，热热闹闹，这竟成了妻子虚幻的希望。要说我现在能给妻子什么，充其量给她工作，让她有信心，知道谁都会喜欢她。倘若把她一个人推到社会上去，那么她这份信心便成为我送给她的一份最好的礼物。

我就是进一步增强她这份信心，她也不会自负，以至成为笑柄。的确，无论是男是女，一般都很喜欢她。有时遇见别人，妻子就在我身边，我可以默然了事。我也乐意担任这种角色。在我看来，某些人对我不易放心，对妻子则很快放松警惕。从别人家里回来，妻子总是喜气洋洋地欢闹一番。不仅是由于外出而心情舒畅，而且也因为人家很喜欢她。妻子没有明显地觉察到这点。待我明确地对她说过之后，她这才恍然大悟。她高高兴兴，歪了歪脑袋说：真是不可思议啊。

我很了解妻子这种好品质，却口头禅似的说想要同她分手。那是有种种理由的。其一是，她不是我不幸的人生旋律。十七八岁以后的她绝不是幸福的，而是遭遇了痛苦，犹如一夜之间头发全变白了似的。我曾一边笑一边将她的白发拔掉，足足花了一个晚上。对于不幸，她不伤心，也不想去战胜它，她就是具有这种天性。一句话，她是个贤妻良母型的女性。大概只有孩子，才使她对每天的生活充满希望。假使死人也有灵魂，我希望你们不是对我，而是对妻子赔礼道歉。妻子有许多亲人，可我不曾领受过亲人的温暖。我一想到你们的女儿——即我的姐姐——如果能活到今天，就会不寒而栗。比方说，即使我看到自己所爱的女性同她的亲人在一起，也怎么都感觉不到他们之间有什么关系。

顺便也谈谈我爱什么样的女性吧。在和睦的家庭中成长的少女，她那朦朦胧胧的眼泪汪汪的媚态，实在让人魂牵梦萦，可是却引不起我的爱。归根结底，对我来说是个异国人吧。我喜欢这种少女：她同亲人分离，在不幸的环境中长大，又不愿意承认自己的不幸，并且战胜了这种不幸，走过来了。这个胜利，后来在她面前横下一道无边的沦落的斜坡。她性格刚强，不知道害怕。这种少女具有一种危险性，我被它吸引。让这种少女恢复纯洁的心，自己的心也将变得纯洁，这似乎就是我的恋情。因此我爱的总是限于年龄在小孩与大人之间的女性。对已经成年的女性，首先我就没有深切的爱恋。我曾向一个可以说已经成人的姑娘坦率地表示了爱慕之情，遭到了她的拒绝，于是我用出租车把她送走，下车时我说：让我们明天作为朋友再见吧。说罢，我大声笑了。我并不是觉得滑稽，而是由衷地感到喜悦。不管怎么说，笑是不严肃的，我想忍住笑，朗朗的笑声却不知从哪儿哈哈地发出来。对方如果是刚才说过的少女，岂止不应该笑，而且应该永远感到心疼。因为对方是不能轻松欢笑的女性。即使她笑得很娇媚，这种笑也能使人看出她的寂寥。她们自从同我中断联系，果然以惊人的速度向社会的深渊沦落下去了。尽管我说“她们”，但并不是说我遇上好几个少女。虽说是联系，我的恋慕之心就像梦幻中的故事，对少女连一个指头也不想去触摸。我这种心情，还不曾使少女了解到。然而，过了十个春秋，她们长大成人以后，又颇怀念地回忆起我的事，哭着要见我。我却非常讨厌过去。我的恋爱经历大体上就是这样。

我二十三岁上，曾打算同一位年方十六的少女结婚，为了征得她双亲的同意，我曾同友人到临近冬天的北国去。她的父亲是小学勤杂工。我们和他在学校值班室里攀谈起来，我把袖管拉到掌心，然后把手伸到地炉上，因为我害怕他看见我那双瘦骨嶙峋的手腕。友人冷不防地对他说，我的父亲在日俄战争中阵亡了。我顿时满脸涨红，软弱无力地笑了笑。你们并不是得了于心有愧的、特别需要隐瞒的病而逝世的。然而，我双亲早逝，自己又是弱不禁风，人家是不会马马虎虎地将女儿许配给我的。我不知多少次、对多少人辩解过，我小时候除了出麻疹以外，没有看过一次病。征兵检查时，我不愿意让人看见我瘦弱的身体，在检查之前到伊豆温泉疗养了近一个月，还特地提前两天到接受检查的镇子去静养，以便恢复旅途的劳顿，每天吃十个生鸡蛋。尽管如此，检查时仍然遭到军医的严厉斥责：文学家这种身体，对国家有什么用！

一听说要征兵检查，排行第二的父亲您为了逃避兵役，曾到没有孩子的人家去当名义上的养子，一时还改成了别人的姓。我一次也没梦见过你们，可是我把这个人的姓记得清清楚楚。到了必须用假名的时候，至少是为了回忆您，我也要使用这个姓名。比方说，假使我同一个并非我妻子的女人在外面过夜，我将在旅馆登记簿上书写父亲您的姓名而不是我的姓名，女方书写母亲您的姓名而不是她的姓名。这么一来，无论遭到多少次意外的盘问，也不至于手足无措了。我一次也没遇上这种机会，但有朝一日要试试把你们当作犹在人世的人来对待。

当然，隐藏在内心深处的对你们的憧憬，在我的人生观和生死观中也表露出来了。现在将这些写出来，年轻姑娘也是不会理解的。我写这封信，也不是为了投寄给你们，而是为年轻的姑娘阅读的杂志撰写的。

你们的独生子也想不起你们了。故去的父母啊，安息吧。

第二封信

死去的父母啊……现在我这样召唤，不过是给这篇文章修饰一番而已。正如前次给你们写信，不能把你们叫作父亲和母亲一样，现在对我来说，你们也形同风声和明月。就算我给风声写这封信也未尝不可，给明月写这封信也未尝不可。我不想让我的朋友们，也不想让我所爱的少女听见我这般娇憨、软弱、感伤的牢骚。也许风声和明月才是最好的听众吧。难得的是，在我高兴时，风声和明月也异常高兴。在我悲伤时，它们也显得非常悲伤。不论我如何杜撰，它们也绝不回头，用一种似乎在说“你别胡诌”的目光来看我一眼，就像绝不回头的人的背影一样。我写到这里，觉得以往自己对各式各样人物的背影评头品足太多了。莫非只有让我看到人家的背影时，我才能说真心话？这种情况也不仅限于我，也许谁都是在看到心爱的人的背影时，反而比面对面时有更多的话涌上心头吧。只是我比别人更厉害些就是了。我之所以变成这个样子，说不定也是早亡的你们的罪过吧。

首先，如同我的祖父——我懂事以后唯一的亲人祖父，在农村家中与我相依为命的祖父，也就是你们的父亲——净让我看到背影的情况一样。背影不能看见东西，祖父也看不见我。晚年的祖父几乎双目失明，我曾不时从寝室里的狗，联想起我这位祖父。如果是格外受到妻子宠爱的狗，夫妻两人欢闹时，狗以为是夫妻打架，便会冲着男方吠个不停，甚至咬男方的腿。不过，一般的狗并不特别理会寝室里的夫妇。另外，狗不论看到人们多么荒唐的举止，也毫不惊奇。这的确是很难得的。对我来说，你们在这点上也是可贵的。我不记得曾听过你们说话。你们与活在人世间的父母们不一样，我即使想干点什么，你们连眉头也不皱一下，一句不满的话也不说。听起来像是我埋怨你们，故意为难似的。一般人认为，亲人的魅力大部分在于能让彼此看见自己的荒唐举止。父母在幼儿面前，丈夫在妻子面前，表现的动作是多么愚蠢。如果白天将同样的举止拿到大街上表演一番，人们还会以为你是白痴或是疯子，前来围观呢。在谁也瞧不见的地方，孤零零一个人面对着墙做一些荒唐的动作，这种姿态是相当凄凉的。因此想讨老婆，也许同想表演一番荒唐举止是一样的吧。今后要是能找到一个为我所爱的少女，我想我决不会从自己的嘴里说出一句“我爱你”，更不会想到要去触摸她的身体。这姑且不去说，但是，不让她看到我的荒唐举止，将成为我的终生憾事。哪怕对着她的背影或照片，也要让她看到我表演一番愚蠢的动作。假使她是个瞎子，我在她的面前无论做什么动作，她都是看不见的。我正在回忆双目失明的祖父，这种空想忽然在我的脑海里浮现。多年来，我时不时地仔细端详双目失明的祖父的脸，简直像凝望照片和肖像画一样。对方看不见我，所以我可以长久地盯着对方，我就是这样生活过来的。我是祖父抚育的孩子，在家里非常任性。祖父气得直打哆嗦，我带着赔不是的目光流着泪水，直勾勾地望着祖父的脸。祖父看不见我的眼泪，依然怒气冲冲。我知道祖父看不见我，也就不觉得流泪是难为情的了，就如同对着人家的背影低头抽泣一样。即使在别的时候长时间盯着祖父的脸，少年的我也不免会感染一种无以名状的寂寞思绪。我有直勾勾盯视人脸的毛病。这种毛病说不定是同盲人单独在一起生活多年养成的吧。

……少女没有耷拉脑袋，而是把头昂起来，拂起和服的袖子掩住了脸面。我意识到自己又犯老毛病了，脸上便露出了难堪的神色，说：“我又在看你的脸呀。”“嗯，那也没什么。”“真不好意思啊！”“不，你要看也不是不行啦，要看就看吧。”少女说罢，放下袖子，摆出一副努力接受我正视的神情。我却把视线移开了。“我习惯了，可还有点不好意思。”少女说着脸上泛起了红潮，闪烁着锐利的目光，“我的脸嘛，以后天天看见，就不稀罕了，我可以放心了。”

对了，早在八九年前，我已把这件事写在我的短篇小说里。只有少女这句话是虚构的，即“我的脸就不稀罕了”。“我的脸就不稀罕了”这句话，当然意味着我要同她结婚——她用袖子遮住脸，是在河畔一家旅馆里的事。刚过一个月，我们便在河对岸的旅馆里订了婚。此后又过了不到一个月，她就撕毁了婚约。我上次给你们写的信，即那封只好投到墓地的信，上面写了一段关于我到北国去见她父亲的事。多少年来，我一直思念着她，现在在这里再也不想写这件事了。前天恰巧是第十个年头，那位少女来我家造访，然后又留下非常寂寞的背影走了。

这封信有好几处我写了“背影”，一个人充满感情凝望着另一个人的背影，并深深地刻印在心间，这种机会是不会太多的。前天夜里看见的少女的背影，确实是少见的背影之一。她在傍晚六点来到，十一点左右回去，已是深夜了。我把她送到正门。可能是夜深了，家中的女人洗完澡后，将挡雨板都关上了。我把它打开，先于她走出院子，一直把黑色短褂外套着黑大衣的她送到大门口。提起这件黑色和服短褂，我原先在三叠大的书斋里，还以为它本来是别的颜色，后来才染黑的。我看了大半天，心想：这种令人讨厌的事，自己何必去考虑呢。然而，这又是另一种亲切的表现。呼唤死去的你们只是一种形式，这封信要在许多读者面前公开的。阔别十年，昔日的少女又来造访，大概由于我是小说家的缘故吧。她的前半生是不幸的，十年前同初出茅庐的小说家订了婚，更增加了她的不幸，而她自己却没有觉察。不仅如此，她阅读我写的有关她的小说，而且思念我，这似乎是对她不幸的一种慰藉，也成了她的一个摆脱不幸的办法。临走前，她要求我不要将她前天来访的事告诉她昔日的相识，也是我最亲密的朋友。为这次来访，她犹豫了三四年，甚至七八年，说明我的家是多么让人难以造访啊。她反复地问道：你万没有想到我会来吧？你大概觉得我这个女人太厚颜无耻了吧？她说：小女佣在打扫庭院，她给我开了门，真不知帮了我多大的忙啊！妻子非常气恼，说她那副样子像一只贼猫。我一询问，原来是小女佣猛然把门打开的时候，站在门外的少女一溜烟地跑到三间房外的拐角处，然后又从那里悄悄地折回来，再三打听家里有没有人。她上了走廊还询问同样的问题。她可能不太了解我家里有什么人和我家的门牌号码。昨晚一个滑稽剧舞女告诉我：两三天前，有位女子到后台来打听菱沼先生目前在不在东京。她好像是从报刊杂志上了解到我当小滑稽剧院顾问的事。据说，她一次也没有欣赏过滑稽剧，却到那里去探听我的住址。她只打听到我家在上野樱木町，不知道门牌号码。她从上野公园正门穿到后门，问了两次警察，然后又问了一个推销员，才找到我家。回去的路，她不甚清楚。本应送她到电车站，或者让她乘出租车才是。但是怕妻子不高兴，我没有这样做。我只是走在她前头，出了正门，把她送到大门口。门扉是她自己打开的，也是她自己关闭的。她不会故作媚态，再说我也没有闲工夫去看她的背影。可是，当她把门关上的时候，我的心潮不由得起伏翻腾，仿佛看到了一个非常寂寞的背影。像是把少女送到遥远的国度去，又像是让她随着时光的流逝而消失了。从上次少女来见我，到这次再来，相距已经十年了。我不禁想道：下次重逢是不是又要再过十年呢。

不用说，那天夜里我和妻子都难以成眠。我服了比平时多一倍的安眠药。由于药物的作用，昨天早晨我的脑袋还是昏昏沉沉的。妻子硬把我摇醒，说是又有一位少女在等我醒来。不知出于偶然还是别的什么原因，昔日的少女不断来访。虽然这位少女同我阔别了整整七年才又相逢，却没有前一天的少女来得唐突。因为早晨来的少女，前些日子给我来过信。只是这封信比前一天的少女来访，更使我出乎意外。另外这又是她第一次给我写信。七八年前我们住在附近，同她经常会面，用不着书信往来。据说，前天来的少女曾对小女佣说：也许他早已把我忘得一干二净了。昨天来的少女在信里写道：也许你早已把我抛诸脑后了。当小女佣传达前天来的少女的旧姓时，我还误以为是与她同姓的一个年轻小说家呢。当女佣再说“是位妇女”时，我立即想到：啊，原来是她！我对她阔别十年出其不意的来访，丝毫也不觉得奇怪。恐怕是由于这五六年来，我无时不在思念她的缘故。然而，昨天来的少女，这几年里我早已完全忘却了。我接到她前些日子的来信，还误以为是别的女人写的呢。十年前曾同前天来的少女一起，在本乡的咖啡馆工作过很短时间的那些女招待中，有一个和发信人同名的。她也在前年底忽然寄来一封信。记得信上是这样写的：看在朋友的份上，我有一事相求，若登门拜访不便，希望能找个地方面叙。我猜想，所谓朋友，也许是我昔日的情人。我无意中迟迟未复。她特别多疑，又来信说：像我这样的女子给您写信，给您添麻烦了吧。我大吃一惊，连忙写了一封道歉信。我心想：那位女子结婚以后可能改姓了吧。把信再读下去，我想起了七年前的两个女学生，尤其是那个赤身露体的。她在公共澡堂更衣处亭亭玉立。只不过从我眼里一掠而过，然而像她这样矫健年轻、充满美感的肉体，我还不曾看过。因此这一瞬间的记忆至今犹新，如同带有宗教色彩的新鲜的梦境一样，仍未从我的心中消逝。然而，如今的她同这种强光般的梦境结合不起来了。人世间生活的艰辛，使七年后这位少女的信也变得模模糊糊了。她父亲一年前得了胃癌，最近故去。她只有一个九岁的弟弟。举目无亲，又找不到工作维持今后的生计，唯一的一个朋友也于上月结了婚。只剩下她孤零零的一个人了。一天，她从杂志的卷首插图中看见了我的照片，倍感亲切，心想，说不定可以托他给找个工作呢。于是，就给我来信。我们四五个大学生，过去常常同她们一起游玩。由于职业的关系，每月的杂志都印有我的名字。所以除我之外，其他人的情况她一无所知。她在信尾写了这么一句话：如有机会见到旧友，请转告他们，我还活在人世。我复信说：介绍工作一事，暂时难以实现，得便的话，愿恭候畅叙旧谊。昨天上午她来了。她们俩总是在一起，我辨不出她们谁是谁了。不过，我问妻子，来访的是个美人吗？我是一边脱睡衣一边笑着问的。其实，直到会面之前，写信人究竟是那位健美的少女，还是另一位少女，我也不能清晰地回忆起来。

前天来的少女，坐了五小时。昨天来的少女，待了一个小时就离去了。这固然是因为我昨天下午一点钟有课，少女怕耽误我上课。不过，她也并不是特地来拜访我，而是到附近大街上取借款顺道前来的。为了同样的事，她还要绕到郊外去。我把她送出大门口。像前天晚上一样，我无意目送少女远去的背影。我模模糊糊地想过，近期可能还会同她再见的。事实正相反，前天晚上来的少女临走时问了一堆问题，诸如今后我可以给您写信吗？给您写信能接到您的回信吗？昨天的少女走时沉默不语，却先来信了。信中写道：分别多年又见面，您音容依旧，我很是怀念。相形之下，我的境遇却发生了很大的变化，连我自己也惊愕不已。今后如何生活呢？想到这些，我就感到异常孤寂。昨天从您那儿出来，又到熟人那里去了，还是不能如愿。我想，反正要失身，还是在人地生疏的大阪失身好，我多想尽早离开东京啊。但一想到难得同您见面，马上又要远走他方，不知何年何月才能重逢，眼泪就簌簌地落下来了。

我开始给已不在人世的你们写这封全是虚构的信时，恰巧邮差送来了这位少女的来信。我陷入了无法形容的自我嫌恶的深渊之中，茫然待了三四个小时。前天来的少女和昨天来的少女，都以为我已发迹，把我看成财主了。她们要是知道我是靠出卖这些送往坟场的信，来还清上月的房租和各种开支，不知该会多么震惊啊。这些姑且不说，就说我把她们称作少女这件事吧，也会吓得她们目瞪口呆的。前天来的少女一再声称：再过三年她就三十岁了。我在她十七岁以后，就没有见过她。在我的心中，她总是个十七岁的少女。事隔十年再次来访，她已是二十七岁了。这毫不奇怪，听说她的长女都快十岁了。我曾在北国的市镇上，见过她的父亲一面，据说他去年也曾到东京她的家住过。她说，她父亲反正已是老耄之年，活不长了。我曾想过，如果我结婚，就把她妹子叫来。她撕毁婚约以后，我又曾梦想过，有朝一日，也要同她年幼的妹子恋爱……据说，这位妹子也是由她抚养成人的，去年十九岁上结了婚，今年要生孩子了。“十年，下一个十年，你又该让女儿结婚啰。”我说。“不，用不着十年，再过七八年，她就完全长大成人啰。”她说着，寂寞地笑了笑。据说，她十八岁上生了第一个女儿，此后丈夫患病，她护理了四年，丈夫故去了。去年，她同现在的丈夫生下的长子也夭折了。不满周岁的女儿是靠牛奶喂养大的。她丈夫去年失业了。昨天来的少女也落落寡欢地说：那时候还有所谓青春，可是……七八年前，她还是个女学生，如今已是二十六七岁了。她们净谈生活重担一类的话，似乎想要我帮点什么忙，这也没有什么不可思议的。我依旧把她们叫作少女，写下一行好像是对风声、对明月的喃喃自语，我是个多么稚气的少年啊。这封信的对象是你们，然而哪儿都找不到你们。我也就不用担心你们会说：你净写些虚构的事寄来。这可能就是我的幸福吧。我对风声和明月，也早有种种回忆，若不追思这些回忆，那什么也说不出来。只有你们没给我留下什么回忆。对于所有的人来说，父母应该是最丰富最亲切的回忆的源泉。唯独我却没有任何一点这方面的感受。这是多么幸福啊。没有背影的你们啊。

夜阑人静，把门扉关上，少女的背影消失了。据她说，她有严重的心脏病，发作起来，常常下气不接上气。有一回走路也头晕目眩，看不见东西，好在她性格刚强，紧闭眼睛，喊了声“挺住”，也就挺住了，所以还好。她若是个懦弱的人，当场倒下，不知会给陌生人添多少麻烦。她还说，她搽了胭脂才显得有点红光，其实她的脸色是苍白的。医生曾对她宣布过，如果不保持绝对安静，说不定什么时候就会死去。两三天前，她曾去占卦先生那儿算过命。她生活不富裕，当然没有条件雇用女佣，她自己抚养两个孩子，再加上又爱干净，不从早干到晚就不舒心。为了生活，她只得支撑着病体拼命干，或许还得到酒店那种同安静正相反的地方去。面对这样的背影，我该说些什么呢？我觉得比较起来，还是面对死去的父母倾吐衷肠轻松得多。

你们的独生子也想不起你们了，故去的父母啊，安息吧！

第三封信

这是盂兰盆节的十六日晚上，据说地狱也要揭开饭锅盖的。我和妻子在上野大街上漫步。妻子在一家佛龛铺前停住脚步，说：

“明年咱家也买一个佛龛吧。”

“别胡说，家里要是安置什么佛龛，会死人的！”

“什么死不死的，你不死，不会有人死。”

“是啊。”

在人流里步行时的对话就此结束。我仍然不想要孩子。那么要说死，不是妻子，肯定就是我。

我没兄弟。我想，我是应该向你们表示感谢的。这种说法，难道是没话找话吗。我是一个轻薄的人，同我写的东西有许多虚构和杜撰一样，我说话也是非常任性的。有时我也这样自省。

“姐姐还活着就好了，可是……”

每逢人们这样说，我都厌恶，甚至战栗。在不到二十岁的少年来说，不拘怎样，这也不完全是虚饰吧。但这并不是说姐姐是个令人讨厌的少女。

你们谢世七八年后，姐姐十五岁上也告别了人世。当时我才十一二岁。你们作古不久，祖父母把我带回故乡。这时候，姐姐寄养在姨母家。我们分两地生活。连有姐姐这件事，我也都忘得一干二净了。姐姐的死，我也只是通过祖父的悲伤才感受到的。我还记得，姐姐咽气前，连祖父也没能赶上见她一面。再说，他也没带我去参加葬礼。从姐姐离开我直到逝世这段时间，我总共只见过姐姐两次。一次是姐姐回故乡参加祖母的葬礼，一次是祖母去世不久，我在姨母的陪同下走访亲戚的时候。那年我已八岁了，可还是回忆不起姐姐的任何特征。只有一个称得上是记忆的东西，那就是正如你们知道的，老家紧挨正门那间房子面向庭院南边，有一个两层的走廊，廊外柱与柱之间都架着横栏杆，我坐在上面当马骑，姐姐就在榻榻米上哭叫起来……那时的心情，我至今记忆犹新。就是说，我悔恨自己做错了事，为了隐瞒自己的过错，反而虚张声势。由于我的过错，姐姐才啼哭的。我却不理睬姐姐，只是望着她。这意想不到的结果是我招来的，我却苦于不知如何收拾这局面。这还不算，姐姐的哭相、声音，一切的一切都回忆不起来了，脑子里只留下了她哭泣的印象。这种没有具体形象而只有感觉的东西，不能成为把我同姐姐分离，或者切断我同姐姐的感情联系的缘由。这反而使我了解姐姐的秉性。“你淘气任性，姐姐经常遭你欺负，感到为难呢。”多少年以后，表姐还将姐姐回老家时的情况告诉了我。可以想象，她长期寄养在姨母家，短期回祖父母身边，或许对什么东西都感到不协调、不亲切，心情很不舒畅。我那时候，比方说，早晨不想上学。村里的小同学习惯于每天都在神社前集合，然后一起上学。每个村子都比赛出勤率，只要有人缺席，那个村子的所有孩子都有责任。所以他们就在神社前集合点名，一起到缺席的孩子家里把人带走。祖父母害怕这一手（虽然这么说，实际上祖母在我上小学那年夏天已经去世了），他们来了，立刻把打开的挡雨板全部关上。老人害怕那些孩子来呼唤我的声音，便同我默不作声地把身子缩成一团。渐渐地，外面的孩子骂声四起，还用石子砸挡雨板。眼看快到上课时间，这伙敌人才撤离。他们一撤走，祖父如释重负地说：

“不要紧了，都走啦。”

说着，祖父打开了挡雨板。

我就是这般任性。姐姐从小寄人篱下，对我这样一个弟弟，她一定有许多痛苦的感觉，这是可以想象到的。

在大阪，饭吃到最后，一定要用茶水泡饭，这已成了一种习惯。事情多半发生在吃茶泡饭的时候吧，姨母对姐姐说：

“要是不好好嚼，茶泡饭也会伤胃的。”

“嗯。姨妈。我连汤都好好嚼了才咽下去。”

从姨母那里听说了这个情况，我觉得太可怜了。

你们早逝，我没有留下任何记忆。这样我倒觉得更加幸运。我的情况，大概是幸运和不幸各占一半。可你们必须向姐姐道歉。姐姐比我大五六岁，对你们恐怕会有很多记忆的。再加上她是个女孩子，还是个十五岁就死去的少女。由于这个缘故，姐姐不至于像我这样想——父母早逝倒好。这样想确实是令人讨厌的。这就是姐姐的可怜之处。你们向姐姐道歉的话，我也要让妻子代表我去接受你们的歉意。倘使我有孩子，你们也应该向这些孩子道歉。不仅如此，可以说你们对我接触过的所有的人都多少负有罪责。你们明白了吗？我是这么说的。如果你们以为我始终如一地想念你们的话，你们就未免太自负了。且不说你们的存在——尽管我认为是不存在——对我会有什么影响，但对我所接触的人产生了影响，这是确实无疑的。有这样一句健康的格言：没有父母的孩子也照样能成长。如果把这句格言加以不健全的解释，那么，在孩子来说，没有父母比有父母对他们的成长影响更大。无论这是象征你们输，还是象征我输，都是命运的作弄。你们早逝而不存在了，我为你们惋惜。

总之，姨母把姐姐“连汤也嚼”的回答，只当作一般的解释，说成是姐姐单纯温顺、纯朴谨慎的性格的表现。她就是这样告诉我的。这也可能是真的。作为我来说，不愿意把它歪曲，硬要从中看到姐姐的不幸。再说，我对姐弟缘分淡薄的姐姐也不那么关心。然而，我听了，也不能只报以微笑。也许姐姐当时当真是认认真真地嚼汤了。姨母家的人都愉快地笑了吧。诚然，这是一派合家欢乐的景象。但姐姐不是这家的人。毕竟不是这家的人。

据说姐姐学习成绩优异，聪明伶俐，博得姨母家人的喜爱。姐姐养成了非常温顺和谨慎的性格。祖父去世之后，我孤苦伶仃，每回学校放假，我都在姨母家里寄食，按理说，我可以从姨母她们那里听说许多有关姐姐的事。同时我与和姐姐同龄的表姐关系又很密切，她现在在东京居住，我也曾从她那里听到过姐姐的事。可是，听了以后，我马上露出厌烦的神色，也没有好好跟她搭话。也许是这个缘故吧，我们的交谈总是提不起劲来。我听过的事也没有记住。

“你看过吗？还有一张孩提时的照片。”

“嗯。”我模棱两可地笑了笑。我没有机会了解姐姐的容貌。她虽然给我看过那张照片，可我早已忘得一干二净了。姐姐是位肌肤洁白、体态丰盈的少女，这也是我随心所欲地想象出来的。倘使要用更多的语言来描写，那就成了我荒唐无稽的虚构了。

我姐姐就是这样一个人，人家说向右转，也许她就能向右转三年。可以想象到，倘使她还健在，姨母给她选对象，不管她本人愿意不愿意，大概都会答应成婚，度过平凡的一生。

“没什么姐弟缘分，还不如干脆没有姐姐好。”

妻子有七个兄弟姐妹，这是她眼下的口头禅。总之，只要观察一下社会，也会发觉这句话大体上是正确的。

“是啊，特别是过城市生活的人更是如此。还不如非亲非故的朋友好。一般觉得兄弟姊妹幸福的时候，定然有一方是不幸的。我姐姐还健在的话，这会儿一定是通过她丈夫的眼睛来观察弟弟，她丈夫对我说三道四，她也就会随声附和。女人的所谓幸福，也无非如此而已。”

“没这回事。”

“总之，女人的不幸我看不下去啊。”

我边说边思索：与其说我在想姐姐还健在这样梦一般的事，不如说是在想表姐妹她们的事。可以说她们一个个都不怎么幸福。

据来信说，母亲您娘家的姑娘们，也就是您的四个外甥女，老大的丈夫早逝，留下一个身心孱弱的独生子，好像是为了分财产而吃尽苦头。老二嫁给一个骑兵，丈夫在青岛打仗期间去世了，留下一个女儿。老三从女子学校毕业不久，患了肺病，她同一个百货店的店员结婚，两年前也已故去。因此老四当了老三丈夫的填房，她母亲便同小女儿住在一起了。她们的两个兄弟，前些年失去了房屋和田地，在城市里漂泊无着，甚至连个固定住所都没有。你们的亲戚，也就是在农村的世家全都没落了。就说收养我姐姐的姨母家吧。姑娘们中最大的表姐，已是四十光景，也没生个孩子。前些日子，她丈夫还得了不治之症。中间的表妹……对了，盂兰盆节的十六日晚上，我们夫妇俩就是打算到这位表妹家去，于是走出了家门。具体来说，妻子去这位表妹家，我则叩访附近的友人，然后到离那儿不远的某少女家碰头，一起回家。表妹的孩子是在学龄前就得了胃溃疡，愈后情况不佳，他们托我去请在这少女家的一位僧人来作祈祷。

“搬家时她还很注意房子的方向和风水呢，年纪轻轻的，竟相信各种怪玩意儿。也许是太不幸了吧。”妻子说。

“大概是吧。”

“听说前些日子她也请风水先生来看了看现在这所房子，人家说这所房子会使主妇苦恼不已，所以她近期内还要搬家呢。”

“看了这许多家的情况，还是我这样好吧。”

即使当晚也是如此。赶上盂兰盆节的十六日，我们走了好久，也没有空车驶过来。偶尔叫住一辆，司机连车钱都不谈就走了，大概是从东京这头到那头还可以接三四趟客，比较上算的缘故吧。我觉得仿佛是妻子的责任，就说了一些不得体的话：

“这点常识你应该懂得嘛。今天是盂兰盆节的十六日，空车少，为什么早没想到坐国营电车去呢！这么一丁点事你都办不好，这就不好啰。”

我这般任性，这般固执，为什么还能在这个社会上立足呢？大概是天性如此，不会认真思索，也不拘形式吧。我就是这样打发着日子。没有什么值得悲伤，也没有什么可懊悔的。

总是坐不上出租车，我便决定推迟到明天再去表妹家。我们到了上野大街，来到佛龛铺附近的一家袈裟铺前，我止住了脚步，凝望着橱窗。近来我经常观赏舞蹈，就说：

“用这种袈裟布做舞蹈服怎么样？”

这时我忽然想起故乡盂兰盆节的施舍饿鬼来。僧侣们身穿这种带金银色、紫色和绯红色的袈裟，环绕着大雄宝殿的佛爷，边走边撒莲花瓣——仿佛那些莲花瓣就在我的眼前翩翩飘舞。不知故乡的坟墓怎么样了。

我的先祖是村里的豪门大族，可能是这种荣誉的关系吧，我家拥有自家的墓山，远离村里的墓地。如今这山也只剩下立着三四十块石碑的山麓了。祖父把其他的地卖掉了。卖给别人那部分，在我童年时代就被辟成桃山。山主把耕地渐渐扩展到墓地那边。那棵作为界标的大松树已经枯萎，界石也被掘起来。我每个假期回到故乡，看到围绕坟墓的青松和杂林都日益稀疏，好像墓碑都渐渐裸露出来似的。还在中学时代，我就空想过：我早晚会飞黄腾达，到那时候，一定要把坟墓周围被侵占的土地重新买回来，并且修筑起漂亮的石头围墙。今年盂兰盆节也会有人给他们扫墓，将埋没石碑的青草除掉吧。像盂兰盆节这样古老的风俗，对于故乡的村庄还是适合的。

从上野大街走进背巷，只见家家户户的门口都焚起送火[①]，不知怎的，令人产生一种可怕的寂寞感。如今东京称得上过精灵祭的人家还能有几家呢?

“是今晚送先祖吧？那孩子的家昨晚就办了。”我对妻子说。因

①在盂兰盆节最后一天，即七月十六日，焚火送走祖先的灵魂。

为僧人常常进出的那家的少女，昨天中元节来时说：

“今晚一点钟左右，我得回去焚烧送火呢。”

这少女家的坟墓距我家很近，昨天我也探问过：

“今天不去扫墓吗？”

“什么，扫什么墓呀，今天他们不在哪。”

“噢，对了。今天是盂兰盆节，先祖要回家来。”

妻子从旁插话说：

“咱家也迎迎吧，不然准没好事。先祖无依无靠，也怪可怜的，不是吗？”

那个所谓先祖的世界，妻子不太相信，也不太怀疑，她只是这么说说罢了。尽管如此，她却想为你们——连照片都没见过的你们添置佛龛，在盂兰盆节迎你们回来，我觉得有点滑稽可笑。因此，我就写了这封信，以替代过盂兰盆节，但不知能不能用它来供奉你们。

连你们的独生子也想不起你们了。故去的父母啊，安息吧！

第四封信

在海滨避暑，的确很舒适。可是一回到东京，家中由于拖欠费用，停止供应煤气了，电力公司扬言要断电，税务局通知了拍卖查封物品的日子，米铺把凭折拿走，一去不复返，又不知它们的门牌号码，女佣每天拿着五角钱去买米……竟是这么一幅景象。

我在从海滨回来的火车上，就曾对妻子说：“回到东京，还不知会发生什么有趣的事呢。”

“是啊。”

“净是跑来讨债的。”

“嗯，可不是。”

“在海滨无忧无虑，倒是很舒心。几乎没有为钱的事担忧过。近一个月里，只写了一篇少女小说和四篇新闻报道。”

就这样，我们作了一次不光彩的谈话。我一转念又想：“到哪儿找个寂寞的山，干自己的一番事业，这样更好吧。”

姑且不说这些了。我本是个乡下人，在这个镇上度过了炎炎的夏日。我一旦凝视着海，心就总被那里的风光，诸如海潮的颜色，波浪的翻腾所牵动。上了山路，只见海岸附近那些平凡的小山上，种了许多小松。就是没这许多小松，夏日也是一片葱茂，绿意盎然。不过我不是特意去观赏风光，也不觉得有什么值得一看的东西。我只是静静地呆呆地看着，心情也很坦荡。这大概是一种缱绻的乡情吧。正如你们知道的，故乡有平凡的小山，却没有海。

我们的先祖在这些小山的一个山麓下，修建了一座黄檗宗的庙宇。我童年时代，那庙宇是尼姑庵，庵里的尼姑是我祖父的养女，也就是你们的妹妹。寺庙的山林和田地都是我家所有。那时节，没有地主。供奉虚空藏菩萨为主佛，每年十三参拜节[①]，十三岁的孩子从老远的地方，成群结队地赶来参拜。这是一年中村里最热闹的时刻，也是父亲您少年时代最快乐的日子吧。那位尼姑去世也将近二十年了。我还记得，在小学毕业或者刚上中学的时候，我好几次趁天还未亮，独自登上那座庙的后山，是为了观日出。为什么要观日出呢？现在我已没有印象了。许是正月初一的早晨吧，那时候我读过的美文集里，一定描写过元旦的日出美景，实际上我也是很想观赏的。即使没有这个目的，我也经常这样做。我像一个轻松愉快地干活的

①每年阴历三月十三日（现阳历四月十三日），十三岁的少男少女穿上盛装，去寺庙参拜虚空藏菩萨，祈求福德与智慧。

花匠，爬上了庭院里的厚皮香树，坐在粗大的树枝上读书。在这里读书，远比在房间里读书心里更踏实。这种时刻，坐在树上，就如同坐在长途旅行的火车上，万般杂念皆抛诸脑后。也好比刚到旅馆，一仰脸就躺下，觉得非常清爽、坦荡而安闲。夏天午睡，我也喜欢伸展着身子，躺在橡树荫下的长点景石上。可能是有这个习惯吧，祖父逝世时，我向前来吊唁的宾客致意，鼻血流淌出来，我便立即飞跑到庭院，仰卧在那块熟悉的点景石上。包括你们在内，我所有的至亲都先行与世长辞，只留下孤苦伶仃的一个遗属——我。举行葬礼那天，我流淌鼻血。要是惊扰了别人，在前来帮忙的人面前，我会感到无地自容。更重要的是，我不愿意让人把我看成“可怜虫”，这才逃到点景石上来的。透过橡树叶子的缝隙，可以看到夏日天空的碎片恍如洒落了下来。随着树叶的摇曳，天空不断地变幻着形状，就如同孩子们多变的游戏。鼻血止住了，第二天早晨去拾骨灰。村里的火葬场是露天的，没有围墙，也没有顶盖，只掘了一个洞穴，堆上柴火，把尸体放在上面焚烧。我拿着竹筷，在洞穴边蹲下，烟火便扑鼻而来，鼻血又滴滴答答地流个不停。我慌忙用腰带堵住鼻孔。这回不仅不易止血，而且流得更加厉害了。我扭头就往山里跑，躺在小山另一侧的山腰上。山麓正好有一泓池水，水面波光潋滟，恍如一块耀目的银板。定睛凝望，银板仿佛轻飘飘地浮在太空。心里的烦恼也消失了。鼻血已止，顿觉十分舒畅。不久，我听见从火葬场那边传来呼唤我的声音。我整了整腰带，又折回去，用竹筷夹起祖父的喉节骨。所幸的是，我系的是一条黑色丝纶腰带，上面沾满鲜血，却不显眼。这以后，我怎么也不能对别人讲我在葬礼和拾骨那天流过鼻血。那条沾满鲜血的腰带，变得硬邦邦的，还系了好长一段时间。

近来我不轻易走家串户，因为“不能随便躺下，难受”。我上别人家里，人家当场拿出三四块坐垫给我并排放下。客人上我们家里来，最难办的是我不能在客人面前随便躺下来。

“当年我到访你居住的那户人家，你经常随便躺在二楼廊道上晒太阳，看上去是多么快乐啊。”记得有一天，一位朋友这样对我说。我吓了一跳，说了声“的确是这样”，就沉默不语了。因为没有什么语言可以确切地表达我婚前那种逍遥自在的生活。

在阳光下悠闲地躺卧着，做着无边无际的梦，这是人间的幸福。这种看法确实可能存在。毫无疑问，这也是人的原始姿态之一。我蔑视这种看法，却又自然而然地被它捕捉住。像这样一个我，难道始终也不了解生活现实的真谛吗？表面上像是思考什么，其实不是在思考，而只是在打算思考，恐怕这不至于成为悲剧吧。

祖父谢世的时候，我头一次经历流鼻血这种生理现象，当时还是相当难受的。祖父病逝，我当然感到悲伤，我在世上越发孤单和寂寞了。这还不说，我已是中学三年级的少年，却常常想入非非，净想些与今后如何生活这个重要问题无关的事情。我无忧无虑、悠闲恬静地欣赏叶缝间的蓝天和泼洒着阳光的湖面。但是我绝不听天由命、自暴自弃或者悲观绝望。或许祖父的死、自己的境遇，我全然看不见吧。我几乎没有绝望过，总是豁达乐观，自己所做的事或祈求的事，都相信一定能够成功，就是直到最后一分钟双手空空，我也是沉溺在空想之中。即使错过时机，事与愿违失败了，我也不执着于任何事物；即使招致了与绝望同样的结果，我也绝不灰心失望。就是说，纵令有苦恼，也会在一瞬间全然忘光，我依然做着这件事或那件事的另一个梦，另一个片断的梦。我是不会有真诚的悲伤、真实的悔恨的。你们有个很好的儿子。然而你们将这个尚未懂事的儿子留在这个人世间，他会遭受多么大的痛苦和多么大的悲伤，你们却不曾为他操过一点心啊。

前不久，一个亲戚来同我商量，他要同一个私娼结婚。在这种情况下，我的话多少会动摇他的决心。即使我坚决反对世间的一切婚姻，也是无济于事的。在对方来看，我是个小说家，明白事理，他多少期待能听到满意的答复。我不会按一般的习惯，说她是私娼出身，不能讨她做老婆。不过，他既然来同我商量，我只好从一般常识来谈：首先，她已过了几年这样的生活，身子不会好的。再说，如今她全家都依靠女儿出卖色相维持生活，婚后男方必然要背起这家的生活重担。

“按一般常理判断，我不能赞成。”我先是冷漠地回答了。据说那女子再干一两个月就能获得自由。既然想把她讨来做老婆，又让她继续干这种行当，就算是干三四天，也不怎么好呀。如果说结婚的事由于我的反对告吹，即使不算是代价，她剩下的债务由我来付，让她马上回乡下，怎么样？我这样认真地同妻子商量。我每次提出这种事同妻子商量，我们两人心里都明白，我们十之八九是拿不出这笔钱来的。过去遇上这种事，妻子会马上说：对，要是能这样做就好了。可是如今妻子不敢贸然随声附和，就让事情过去了。于是我对妻子说：

“这种情况，继续去找别的女人就行了。玩女人，长期玩同一个女人就会招来这样的事。一般来说，在那种地方跟同一个女人玩上三四回，不就说明这男人是个老好人吗。这样做就错了，女人有的是嘛。”

然而，这恐怕是办不到的。假使我能够这样做，不就像神佛一样健忘、一样幸福了吗？如果这仅仅是一种轻率的怠惰，也就没有什么价值了。

优哉游哉地躺着，也许就是不折不扣的怠惰吧。这难道不是一种非常悲伤的生活方式吗？

“老渔夫的脸，实在憨厚得难以形容啊！”

我们在海边的村庄悠然漫步的时候，经常看见这种憨厚的老人，面对大海茫然地呆站着。

“他那样呆站着，恐怕是在观察海的气象，为着出海打鱼吧？”

“很难说。看样子不见得吧。”

“大概是长期养成的习惯。”

对于他们来说，歌颂海的美，恐怕连想也没想过。也许海早已渗透到他们的身心，甚至感觉不到有海了。这是我爬到厚皮香树上读书时想起的事。

祖父离开尘世以后，不能让一个孩子住在家里，我就被母亲娘家收养了。我常常是黎明时分起床，然后打着赤脚独自在被露水打湿的田埂上行走。说不定有人会认为我是个怪孩子吧。这村庄位于淀川河畔。我有时把脚尖泡在水里，用草帽遮盖着脸面，赤裸着身子躺在沙滩上睡午觉。

“喂，喂！”的喊声把我惊醒，原来是几艘帆船驶到上游来了。村里风传，说我被那个船老大误以为是土左卫门[①]。不久，我迁到中学宿舍寄宿了。我头一次看见玻璃窗，想仰望着夜空睡觉，便将床铺移到窗前，享受沐浴在月光下睡觉的乐趣。一天，班长对我说：

“你一个人把床铺移开，被巡视的舍监发现了，他提醒我注意，别人会以为是歧视你呢。今晚别这样睡啦。”

---

①力士成濑川土左卫门又白又胖，像溺水后肿胀的尸体，后借指溺死者。

我素以诗人自居，现在才察觉到这种行为有点古怪，也就不好意思了。虽然如此，还是经常躺在中学校园的草坪上，或爬到体操练功架上读小说。我还经常在笔记本上描写诸如躺在学校围墙外面的岸边时的见闻、黄昏时分的原野景象、自行车通过的情形以及狗儿跑了之类的事。即使在大学预科寒假期间，大部分学生都不在宿舍里，我仍然每天都躺在草坪向阳处读书。有时则在伊豆的山村温泉待上一年半载，或是走遍原野、丘陵地带，寻觅阳光充足的地方。长时间茫然地待在一个地方，我也不觉着无聊。

虽说我很想今秋到山村去，好好考虑自己的工作，可依然希望长时间舒展身子，优哉游哉地躺在向阳的地方。幸亏你们早逝，我童年时代才能回祖父居住的重山叠峦的故乡。不然，父亲您是医生，同您在城市里生活，我这个体重不过四十公斤的人，可能早已离开人世了。

今年夏天，我把小狗也带到岸边去了。这条狗是在东京长大的，连鸡鸣也把它吓得魂不附体，朝着鸣声狺狺地吠个不停。连朝霞把白窗帘染红，它也尖声吠叫起来。

连你们的独生子也想不起你们了，故去的父母啊，安息吧！

第五封信

刻下你的名字吧，
刻在粗大的树干上，
眼看它枝干参天。
刻在大理石上不如刻在树干上，

你的名字会渐渐地变大。

朗读诗歌，最好是在提笔写作，但又苦于抓不到形象的东西而觉着空虚焦灼的时候。也只有这种时候，我才朗读诗歌。在心灵处于最易上当受骗的时候——不，我只是为了想上当受骗才朗读诗歌的吧。因为我在虚构中首先上当受骗，才能无忧无虑，像睡眠一样安稳。

你们没有任何权利，向活着的我询问真情实况。似有似无的死去的父母啊，今宵也请你们陪伴我游戏好吗？

比如说，现在……

松树孤单地挺立在
北国寒峭的高山上，
松树正在安然睡眠，
上面盖着洁白的冰雪。

我居然从海涅这节诗中，想起了祖父苍苍的白发，也许是因为故乡的庭园里长着一棵令祖父颇为自豪的苍劲的古松。透过古松叶缝筛落下来的阳光，从房檐照射进来，使祖父两鬓和后脑留下的少许白发闪闪生光。少年时代的我，从这种银色的亮光中，感受到存在一种透明般的虚幻的东西……它同这首诗有什么联系呢？接着是裸露的凹凸的头盖骨、光溜的肌肤、褐色的老年斑，显得有点不洁净。这些在我的脑海里清晰地浮现出来，产生一种孤寂的感觉。说不定祖父那像秋天枯萎的芒草般光闪闪的白发，我不是在家里，而是在乡村的小路上看见的。我们要走过一座小河的石桥，桥旁长着一棵大柿子树。祖父双目失明，他一只手拄着拐杖，一只手让我搀扶，确实像背阴处的人走到日光下一样。如今我仍在思考着：祖父不是已经消失了吗？我孩提时不是仰望过祖父的白发吗？

祖母是我上小学那年夏天去世的。在这以前，祖父不知为什么特别生我的气，他抓起长方形火盆上的铁壶追赶我，开水滴滴答答地洒落，祖母慌忙护着我，可祖父双目失明，什么也没看见。祖母被逐到房间的犄角上蹲下来。祖父泣不成声，一边用铁壶连续打了祖母好几下。祖母身上都冒热气了，还是不轻易说出："老头子，是我啊！"这是她心疼我，还是她可怜祖父呢？我当时年幼，看到老人们的这般光景是什么心情呢？现在我已经记不起来了。不过，我要揍妻子的时候，这种光景不由得又在脑子里涌现出来。就像是要对抗祖父母忧郁而纯真的感情，于是我越发放肆，越发想让人们看见我那种无聊的恶作剧。我一次也不曾梦见你们的事，相反却常常梦见祖父。不管梦见什么，结局总是一样。

"祖父是死了，要是没死就好了。"这种想法越来越炽烈，以致破坏了我的梦，把我惊醒了。我外眼角涌出泪水，久久才醒悟过来：祖父早在十年、二十年前已离开了人世。我这才释然于怀。与其为祖父似死非死而感到痛苦，不如让祖父干脆死去，然后领受悲伤，也许还好受得多呢。

前些日子，我到一个少女的家里去。她也是由祖父母一手抚养长大的。她家祖父告诉我：她很任性，不太体贴老人。他说着说着，双手颤抖，身子不停地摇晃，眼眶里涌出了热泪，话语也变得沉痛和激动了。"啊，这可不行！"我愕然失色。

"他净说我的坏话，说我的坏话呢！"她霍地站了起来，动作显得有点粗鲁。她一边痛哭，一边跑到夜深人静的大街上。祖父向别人说自己的坏话，这是她连想也没想到的。她气极了，失去了理智，毅然离开了家庭。应该说，她还是幸福的。她祖父早已超过我祖父七十五岁的寿数，可身子骨还很硬朗，看不出这么大岁数。她家的医生说：让老人气得发抖，可能会威胁他的余生，还是让她谨慎点好。医生提醒我。我眼看老人这样激动，觉得非同小可，支撑这位祖父的生命的东西，仿佛忽然间变得十分脆弱了。我心里很是难过。除了我以外，谁的话这个少女都听不进。她祖母每回遇见我，都真诚地恳求我批评她一顿。可是，我教训她“对待老人要体贴”的时候，内心反应最强烈的是医生所谈的那番道理，可是不知怎的，我无论如何对她说不出口。岂止如此，我甚至想过，有朝一日她忽然对老人态度和蔼了，那不就是一种不祥之兆吗？这可能是因为我想起了自己的祖母吧。

祖母说冷，我给她穿上布袜子。祖母肚子疼痛钻进被窝，我拍打几下把袜子整理好。在我来说，这举动是破天荒的。我平时撒娇，连筷子也不愿意拿，任性到别人看也不想看我一眼。我对待祖母如同使唤奴隶，使祖母大伤脑筋，而我那天竟表现得如此亲切，是我有生以来头一遭。谁知三个小时后，祖母猝然长逝。祖父和我都没料到祖母生病，因而没有在她身边侍候。祖母不声不响地就去世了。我只看见她动了两次胳膊肘。后来我想，我这颗童心已预感到祖母的死，才在那天表现自己的亲切吧。祖母肯定会原谅我平日的任性，我也就心安理得了。

就说祖父吧，现在回想起来，他临终前，头脑确实古怪，成了孩子和疯子的混合体。要是别人的话，我会明白事理，会斟酌揣度，或适当对待，或多方安慰。然而，只有我和祖父两人日夜生活在一起，形成了我们两人的世界。我身处其中，不能脱离这个世界观察它。

祖父的年龄我也已忘却，既然是正面朝着他，我在寂寞时就故意纠缠着他，弄得他要么气鼓鼓的，要么失声痛哭。我自己也跟着深感哀痛。在外人看来，我这个孩子是不体贴老人，甚至是在折磨老人吧。可是在我来说，我觉得自己最孝顺了。试想如果有个孩子，在人烟稀少的深山老林里，同一个疯子父亲住在一起，又不知父亲是疯了，自己也可能会发疯。这样与其把父亲推出去护理，不如同父亲一起做出疯态，不是更能表现出他对父亲深挚的爱吗？越过其间的父母，由祖父母同孙子组成家庭，这个家庭远离村落，孤门独户，充满了孤寂的气氛。这样的孙子比父母抚育的孩子会纯洁得多。不过，一旦被摈弃在社会上，那衰弱之躯就会马上变得遍体鳞伤。父母啊，你们使我成为祖父的孩子，如果你们在九泉之下可怜我，关心我这双走在社会上的脚是不是流淌出非常洁净的血，那么你们就会被我的漂亮言辞弄得眼花缭乱。我给你们写这样一封信，寄往怯懦的墓场，是因为你们使我感到虚无，无牵无挂。这世上没有人能够比得上你们了。我怎能对抚养我到十六岁的祖父唠唠叨叨呢。

把老家的房子卖掉之后，我便寄居在亲戚家。在东京住公寓期间，你们的一切遗物都已荡然无存，只留下父亲的照片和字幅。母亲您大概是因为相貌不扬，连一张照片也没留下。相反，父亲您好像很喜欢照相，在老家的仓库里留下了满满一小箱子照片。这些照片如今都失散了，手头只剩下一张。在中学宿舍里，我把这些照片摆放在书桌上，这样做是出于无聊的感伤，与年龄是相称的。可是同学问我“那照片是谁”时，我只是涨红着脸，怎么也说不出“那是我的父亲”。照片乍一看去是个美男子，不知怎的，我也就释然了。最近仔细一看，只能认为那是一副病人的面孔。我紧皱眉头，把它塞进了旧信堆里。你们的样子，我也记不清了。手头没有一件东西可以帮助我回忆你们的容貌。假如说你们在我幼小的心灵里深深印下了什么，那就是对病痛和早死的恐惧。

“你的父母亲都是得肺病死去的。你也是那种体质，可要格外小心啊！”那是亲戚们硬要我喝苦药而反复对我说的一句话。对幼小的孩子来说，这句话余音缭绕，仿佛是命中注定，这不算稀奇。托你们的福，我的身体好歹也要生这种病。我只是为了等着患肺病死去而生活？难道我一定要这样想吗？

二十三岁上，我准备同一位十六岁的少女结婚。为了征求她双亲的同意，临近冬天，我和友人到北国去，记得这件事已在一封信上写过了。

“他父亲是在日俄战争中阵亡的。”那位朋友为我欺骗了那位姑娘的父亲。

“嗯。”姑娘的父亲只应了一声。他正在为女儿的事而彷徨惆怅，听了也不在意。我当场吓了一跳，好像被人捅了一下胸口，赶忙把衬衣的袖口一直舒展到掌心，隐藏我那瘦骨嶙峋的手腕。我思忖：这位朋友大概是知道我父亲患肺病死去的吧。我唰地满脸通红，暗自思忖：倘使姑娘的父亲问我，你的双亲为什么早逝，我就难以作答了。这件事，我事先没有跟友人商量过。再说，你们的死，我也不记得曾同友人们谈过。总之，这事是绝不会从我的嘴里说出去的。

就连从前我给你们写的那几封信里，我也隐瞒了你们的病。你们会觉得可笑吗？你们会不会以此来证明我的信是充满虚伪的呢？不过，培植在我童心中的恐惧感和羞耻感确实根深蒂固。有关你们的事，我是不愿意听到的，听到了就发抖。人家强迫我听到的事，我都会忘得一干二净。你们的病也是原因之一吧。直到如今，我疏忽了一件事，就是我准备把那张只拍了您的病容的照片烧掉。正像祖母临终那天我给她穿布袜子一样，这是我给你们做的唯一一件情深意切的事。不仅仅是由于你们的病的缘故，从各方面来考虑，你们和我之间只能有一条爱的道路，那就是忘却。我想，你们在那个似有似无的世界里会明白这点的。给你们写这样一封信，也许是活着的人对你们无聊的报复。也许这会成为你们在冥府的一道障碍。我屡次谈到，再没有谁比你们更愿意听我撒谎了。你们只留下我一个孩子，至少要承受我向人散布谎言的痛苦吧。社会上议论纷纷，似乎讲实话是文人的本分。所幸我连所谓实话是什么也全然不知。我不想向祖父撒谎，我对着他，只好沉默，别无他法。

父亲您弥留时在病榻上坐起来，打算给还不知情的姐姐和我留下遗书，您为姐姐书写“贞节”二字，为我则书写“保身”二字。我记得曾在故乡老家见过这些字，如今不知失落在什么地方了。当年我还是个孩子，不懂得“保身”这个词的原意，但猜想您的意思是说：“要健康成长。”

您扔下年仅三岁、身体虚弱的我，离开了尘世。我仿佛了解了您的心情。

姐姐身体结实，反而在十五岁那年比我先死。从收养她的姨母家的人讲述时的口气来看，姐姐具备了您的遗训提出的女子要保持贞节的美德，甚至到了惹人怜爱的程度。我也按照您的遗训生活，至今还很康健。大家都感到不可思议。妻子同我这样一个工作起来不分白天黑夜的人做伴，没有什么希望，只等候离别的日子，已经失去干点什么的兴趣，身体自然也日渐衰弱。而看上去很孱弱的我，却更加固执地要硬干下去。不多久，我将迎来三十六岁的新年，在明年要同妻子分手，去赚取今后的生活费。我们相互净谈这些事，仿佛这是新年唯一的乐趣。大概是我们俩没有孩子，彼此都还健康的缘故。

父亲，您曾向浪华[①]的易堂学过汉学和书画。您书写的“保身”二字，很像易堂风格，不像出自濒死的人的手笔。我从照片上感到您有病，这张字画就表现了您悲伤的心。我不忍心将它裱糊起来给众人观赏。后来不知它失落在什么地方，只留下您的一张汉诗的字幅，这反而更好了。这张字幅搁在学生时代住宿的公寓达十年之久，我不知道它现在是否还保存在那里。有时去伊豆温泉，一去就是一年半载，公寓不能老空着等我，我便把行李收拾好。两三年后，我也有家了，去取行李时，竟把字幅全忘了。除了您的字幅以外，还有稳元、即非和木庵的挂轴。我们的先祖在村子里兴建了黄檗宗的寺庙，同宇治的黄檗山常有往来。我们家里收藏了许多这一流派僧侣的字幅，留在我手中的却仅有这三幅，恐怕不会是赝品吧。我一对妻子谈起这件事，妻子就觉得壁龛里没什么可挂，很是可惜，于是派附近的狗店老板去公寓问问拖欠了多少公寓费，挂轴是不是押在那里。

“没欠多少钱，不值得我们特地去催收，也就这么着了。挂轴和没裱糊的字幅，确是押在这里。”对方这样回答。我打算立即还债，换回抵押的挂轴。公寓离我目前的住所很近，步行不到十分钟。公寓主人不愿来讨债款，我也不去索回挂轴，狗店老板送信来以后，又过了两年。我借的钱少得不值一提，要说我没钱还，是不成理由的。这笔债款同黄檗三大家的字幅相比，价钱太悬殊了。妻子每次想起这件事就说：

“我亲自走一趟。”

①大阪市及其附近的旧称。

“是啊。”我说罢，微微一笑。

姑且不谈这些了。我并没有对妻子谈及同黄檗僧的挂轴放在一起的，还有父亲您的字幅。就是把这字幅索回裱糊好，如果有人指着壁龛询问那是谁的字，我多半会像被人捅到痛处一样，露出不悦的神色来。我虽然体谅您弥留之际写“保身”二字时的悲伤，但如果您以为我长大以后会永远相信您的遗训是珍贵的，就未免太没有自知之明了。

不是在大理石上，而是在树干上“刻下你的名字吧”，我忽然从让·谷克多的这行诗句想起了你们，就写了这封信。不过，这首诗读着就令人讨厌，我无论如何也不会长期受骗的。不是把名字刻在大理石的墓碑上，而是刻在活着的树干上，难道只限于时髦这点吗？或是说，“大理石”和“树干”只限于象征各种事物吗？不管是哪种情况，反正都是荒唐的说辞。随着树木成长，粗大到枝干参天，雕在上面的“你的名字会渐渐地变大”，这要是表现什么先驱者或志士仁人倒还有点意义，而一般人只愿意把自己的名字刻在爱人或是孩子的心中。他们的名字究竟会不会渐渐变大呢？一定会的。

你们，请你们还是把自己的名字付诸流水吧。这样彼此可能会轻松些。幸亏你们没有给我留下任何使我想要逃避的记忆。就是祖父那儿，我也不断残忍地避开了。祖父弥留之际，痰堵气管，他一个劲地抓挠胸口，痛苦地呻吟着，我却逃到隔壁客厅，大声朗读藤村和晚翠的诗。一年之后，一位表姐曾无意中责备我说：祖父只剩下你一个亲人，那种时刻你不守候在他身旁，这太薄情了！我万分震惊，感到她好像是个陌生人一样，一股无依无靠的孤独钻进了我的心窝。当时确实是无可奈何啊。

这显然是表姐的误解。

“在我病危的时候，我绝不让任何人到病房里来。我可不让别人像看热闹似的看我死去。”平日我总是如同立遗嘱一般地叮嘱妻子。原因之一就是我记起了祖父临终时的痛苦情形。祖父身边的一位老大娘叹息道：“你祖父是个好人，平时像佛爷一样，怎么临终竟这般痛苦呢？”这种叹息，比祖父的死更使人悲伤。祖父健在时，我几乎每晚都不在家中。不知怎的，吃过晚饭，室内昏暗下来，我就仿佛被一种无法形容的寂寞驱赶着，总是心神不安。把祖父独自留在家里吧，又觉得过意不去。我直视着祖父的脸，无计可施，实在难受之极。

“爷爷，我可以玩一会儿吗？”

“嗯，去吧。”祖父高兴地微笑着说。

这样一来，反而显得更加寂寞了。老人细小而高昂的声音，显得异常悲凉与凄恻。我到了外面，如释重负，身躯也变得灵巧起来，一溜烟地跑开了。友人家里很温暖，我就越发惦挂着孤苦伶仃的祖父，越发振奋不起来。过了十二点，背后传来友人家小门的铃声，一股悲凉的哀伤猛然向我袭来。一回到我家的树篱笆前，我就觉出黑暗的恐怖，同时心里想，祖父可别在我不在家的时候死去啊……我连跌带跑地冲进屋里，这已成为每晚的惯例。然后，我悄悄地爬到祖父卧铺跟前，凝视着祖父的睡脸，眼眶里噙满了泪水，后悔不该把祖父一人扔在家里。那时候，祖父的睡脸已像遗容，分外凄凉。可是，第二天晚上，我又不能不重复前一天的话：

“爷爷，我可以玩一会儿吗？”

祖父日渐衰弱下去，可我还是这个样子。暂且不谈我自己，谈谈那个也是由祖父母养育成长的少女吧。她气急了，虽说是半夜里从家里跑出来，也只是要么站在附近的原野上，要么茫然地走在电车道上，如此而已。她不想待在家中，这对一个到了结婚年龄的姑娘来说，可能成为灾难的开始，值得忧虑。我同老人十分严肃地谈了这一点。诚然，这是一幅滑稽的图画。

同父母生活在一起的孩子会思索父母的死，可是同祖父母生活在一起的孩子却不会去想祖父母的死。正是这种人生使孩子变得孤僻和娇气。妻子的父母兄弟都健在，看来她比我更容易吓唬那少女。

“最近你祖父是不是非常衰弱了？”

果然，少女陡地变了脸色。

“为什么？没这回事。您骗人，是骗人吧。对不对？请您说‘是骗人’吧。”

“嗯。”妻子被少女的认真态度吓住了。

少女无精打采地赶回家去。

“要是能三个人一起死就好了。”

这句话她经常挂在嘴边。话语间包含这样的意思：祖父母去世以后，自己能活下来是不可想象的。在祖父母的爱抚之下，我有着一颗充满傻劲的赤诚的心，任性得如同发了疯一样，这可能是残留的一点爱的火焰吧。我悄悄地爬近祖父的睡铺，那副样子很是可怜，可是我被亲戚收养以后，怎么也不能亲口说出表示感谢的话。剩下自己独自待在卧室里的时候，我便端端正正地坐在睡铺上，面向对方正在睡觉的房间，双手扶地，再三鞠躬。这种举动又有多大的意义呢？它首先包含着自己可悲的性格。

我忘乎所以，一不留神又要杜撰了。心想，我才不向似有似无的你们倾诉衷肠呢。我松了口气，猛然抬起头来，视线便落在壁龛的绘画上。那是一幅以“明朗的春天”为题的素描淡彩画，是朋友送给我的，他说我写东西时一定很艰苦，看看这张画，心情就会舒畅些。这位画家，今年秋天也离开了人世。遗体运到医院太平间以后，只见他露出白眼珠。我当即用娴熟的动作抚弄死人的眼睑，让双眼合上。这封信是以无聊的诗句开头的。为了最后增添一点明朗的气氛，我想把自己创作的一首歌颂这位画家的《明朗的春天》记录下来，这是一首令人满意的诗。你们是不是没有想再看看留在人世间的儿子？你们是不是毫不迟疑地安详地闭上眼睛？

连你们的独生子也想不起你们了，故去的父母啊，安息吧！

春天的光膨胀了，
物体都变成了椭圆形。
让我们去看看蝌蚪吧，
它在明清的水中做着富贵荣华的梦。
村童胸前挂着系有红丝带的金喇叭，
他啊，是可爱的春之天使。
在阳光下，鱼儿跳跃着同空中的鸟儿嬉戏，
燕子从杂草萌生的窝飞了出来。
河边的紫花地丁恋慕人间，
人间把紫花地丁比作珍珠。
原野的姑娘啊，在桃红的帷幔里
点燃起神话的灯吧。

花的圆舞曲

《花的圆舞曲》舞终了。

帷幕徐徐降落，没等遮过她们的胸口，友田星枝的舞姿忽然松垮下来。

这时候，早川铃子一只脚足尖立起，另一只脚最大限度地劈叉举起，身体重心落在握住星枝的那只手上。也就是说，铃子和星枝两人的身段描绘成一幅舞蹈画面的时候，不料铃子半身向前倾斜，打了个趔趄，差点倒在星枝的怀里。

这一刹那，星枝也向前摇晃了一步。铃子想改正那把脸耷拉在星枝怀里的滑稽姿势，用一只手紧紧抓住星枝的肩膀。

“混蛋！”

铃子扇了星枝一记耳光。

然后，铃子对自己出手打人不由得一惊，直勾勾地望着星枝的脸。

“我这辈子再也不和星枝跳舞了。”

铃子有点松劲儿，她靠到星枝的肩膀上。不料星枝把肩膀转了过去。她没有推开铃子，也没有因挨打而生气。然而，铃子失去依靠，向前一倾，双手猛撞过来。

星枝连头也不回，茫然地伫立着，仿佛不晓得这是自己造成的。她用激烈的口吻说：

“我这辈子再不跳舞了！”

这时，帷幕全落下来了。

幕缘啪哒落到舞台地面，观众席上同时爆发出经久不息的掌声。它像阵风般远去了，忽然又寂静下来。

舞台灯光也微暗了。

当然，这是预备谢幕。再次启幕时，将给舞台增添绚丽的色彩。舞女们都预想到会谢幕，继续以方才的舞姿跑动着。手抱花束的少女们守候在舞台的一侧。

鼓掌的声浪又高涨起来了。

“真没见过有人这么任性啊！”

铃子虽那么说，但她还是激动地抱着星枝的肩膀，从大伙后面走了出来。

星枝竟像忘却了活动似的，老实得宛如一个玩偶，一任铃子的摆布。

“真对不起呀。我打了这儿吧。”

铃子边笑边用手抚揉星枝的脸颊。星枝却把脸背转过去，喃喃自语地说：

“这辈子再也不跳舞了。”

“我想，若是当时被观众看见了，会怎么想呢？他们定会耻笑我们，报纸也会登出去的呀。今晚的演出就将前功尽弃了。多亏大幕，观众的确没瞧见。也许只看见了我们的脚，会不会以为是我摇晃没站稳呢？不，准是没看见才那样鼓掌，谢幕。唔，该谢幕了。”铃子摇了摇星枝的肩膀，又说，“咱们俩得向师傅好好检讨。幸亏师傅没在场，太好了。”

两人走近舞台一侧，在那里吵吵嚷嚷地互相簇拥着的舞女和少女们，肃然安静下来。铃子腼腆地笑了笑。星枝却紧闭嘴唇，闷闷不乐。似乎有一股令人沉默的力量。

但是，这个时候帷幕又拉起了。

舞女们用眼睛示意，手拉手地走到舞台前，把铃子和星枝簇拥到前面。

她们两人居中，在舞台上排成一列，向观众谢幕。

少女们各自拿着花束走到台前，献给了铃子和星枝。

这些献花的女孩子都不到十一二岁。其中还有六七岁的儿童。她们都身穿长袖和服。她们的母亲或姐姐，以及穿着别的舞蹈服装、没有在《花的圆舞曲》里上场的舞女们，方才就在舞台一侧照顾着这些孩子。她们时而抚摸少女们的头发，时而给她们整理腰带，叮嘱她们在舞台上别出差错，教她们把花献给谁。

花束集中到星枝和铃子的手里。

《花的圆舞曲》是为她们俩编排的舞蹈。指导动作也是如此。其他舞女出场，都成了双人舞的背景或者陪衬。为了始终突出她们俩，连她们的衣裳也与众不同。

观众又为这些献花的小女孩掀起了掌声的高潮。

铃子和星枝接过一束束鲜花，把它们抱在胸前，简直就像淹没在万花丛中。

还有一个走路东摇西晃的最小的女孩子落在后边，她手中的花束看上去比大朵向日葵还小，是由清一色的天蓝色小花组成的。小女孩站在星枝面前，许是人和花都太小，星枝没有瞧见。

“星枝，那可爱的花是献给你的啊。”

铃子从旁提醒星枝。小女孩有点迟疑地望着星枝的脸。听见了铃子的声音，她就把花束交给了铃子。

“嗯，不对。你给星枝啊。”

铃子嘟哝着，用眼睛示意小女孩。可是小女孩没弄懂她的意思。在这种情况下，星枝又不能从旁夺过去，铃子只好和蔼可亲地把天蓝色的花束接受下来，一边抚摸着孩子的头，一边轻声地说：

“谢谢，好了，妈妈在那儿叫你呢。”

身穿长袖和服的少女们献过花束退下场后，台上的舞女们再一次向观众谢幕。帷幕徐徐降下。

“喏，星枝，这束花是献给你的呀。”

铃子将方才那束小花插到星枝抱着的花束和她的胸口之间。

“你为什么不接受，为什么要让这样一个小女孩在台上丢脸呢？太过分啦！孩子都差点哭了。”

“是吗？”

“请你好生记住，不光你自己是人，人家也是人呢。”

话虽这么说，可铃子还是面带微笑。

小小的天蓝色花束夹在蔷薇和石竹花当中，反而显出它才是真正的花，鲜艳夺目。

舞女们同声赞叹：真可爱，真美，美极了，简直像童话故事里的王冠，理想国里的糕点啊！她们纷纷探头望着星枝胸前的花束。

“香吗？”一个舞女手拿花束闻了闻。

“真想拿着它跳舞啊！叫什么花呢？星枝，这叫什么花呢？”

“不知道！”

“这花真少见啊，给人留下这样的印象，是什么人送的呢？”

星枝漫不经心地将还给她的花束接了过来，说：

“这花枯萎了。”

对方有点惊愕，望着星枝的脸。星枝又说了一遍：

“是枯萎了。”

“哪会枯萎呢。干吗要在这里说这种话。回去插在花瓶里就会好的。让送花的人听见，多不好啊。”

“不过，是枯萎了嘛。”

站在稍远的地方观望着的铃子说：

“花枯萎了，你觉得讨厌，就送给我吧。孩子弄错了，我把花接过来，你不高兴是不是？”

星枝一声不响，轻轻地把花束抛到铃子的手上，这时有一件东西掉落在舞台上。是一条镶着宝石的项链。看样子是藏在花束里的。因为是系在花枝上，有一两枝花连同项链一起掉落下来。

但是，星枝叭的一声把花束扔了出去，旋即从舞女们中间穿过，走到刚才那个小女孩跟前，蹲了下来。

“啊，真对不起。都是我不好，请原谅。”说着她连花束带孩子一齐抱了起来，飞快地登上了通向后台的楼梯，压根儿就不知道项链掉落这回事。

“星枝！”

铃子尖利地瞥了她一眼，目送她走后，把项链拣了起来，发现在天蓝色的花束上挂着一块小名牌。舞女当中也有一两个人看见了。

“胜见……这个人叫胜见，铃子认识吗？”

“认识。”

“是男人？”

铃子没有应声。

星枝往上跑时，抱在胸前的花束中途掉落在楼梯上，她也毫不介意。一只脚的舞鞋鞋带松开了，她用力把它甩掉。鞋子远远地落在楼下的廊道上。她连头也不回。

这期间，观众要求再演的掌声经久不息。

乐队走出乐池。掌声又高涨起来。

铃子兴冲冲地打开门说：

“谢幕。星枝，谢幕呀！”

她来到化妆室，把项链悄悄地放在星枝的镜台边上，向上翻了一下眼珠，瞧了瞧星枝的模样，然后有意快活地说：

“你愁什么嘛，去谢幕呀！乐队都已经出去等着啦。你一个人发什么愁呢？真叫人想不通呀。”

抱来的那个女孩子不知跑到哪儿去了。星枝独自站在窗边，凝神眺望着夜晚的街市。

“别让大伙生气呀！”

铃子搂着她催促说。星枝依顺地跟着走了五六步，在穿衣镜前停了下来。

“哎哟，跛子，你的鞋子呢？”铃子说。

铃子从镜子里看见星枝的脚。可是星枝只顾看自己的脸。

“这副样子怎能起舞呢？”

“谁会看你的脸呀。”

“铃子，你不也说过这辈子再也不和我跳了吗？”

“要跳一辈子啊。咱们俩要跳一辈子啊。鞋子在哪儿呢？”

“我不想跳啦。打不起舞蹈的兴头啦。”

“别人的兴头你就不顾啦？绝不能这样子呀！请你想想，今晚的表演会还不是师傅为咱们俩筹办的吗？难道你不知道许多人都在为咱们俩付出劳动吗？纵使饮泣吞声，脸上也要堆笑啊。就说观众吧，他们是多么高兴啊。”

“情绪那样坏，跳了，他们还高兴吗？”

“你没听见掌声吗？”

“听见了。”

“好了。鞋子在哪儿？快穿上鞋吧。”

化妆室是一间小小的洋式房间，沿着墙边高出一点的地方铺了榻榻米，并排摆上了镜台，还放置了一面大穿衣镜。墙上挂不下所有舞蹈服，有的零乱地放在正中的矮桌上。那里还散乱地放着赠送的花篮、点心盒和花束。

榻榻米下方并排放着脱下来的各种舞鞋。铃子蹲在旁边，手忙脚乱地寻觅星枝的另一只舞鞋。这时，门扉开了。

她们的师傅竹内走了进来。他手里拿着星枝的舞鞋，走到星枝身旁，若无其事地将那只鞋放在她的脚下。

“你的鞋掉了。”师傅安详地说了一句。

“哦，师傅。”

反倒是铃子一脸通红，赶紧跑了过去，跪坐在星枝跟前，给她穿上了鞋子。

星枝一任铃子摆布自己的脚，直勾勾地望着竹内说：

“师傅，我不想跳了。”

说罢，她把脸背转过去。

“不管想跳不想跳，要搞舞蹈就得跳嘛。这就是人生啊。”

竹内说着笑了笑，就坐在自己的镜台前化起妆来。

他还没穿好舞蹈服。近处看他那副化着舞台妆的脸，有五十上下，比实际还老，隐藏不住他的寂寥。

铃子和星枝走出化妆室，刚迈上台阶，木管已经开始吹奏序曲了。

观众的掌声戛然止住了。

这是柴科夫斯基的《胡桃夹子》中的《花的圆舞曲》。三四年前，在竹内舞蹈研究所的表演会上，曾跳过《糖果仙子之舞》、《俄罗斯舞曲》、《阿拉伯舞曲》等《胡桃夹子》的全部舞曲。

那时候，星枝跳了《中国舞曲》。铃子跳了《芦笛舞曲》。

本来《胡桃夹子》是描写一个少女在圣诞节之夜，做了一个梦的故事，是童话舞曲。

那时节，铃子和星枝还都是少女，处在做《胡桃夹子》之梦的阶段。

最后的《花的圆舞曲》，仿佛是少女们美妙青春的花朵在争妍斗艳。

这个舞蹈成了她们愉快的回忆。

竹内为了给这两位女弟子捧场扬名，就在今晚举办了“早川铃子·友田星枝首次舞蹈表演会”，并在节目中加入了《花的圆舞曲》，意在突出她们两人的舞蹈，所以重新修改了旧的舞蹈设计。

星枝和铃子一离开化妆室，竹内就立即站起身来，拿起放在星枝镜台上的项链看了看，又悄悄地放回原处。然后，无意中用手触了一下这些妙龄姑娘挂在墙上的衣衫。

衣衫、花束、化妆道具，似乎放得越零乱越显出生机。

她们俩走下阶梯，舞女们早已离开了舞台一侧，乐队也已奏起圆舞曲的主旋律，舞女们翩翩起舞，一边等待着主角上场。

“友田！友田！”

后面有人呼喊星枝，星枝没有听见。她摆好舞姿，从前面出场了。

与此同时，从相反方向上场的铃子在舞台中央与星枝相遇。她鼓励似的，轻声细语地说：

“行吗？没问题吧？”

星枝只用眼睛示意，点了点头。

铃子起跳以后，有点担心，骨碌碌地望着星枝。她们俩再次接近时，铃子说：

“太高兴啦，不生气了吧？”

第三次接近时，铃子说：

“漂亮极了，星枝。”

然而，星枝没有入耳。她仿佛被自己的舞蹈迷住，甚至忘了自我，高兴得越跳越有劲。

铃子看着这种情景，自己的舞步也紊乱了。身心都未进入舞蹈的意境，知道动作也不能自如了。

不久，她们俩又跳到一块儿，彼此手拉着手。铃子说：

“你骗人！讨厌。”

铃子焦灼不安，说不清是妒忌、生气还是悲伤。良久，她又说：

“太无情了，你这个人真可怕！”

星枝还是起劲地跳着。

铃子不甘示弱，她在舞蹈中激起了青春活力的波澜。但是，向星枝挑战而起舞的铃子，同没察觉到铃子的挑战而舞蹈的星枝，她们之间表现出一种不和谐的美。这不是翩翩飞舞的蝴蝶的双翅。

观众当然不了解这回事。舞终，她们在掌声中又谢幕两次。

星枝同先前简直判若两人。她神采飞扬，旁若无人，连声音都显得异常激动。

“好极了。我从来没有这样痛快地跳过。音乐和舞蹈都配合得恰到好处啊。”

铃子快活地答谢了观众的喝彩。她一走到舞台一侧，身穿东方式衣裳在那里观赏她们舞蹈的竹内，抓住了她的肩膀，安慰地说：

“好极了！”

话音方落，铃子满眶热泪，筋疲力尽地正要倒向竹内的怀里，却又猛然转身上了楼梯，追上舞女们，向化妆室走去。

星枝一边吹着刚才的圆舞曲的一节口哨，一边手舞足蹈地来到了化妆室。

“骗人！虚伪！自私鬼！我上当受骗了，骗人，真卑鄙啊！”

“哎哟，生什么气呀？”

“要竞赛就堂堂正正地赛好了。”

“什么竞赛？我讨厌。”

星枝坐立不安，扯下花束上的花，撒在地上。

“请你别动我的花。”

“这是你的？什么竞赛，我真讨厌。”

“是啊。这就是你彻头彻尾的利己主义啊。太任性了，我没见过像你这样可怕的人。”

“还在生气哪？”

“难道不是这样吗？你刚才不是还无精打采，说什么悲伤啦，不称心啦，还有什么不想跳了吗？我真的为你担心。就是在舞台上，也净惦记着你，而没注意自己的舞姿，再没有那样令人讨厌的啦。而星枝你呢，却忘乎所以，在洋洋得意地舞蹈。我上当了，你骗人。”

“我不知道那回事嘛。”

“这不是太卑鄙了吗？分明是耍骗术嘛。让人上圈套，自己却独自大显身手。”

“讨厌，这能怪我吗！”

“那么，你说怪谁？”

“怪舞蹈。一跳起舞来，我什么都忘了。我倒不是先想要好好跳才跳好了的。”

“那么，星枝是天才啰。”

铃子稍带挖苦地说了一句。不知怎的，这声音给自己带来几许哀伤的回响。

“我不会输的，不会输的！”铃子心烦意乱，一边拾掇摊放在那里的衣裳，一边说，“不过，这样下去总有一天你要吃苦头的。说不定会在哪个节骨眼上扑通摔下来。在旁观者看来，你的性格就像一出在深渊上走钢丝的悲剧。你自己却没觉察到。太危险了，真可悲。将来怎么办？大伙都为你捏一把汗啊。大伙让着你，你自己却不知道，还逞能。”

“可是，在舞台上心情愉快地跳舞，有什么不好呢？”

“心情？什么心情，你有哪一次体谅过别人的心情呀？”

“在舞台上跳舞，哪能考虑别人的心情呢。我不是那种令人讨厌的世故的人。这种人，我一想就觉得可悲，就不愉快。”

“如果这样处世能行得通，那也很了不起。”铃子放低声音说，“不过，在舞台上取得成就，成为舞蹈明星，好像不是靠勤奋和才能，而是靠星枝你这样逞能才有可能。这倒也没什么，你尽管把我踩在脚下，自己爬上去好啰。”

“我才不呢！”

“可是，星枝，别人对你亲切和爱恋，你可曾感到高兴？”

星枝没有答话，只是瞧着镜中的自己。

铃子从她身后走了过来，脸并脸地照着镜子说：

“星枝，像你这样，也会爱别人吗？那时你将会是什么样的表情呢？准是一副好看的样子吧？”

“我准会是一副落寞的表情呗。”

“撒谎！”

“因为舞台妆，看不见罢了。”

“快点把衣裳收拾好吧。”

“算了，女佣会来拾掇的。”

这当儿，竹内从舞台回到了化妆室。

《花的圆舞曲》落幕之后，还有竹内的舞蹈，这是今晚的最后一个节目。

铃子轻盈地迎了上去。

“今晚得到师傅多方指点，实在太感谢啦。”

铃子说着，用毛巾揩去竹内脖颈上和肩上的汗珠。星枝依然坐在自己的镜台前，纹丝不动。

“谢谢师傅啦。”

“祝贺你们。大获成功，这比什么都好呀。”

竹内一任铃子摆布自己的身体，自己只顾卸妆。

“都是托师傅的福啊。”

铃子说着，脱下了竹内的衣裳，揩拭着他那裸露的脊背。

“铃子，铃子！”

星枝用白粉扑敲了敲镜台，尖声地责备道。

但是，铃子佯装没听见，在盥洗间把毛巾洗净拧干再转回来，一边勤快地揩拭着竹内的胸口和脊背，一边兴高采烈地谈论起今晚的舞蹈来。最后像把竹内的脚抱起来似的搁在自己一只手上，然后用另一只手揩他的脚心，一直揩到脚趾弯，揩得干干净净。接着，还抚揉他的腿肚子。

铃子兴冲冲地又擦又揉，动作里洋溢着真挚之情，显出师徒之间的美好关系，也表现出一种纯朴的心意，丝毫没有半点矫揉造作。

铃子的动作太纯熟了。加之她还穿着舞蹈服，肌肤裸露，有些举动令人感到好像是男女在密室里动作一般。

“铃子！”

星枝又喊了一声。这声尖叫有点歇斯底里，充满了厌恶感。然后，她霍地站起来甩手就走。

竹内默默无言地目送着她。

“啊，行了。谢谢。”竹内走到坐落在房间一角的盥洗间，一边洗脸一边说，“听说南条下周乘船回来。”

“啊，真的吗，师傅？太好啦，这次真的回来吗？”

“嗯。”

“不知他还记得我吗？”

“那时候，你多大？”

“我十六啦。南条曾责备我说：同一个不曾恋爱过的女子跳舞，没有情绪，跳不起来呀。不知您还记得吗？”

“当然记得。这回他一定会高兴地主动要求你同他跳呢。也许还会说，还是没恋爱过的人好呀。当年他认为你是个孩子，如今变成这么娟秀婀娜的舞姬，他定会吓一跳吧。”

“瞧你说的，师傅。我一直愉快地盼望着他回来教我跳舞。如今愿望快实现了，我反而又感到担心害怕了。他在英国学校勤奋学习，又在法国观摩了第一流舞蹈家的表演。像我这样的人，他能瞧得上吗？”

“男人总不能独舞啊。无论如何也要有个女伴嘛。”

“有星枝在呀。”

“你要超过她嘛。”

“我要是被南条看着，身体一定颤抖得缩成一团。可是星枝肯定能若无其事地跳。只要舞伴称心，她自己也像着了魔，能够发挥无穷的威力，太可怕了。”

“你也真爱操心。”竹内有点不悦地说，“南条一回来，我们马上举办回国汇报表演会，到时让你和他一起跳。南条带头，你们两人密切合作，让我们的研究所发展起来，我也就放心引退了。让你吃了不少苦，今后更要同南条携手好好创一番事业。研究所的地板要换成新的，墙壁也要重新粉刷。”

铃子回想起南条回国比预定日期推迟了两三年，这正是竹内担心的原因，也就想象到在横滨欢迎他时将是怎样的喜悦了。

“他还是绕道美国回来？”

“好像是。”

“为什么说好像是呢？”

铃子惊讶地反问，难道信上或电报里没有写明吗？

“实际上是刚才在这儿听到报社记者说了声‘南条君快回来了吧’，我这才知道的。”

“那么，他什么都没告诉师傅吗？原来如此，原来如此啊。”

铃子愣住了。她一看见师傅阴沉的脸，就同情师傅；同时也深感失望，仿佛自己也被南条抛弃了似的，瞬间眼泪晶晶欲滴。

“真叫人难以置信。全靠师傅一手栽培，他才得以留洋，想不到竟成了一个忘恩负义的疯子。师傅您为何还亲自到横滨去接他呢？真讨厌。不管怎么说，我再也不和这种人跳舞啦。”

星枝走到走廊上。这时管理舞台道具和灯光的人正忙不迭地拾掇。乐师们拎着乐器回家了。

观众席空荡荡的，漆黑一片。

这次表演会的发起人，舞女们的至亲好友，还有一些像是她们崇拜者的学生和小姐，不知怎的都带着兴奋的神情。有的在评论今晚的舞蹈，有的坐在长条椅上等候，还有的在后台进进出出。

说是舞女，其实是舞蹈艺术研究所的学生，她们不见得都愿意终生献身于舞台事业。立志将来当舞蹈家的人也很少，当中一半是女学生和小学生，以有钱人家的小姐居多。

她们的化妆室比铃子她们的宽广。有的人在脱衣裳，有的人去后台的澡堂洗澡，有的人在卸妆，还有的人在寻找自己的花束，各人都随便地忙着做回家的准备。舞终之后的兴奋劲，还残留在热闹快活的气氛中，话声里充满了朝气。

星枝在廊道上接受了各式各样人物老一套的寒暄："祝贺演出成功。"还应邀签名，备受赞赏。

她对于这些都一一作了简单的回答，然后到舞女们的房间去消遣。她家的女佣在廊道上呼喊她，她就和女佣一起回到自己的化妆室去。

一打开门，铃子正好站在竹内身后，给竹内穿西服。

跟方才不同，星枝不当一回事，连瞧也不瞧一眼。

"这个，这个，还有这个……"她边走边告诉女佣该取走的衣裳。

于是，铃子用目光向她打了招呼，她老老实实地点了点头，披上春装外套，把竹内一直送到大门口。

没等竹内的汽车开动，铃子就劲头十足地说："南条下周就要乘船回国啦。"

但是，星枝只是淡淡地说了声"是吗"。

"说要回来，也没通知师傅。真是忘恩负义呀！这太不像话，太无情了。师傅真可怜，可又有什么法子呢？"

“是啊。”

“要是在舞蹈家同人中间抵制他，在报上一起写文章骂骂他才好呢。咱们约好啰，不去接他，也绝不同他跳舞好吗？”

“嗯。”

“不行，靠不住，你应该更认真地表示愤慨才是。星枝你也不亚于南条，是个薄情人啊！”

“什么南条，我不认识他！”

“师傅不是把他当作自己的儿子经常谈论他吗？难道你没看过南条的舞蹈？”

“舞蹈倒是看过。”

“跳得很出色吧。他被誉为日本的第一个天才西洋舞蹈家，是日本的尼金斯基、日本的谢尔盖·里法尔啊。所以师傅忍痛借钱供他留洋，竹内研究所才落得这样穷困呀。”

“是吗？”

星枝的司机和女佣前来取她的衣箱和客人赠送的彩球，正好打了个照面。

一个坐在廊道长椅上的青年站了起来，从星枝身后迎上前去，喊了一声：“友田小姐！”

“哟，你在干什么？怎么还不回家？”星枝说着，若无其事地走了过去。

铃子回到化妆室卸了装，在犄角的屏风背后边宽衣边说：

“就说今晚咱俩的表演会吧，师傅也是七拼八凑借钱来举办的。”

“是吗。”星枝觉得胸前和胳膊抹了白粉很不自在，便说，“洗个澡再回家怎么样？”

“星枝，你也该考虑考虑啊。研究所的房子、乐器，凡是值钱的东西，全都拿去抵押了。为了筹措今晚的会场费，师傅奔波了三四天呢。”

“大概欠了很多戏装费吧。戏装店老板也来吵闹过了。我就讨厌这个。”

“星枝！”铃子再也忍耐不住，“你知道‘隔层拉窗外面是乞丐’这句话吗？”

“当然知道啰。就是说闹起穷来，连缎子腰带也得卖掉呗。”

“就说星枝你吧，难保什么时候不卖掉缎子腰带。就是乞丐也得吃大米饭嘛。你太不体谅人啦。拿刚才来说，你不觉得太过分了吗？摆出一副令人讨厌的面孔。我作为弟子照顾师傅，有什么不可以的呢？”

“太脏了！”

“脏？什么叫脏？”

“太脏了，师傅赤身露体的，多脏呀。你干吗还老去接触他的身体呢？”

“哎哟！”

铃子全然没想到她会说这种话，胸口像是忽然被人捅了一刀，顿时接不上第二句话。

“去洗个澡吧。”

“你是叫我把手洗干净吗？”

不知怎的，铃子仿佛感到蒙受了屈辱，板起面孔来了。

“铃子，我不愿意看到你做那样的事。”

“为什么？”

“太凄惨了。”星枝加重语气，断然地说。

铃子一言不发，像是被冷落了。

“我总觉得你太可怜，看不下去啊。叫人不由得生气啊。”

“为了我吗？”

“当然啰。”

“我明白了，也很高兴。”铃子自言自语地说，“千金小姐和贫苦人家的姑娘是不同的啊。也许这是天生的性格，没法子改吧。我只是同情师傅，真心地想尽尽本分。我倒没打算要当贴身徒弟，或者献媚讨好，才来照顾师傅身边的琐事。只是个人喜欢罢了。不过，女人一结婚，什么都……”

“要是别人，爱干什么我才不管呢。我是喜欢你，才不高兴的呀。我心里感到难受啊。”

“唉！”铃子抱着星枝的肩膀，让她坐到镜台前。

“我给你化妆吧。”

星枝顺从地点了点头。

两人都已经换上了自己的洋装。铃子给星枝重理了理头发，说：

“我打十四岁就当了师傅的贴身学徒，他还送我上女子学校，对我很慈祥，就像对自己的女儿一样。然而，我还是同女佣一块儿干厨房活儿，毕竟还是别人的家呀。环境使我变成懂事的孩子，我首先考虑的是别人的心情，而不是自己的情绪。我一心想学舞蹈，也学会了忍耐。”

“什么别人的心情，那是旁人可以了解的吗？我有点怀疑。”

“我说不出什么大道理。师傅没有师母。也许就因为这个缘故，我觉得自己更加了解师傅的心情。有时我也在想：假使我不在师傅身边，师傅将会变成什么样子呢？说不定总穿着那件脏衬衫，指甲长了也不修剪吧。”

“所谓了解别人的心情，你不觉得可悲吗？”

“是啊。我这才深深感到艺术是多么可贵。假使我不是献身艺术，一定早就变成性情乖僻、坏心眼，或者小大人啦，也一定丧失了少女应有的样子了。是艺术拯救了这一切啊。”

“说起艺术，我很害怕。”

“舞蹈不就是艺术吗？正因为你很有舞蹈天才，人们才能够谅解你的任性放肆，不是吗？你一旦跳起舞来，简直就像个难以控制的疯子。”

“不知怎的，我总觉得所谓艺术太可怕了。我一跳起舞来就着迷，不顾一切地纵情地跳。真像遨游太空，心情非常舒畅。然而不知为什么，也有点不安：自己究竟会飞到哪里去？结局又会怎么样呢？那种心情就像在梦幻里翱翔天际，无法控制，一味飞行，即使想停下来，也会身不由己，仿佛是别人的躯体。我不想丧失自己。不管对任何事，我都不愿意着迷。”

“你这位小姐希望太高啦，自命不凡，才敢说出这种话。令人羡慕啊。”

“是吗？铃子真的要立志当个舞蹈家吗？”

“讨厌。事到如今还说什么。”

铃子边笑边拿起大白粉扑，扑打星枝的脸。星枝一声不响，闭上了眼睛，把下巴颏稍稍向前一扬，说道：

“你瞧，我这副脸显得多寂寞啊。”

铃子给星枝擦脂描眉，一边说：

“刚才你为什么忧伤起来？表现得那样粗暴，舞姿忽然松垮了。”

但是，星枝就像那迷人的假面具一样，纹丝不动。

“如果我在舞台上摔倒，那不是大出洋相了吗。”

“因为我不想跳了呀。刚要走出舞台，看见母亲坐在观众席上，心里就不想跳了。舞步忽然乱了，怎么也跟不上音乐的旋律。伴奏也太差劲啦。”

“哟，令堂来了？”

“她把她物色的女婿候选人悄悄地带来啦。为何要让他看到我的裸体舞蹈呢。”

铃子惊愕地望着星枝的脸。

“好了。”铃子把眉笔放到镜台旁的化妆包里，又说，“哎呀，项链呢？收到哪儿去了？”

“不知道。”

“本来放在这儿的嘛。你真的不知道？真糟糕，怎么会没了呢？你让开一点，我找找看。”

铃子说着，一会儿拉出镜台的抽屉，一会儿又看了看镜台后面，心神不定地西寻东找。星枝一任铃子找去。

“算了，说不定女佣拿走了。”

“要是她拿走就好了，可是没见女佣收拾过镜台啊。如果弄丢就糟了。我不该放在这种地方，它同舞台使用的玻璃赝品可不一样。我去问问别人就来。”

铃子慌里慌张地走出了化妆室。星枝对镜顾影自怜。

外面的晚风带来了初夏的信息。但化妆室里由于放着舞蹈服装、花束，还有她们的脂粉，荡漾着晚春的气氛。娇嫩的肌肤，光润似玉。

行驶美国航线的筑波号于上午八时进入横滨港。

由于职业上的关系，竹内他们经常迎送外国音乐家和舞蹈家，他们估计好轮船靠岸的时间，比别人稍稍来晚一点。

尽管如此，他们还是在上午到了。海关房顶的尖塔迎着初夏的朝晖，街树投下了影子。

汽车在海关前停下。铃子去地面服务部买了入门券。这儿的确是码头的样子。她们观望着右边成排的低矮而细长的仓库，过了新港桥。桥的左侧是臭水沟般的肮脏海面。在三菱仓库前面，停泊着许多日式木船，船上晾晒着洗过的衣物，诸如衬裙、布袜子、长内裤、贴身衬衫、尿布和小孩的红衣裳等，又旧又令人恶心，这反而给周围现代化的海港风景增添了异国情调。也有的船上，人们在洗刷早饭的餐具。

除了竹内和铃子外，还有两个女弟子跟来了。其中的一个在海关岗亭前下了车，拿照相机给他们看。

他们来到第四号码头，星枝已在那里等候。她家在横滨，所以独自先来了。

“哦，你还真来啦。”

竹内一下车，马上把自己的花束交给了星枝。星枝把花束接下来，却说：“可是，师傅，我不认识南条呀。我不愿意献这种玩意儿。”

“没关系嘛。他以后就是你们的舞伴，要同台演出啦。他是我值得自豪的弟子，和你自然情同师兄妹。”

“我和铃子约好，不和南条跳舞。不来接他就好啦。”

竹内笑盈盈地走到轮船公司派驻人员那里去查找船客的名单。铃子也从后面瞧了瞧，说道：“啊，有了。师傅，是一百八十五号舱房。到底还是回来了。回来了。”

铃子神采飞扬，差点舞蹈起来。她把手搭在竹内的肩上，竹内也喜形于色，说：

“是嘛，到底还是回来了。”

“简直是做梦啊，我的心怦怦直跳呢，师傅。”

他们带着快活的神情眺望着海港。

除非南条精神失常，要不怎能不通知竹内师傅一声就回来，究竟是怎么回事呢？对南条的这种气愤、疑惑，夹杂在重逢的喜悦之中，似乎也卷进了在码头上迎接轮船靠岸那种心理状态里。竹内的脑海里，兴许还浮现出了心爱的弟子南条少年时代的身影。

他们登上码头的二楼，就在临港的餐馆里等候。那里也挤满了接船的人。不论谁都透过敞开的窗户远眺着海港。女弟子们沉不住气，只喝了一口红茶，把花束搁在桌上，就走到廊道上去了。

海港沐浴在初夏午前的灿烂阳光之中。

汽艇在停泊的各国邮轮和货船的空隙间穿梭而过。铃子兴奋得分辨不出哪艘是筑波号了。横滨出生的星枝指着海面上说：

“那就是。喏，现在正往这边驶来，那艘带红色横条白烟囱的漂亮大船呀。是烟囱又粗又矮的那艘呀。据说，轮船要是没有烟囱，旅客就会产生一种不安的心理。所以轮船公司为了招徕顾客，总要把烟囱装饰得别致些。这叫化妆烟囱。烟囱大，看起来似乎更可靠，速度也快似的。”

铃子一认出那艘筑波号，就想象着南条眺望着令人怀念的祖国大地，他的心情该是怎样的喜悦啊。她仿佛自己就是南条似的，感到欢欣鼓舞。

“南条大概也在眺望着我们吧。肯定会眺望我们的，也许是站在甲板上抢着用望远镜看呢。”

铃子说着，像是要借用一下旁边那个女人的望远镜似的。那女人脚蹬草屐，身穿长袖和服，头发干净利落地烫着卷。

“船开动以后，到靠岸还早着呢。咱们散散步去吧。”

星枝说罢，挽起了铃子的胳膊。

她们逆着匆匆奔来码头的汽车和人群前行，一折回刚才来时那条路，铃子就一味望着筑波号，神情很不平静。

星枝翻开报纸的神奈川版，出声读起“进出船栏”的报道：“今天进船……今天出船……明日进船……明日出船……今天停港船……”她对照着停泊的船只，说明这是邮政部资助建造的哪级邮轮，那是多拉尔公司的货轮等，真不愧是个横滨姑娘。而铃子却心不在焉地听着。

她们来到了栈桥。行驶欧洲航线的英国船已停泊在那里。甲板上只有一个水手，正在向这边俯视。她们靠近船腹，只觉得寂静得可怕。

栈桥餐馆也已经停止营业了。

货运马车嘎哒嘎哒地开了进来。这是匹多么老朽的瘦马啊。车夫和马也很相称，他在打瞌睡，快要掉落下来似的。要是一直这样下去，他非摔下来不可。虽叫马车，实际上这是辆只在车板四角竖着棍子的破车。

一对像是英国人的老夫妻，领着一个十二三岁的少女，从对面悄悄地回到了船上。少女用甜美圆润的嗓子在歌唱。

星枝和铃子站在栈桥的顶上，或者说站在二楼的一端，默默地眺望着海港。过了好久，星枝忽然问道：

“铃子，你要跟南条结婚？”

“哎哟，哪儿的话呀！为什么要打听这种事儿？真讨厌！那是谣传。”

“你不是想等南条回来就结婚吗？”

“胡说，只是别人那样说罢了。”铃子快嘴地说过之后，又立即自言自语道，“那时我还是个孩子。他到外国去的时候，还把我看作孩子呢。”

“是初恋吧。”

“那是五年前的事啦。”

“铃子要是结婚，师傅会很寂寞的。”

“哎哟，星枝也会这样体贴人，少见呢。我告诉师傅，他准会高兴的。”

“不过，那又有什么关系呢。反正一个个都要结婚的嘛。”

“那就是嘛。不过，南条要是还有点想念我的话，也不至于连招呼都不打就回来呀。不应该连封信，连封电报都不来呀！”

“咱们还来接他，太荒谬了。”

“南条一定会喜欢星枝你的。”

“没想到你这个人这么懦弱。别说昧心的话啦。”

她们两人回到四号码头的时候，筑波号巨大的船体已靠近过来，仿佛压在前来迎接的人们的胸口上。

从船上传来了奏乐声。

海鸟成群聚拢过来，又从轮船与码头之间匆匆飞去。汽艇从轮船的船头和船尾把缆绳拽了过来。码头上的人们你推我拥，把身子探出栏杆。已经可以望见船客了。他们也跷着脚站在甲板上，有的挥舞着国旗，有的手拿望远镜眺望。吊着成排救生艇的船舷下方，一个个圆圆的舷窗露出了一张张脸。

在欢迎的人丛中，有的人高举像是迎接退伍士兵的那种国旗。洋人的家属彼此拥抱，挥舞帽子。也有姑娘把杂沓的人声置之脑后，独自靠在餐馆墙上，悠然地读着外文书。码头的栈桥前方聚拢着旅馆派来揽客的人。码头上不净是那些来迎接显赫留洋者的华丽打扮的人，还有像是移民的乡巴佬亲戚。有船员的眷属。也有港市的娼妇，她们脸上一副睡眠不足的神情。

已经看到船上人的模样了。船上和岸上，人们的感情交融在一起，顿时沸腾起一股欢乐的热潮。这是一种纯洁而兴奋的感情的流露。大概是找到了自己盼望的人了吧。

“啊，太高兴啦！”

一个娟秀婀娜的小姐跷起足尖，跺着脚，发出了一句叹息。铃子在一旁听见了，自己也被这种情景所牵萦，情不自禁地高举起花束不停地摇晃。竹内提高声音问道：

“哪儿，哪儿？南条在哪儿，看见了吗？”

“没看见。不过，总觉得很高兴啊。”

“好好找找。看见了吗？”

“南条一定看见我们来了。”

“奇怪，没看见南条呀。真奇怪。”

身旁的人都急匆匆地走到下面去了。竹内也只好走到外面来。在这里，等候接船的人早已排成长龙。铃子和星枝把花束举到头上，在人群中挤来挤去。

过不多久，允许上船的时间到了。他们也从 B 甲板一同上了船。本以为南条会在入口大厅里等候，可是哪里也没找见他的踪影。

“一定还待在舱房里吧。”

他们急忙走到一八五号房，果然看见门扉上挂着的船客名牌上，用拉丁字母书写着南条的名字。但门扉紧闭，敲门也不见回应。

然后，他们又匆忙走到 A 甲板的散步场地、吸烟室、图书馆、娱乐室，还有餐厅找了一遍，也没见南条的身影。无论走到哪儿，处处都碰到人们喜逢至亲好友或情人的情景。他们连走带跑地从人群中挤了出来。竹内焦灼地拉长着脸。

铃子和星枝登上了狭窄的阶梯，那里是儿童游戏室。

“哟，连玩沙的地方都准备了。”

星枝稀罕地抓起一把沙子。铃子却在狭窄的沙场上边哭边跪坐下来。

“太无情了，太无情了。太过分了！”

“有什么可哭的。”

星枝说罢，紧闭双唇，攥住拳头说：“多痛快啊。真有意思。”

竹内急得双眼充满血丝，到办公室打探去了。

“请问一八五号房的南条已经上岸了吗？”

“哎呀，客人那么多，不能什么都知道呀。这会儿，值班服务员还在那房间附近，他也许会知道吧。”办事员回答说。

他们返回舱房，向在那儿打扫卫生的服务员探听。服务员说：

“客人大都上岸了吧。”

一八五号房依然紧锁着。

两侧并排舱房的窄长走廊，只有一片白花花的油漆的寒光，已经杳无人迹了。

女弟子们带着不安的神色，在大厅里等候着。那儿也寂然无声。竹内强压住心头怒火，苦笑着说：

“他已经自己上岸了吧。早知如此，在岸上等他就好了。”

也许是这样。码头分上下两层。接人的从楼下上船。旅客从楼上上岸。这大概是为了避免混乱的缘故吧。从岸上到船上架设的临时渡桥也分上下两层。说不定竹内他们上船以前，南条就早已上岸了。

旅客的行李源源地运了出来。

快要下船的当儿，星枝吧哒一声把花束扔进了海里。铃子望了一眼那漂浮在波浪上的花束，又茫然若失地凝视着自己手中的花束。

临港餐馆又沸腾起来。有的人在席间发表回国演说。

出了码头便门，他们甚至连汽车车厢也搜索了一遍，最终还是没有看到南条的身影。向报社记者打听，记者回答，他们也在寻找南条，想请他发表回国观感。

也许竹内难以忍受这种屈辱和激愤。在悲伤之余，他想一个人独自待着。

“实在对不起。失陪啦，我这就……”

竹内说罢，连头也不回就走了。

女弟子只好面面相觑。星枝家的司机把车子开了过来。

“回家吗？”铃子孤零零地说了一句。

“不回家。”星枝摇了摇头。

“可是……”

铃子直勾勾地目送着竹内的背影，这当儿她热泪盈眶，倏地跑了过去。

“师傅，师傅！”铃子从后面紧追上去。

两个女弟子满脸为难的神色，望着星枝问道：“不回家吗？”

“不回啦。”

“那么，再见。”

“再见。”

星枝又独自上船去了。她来到南条的舱房前，悄悄地靠在门扉上，一动不动，合上了眼睛，脸上像挂了一副冷冰冰的面具。

不论是仓库的红色屋顶、街树的嫩绿、前方耸立着白色洋房的街道，还是从海面拂来的微风，都给人一种清新的感觉。铃子的皮鞋声显得格外响亮，兴许是她要追上竹内的心情变得更加急切了吧。她目不斜视，只顾往前奔走。

“师傅！”她追上竹内，差点跟对方撞了个满怀。

“噢。”

虽然突如其来，竹内却显出高兴的样子。

“你一个人吗？”

“嗯。”

铃子摘下帽子，甩了甩头发，一边揩着汗珠。

“已经是夏天啦。”

“天气真好啊。”铃子欢悦地笑了，“不知星枝她们怎么样。我是冷不防跟在师傅后面追上来的。”

竹内默然不语。铃子一边走，一边似看非看地瞧了瞧竹内的脸色。

“也许南条在酒店休息呢。”

竹内说着，走进了新格兰酒店。可是，南条也没有在那儿。他很快又走了出来。

“咱们吃午饭去吧。”

在外面等候着的铃子依然面带愁容，一味在摇头。

“那么，再走走吧。”

铃子点了点头。他们从郁郁葱葱的山下公园旁边，走过垂柳飘拂的谷户桥，沿着两侧都是西洋花铺的坡道，朝山冈上挂着气象站旗子的方向登上去。传来了少女们合唱的赞美歌。他们两人被歌声吸引了，便走进了外国人墓地。

这片墓地开阔悦目，如茵的绿草坪上，轮廓分明地耸立着一块块白色的大理石，花草点缀其间，初夏的阳光泼洒下来，晶光耀目。

简直是一个清洁、整齐、欢快而又静谧的庭园。在山冈的陡坡上极目远望，右边停泊在海港里的船只、海港市街、伊势佐木街的百货商店，乃至远处的重山叠峦也尽收眼底。

赞美歌是从远处山麓的墓地传过来的。歌唱者多半是基督教学校的女学生。

入口路旁的河堤上盛开着杜鹃花，嫣红似火。那色彩映在大理石的十字架上。

女人衣服的颜色，由于草坪和空气的关系，看上去像是一幅瑰丽的图画。尤其是年轻姑娘穿上和服，简直美不胜收。前方一望无垠，仿佛浮现在市街的上空。这里也是横滨的名胜之一，不光是前来扫墓的外国人，装扮入时前来游览的日本姑娘也流连其间。

他们边走边稀罕地读着碑上镌刻的“为了我爱妻的神圣回忆”的铭文，还有下方刻着的圣句等。兴许是这些与墓有因缘的人表现出来的挚爱和悲伤，在铃子身上引起了共鸣，她觉得自己的感情纯朴地流露了出来。

“噢，师傅，南条真的回来了吗？”

“是回来了。舱房上明明写着他的名字嘛。”

“不至于在中途跳海了吧？”

“哪会干出这种傻事呢。”

“我不信。我总觉得乘船回来、在舱房里的，是南条的遗骨或是灵魂呀。”

铃子说罢，发现自己脚底下有座小坟，那崭新的大理石碑上雕刻着百合花。

“啊，多可爱啊。这是婴儿的墓呀。”

她把那束一直无意识地拿在手里的花束，随便放在这座墓前。

小小的墓碑前面，是一片用大理石围起来的花圃。那里不仅种有花草，还有扫墓者献上的盆栽花木。

“星枝早把花束扔到海里去了。她不像我总拿在手里到处走。南条的事还有什么可想的，倒不如扔在这座外国人墓前呢。”

“是啊。”竹内漫不经心地回答，随即迈步走到海角般突出的一块花圃里。唱赞美歌的少女们打下边的路回去了。铃子坐在竹内身旁，说道：

“在前些时候举行的表演晚会上，师傅，我曾和星枝约好，我们绝不同南条这样忘恩负义的人跳舞了，也不去迎接他啦。只是由于师傅说要去接他，所以……”

“唉，算了。”

“我不相信他不跟师傅打招呼就能踏上日本的土地。”

“他可能有他的考虑。也许发生了什么情况吧。反正他的确乘筑波号回国，并且已经上了岸，顶多在日本全国找找，没什么了不起的嘛。他搞舞台表演这行，要躲藏也藏不住的。你一定要抓住他。”

“我不愿意。”

“你不是和南条有过什么约定吗？”

“什么约定？”

“在南条出国之前嘛。”

“没有。什么也没有啊。”铃子认真地连连摇头，“只是我送他到码头的时候，他曾对我说：在我回来之前，不论遇到多大困难，你也要继续跳下去。就是说了这些。”

“你应该守约啊。哪怕把我这个老朽扔到这种坟地里，也要同南条一起跳。”

“哪能呢，我哪能离开师傅。请您别说这种话啦！”

“有什么关系呢。学习艺术比这还更无情呢。哪怕对父母兄弟，也得有见死不救的勇气。要忘掉一般的人情世故，首先要有自我献身的精神。”

铃子久久地盯着竹内的脸。

“师傅在说昧心话。”

“你才是说昧心话呢。”

“师傅是最心疼我的呀。”

“那倒也是。这五年来，你不是日日夜夜一心盼望南条回国吗？可是一旦盼到了，又过多地担心，怕被南条嫌弃，或者顾虑会吓得缩成一团跳不起舞来，甚至为了南条事先没有通知乘什么船回国这点事，也立刻咒骂他是什么忘恩负义的疯子，这不正是昧心话吗？”

“是真心话啊。师傅难道不觉得南条太狠心了吗？”

“当然，我很生气。”

“可是，您还是来接他了。”

“是啊。为了托付南条照料你们，我宁可忍辱前来。”

竹内嘴上说得漂亮，心里却感到内疚，也有点寂寞。因为他打算把新近回国的南条迎来做研究所的助手，以便重整旗鼓，摆脱经济拮据的困境。但是，眼下这种事是不会在铃子的心中浮现的。她深受感动，点点头说：“嗯，我完全理解师傅的心情，所以我更加遗憾了。”

“那样的事是用不着想的。你要死心塌地干下去啊。”

“那么怎样做才好呢？”

“你晓得的嘛。要紧紧抓住南条，想尽一切办法把他在西方学会的所有本领学到手，以压倒他全副生命力的气势把他征服！这大概是一种报仇的办法吧。倘使南条真的背叛了我和你，倘使他是个不道德的人，你也会由于这种不道德跟他同归于尽——如果你爱他的话。这样一来，你就没什么可遗憾的了。骨头我来给你收拾。永远毫无遗憾地活下去，这也许就是艺术的根本。你思念南条整整五年，如今却为这区区小事使纯真的爱情淡薄，岂不前功尽弃了吗？”

铃子听着听着，不禁潸然泪下。

竹内道出了一番与年龄不相称的真心话，兴许是出于对年轻一代的忌妒，对逝去的青春的悔恨，也是对铃子的爱吧。可是，察觉到这些话自然会引起铃子的反响，他霍地站了起来，说：

“南条纵然忘恩负义，人们也肯定会给南条的舞蹈喝彩。”

铃子被迷住似的抬头望着他说：“您寂寞吧，师傅。”

“就说你吧，哭，也是为南条呀。”

“不。我听了师傅这番话，不知怎的感到寂寞。”

“请你不要介意。”

“话虽如此，我从未想到会被师傅这样冷落。”

竹内惊讶地望着铃子，却又若无其事地说：

“友田的家就在这附近吧。”

“唔，星枝大概已经回家了。”

“顺路去看看怎么样？”

铃子默默地摇了摇头，站起来走了。

竹内和铃子走到外国人墓地，正好是星枝一声不响地伫立着，把身体依靠在南条舱房门扉上的时候。她板着一副面具般的冷冰冰的脸。

一瞬间，响起了用钥匙开门的声音。星枝悄悄地退到一边。门轻轻地开了。星枝的身体正好掩在门后。一个女人从门扉里探出头来，扫视了一下走廊。然后，南条从女人身后走了出来。

南条拄着一根松木拐杖。

女人用手轻轻碰了一下门，门就自动关上了。

南条和女人发现了星枝，不觉一惊，便停住了脚步。但是，星枝和南条彼此并不相识。

星枝依然靠在那里，一动不动，垂下了眼帘。

南条他们无可奈何地打她面前走过。稍稍拉开一段距离后，星枝也迈步跟上来了。

女人不安地回过头去，盘问南条似的说：“她是谁？”

“不晓得。”

“撒谎。”

“要是我认识，早就打招呼了。”

“我在场，你装蒜了吧？”

“别开玩笑了。”

“可是，她不是等着你出来的吗？”

“我并不认识她啊。”

“真不要脸，跟在我们后头来了。真讨厌！”

星枝没听见他们俩的对话。她似乎很生气，攥紧拳头捶了两三下自己的腰部，板起面孔，闭着嘴唇，事不关己似的走开了。

船上已经一个乘客也没有了。码头也变得静悄悄的。只有码头工人在搬运从船腹卸下来的行李。

南条和那女人逃也似的从码头便门走出去，坐上了出租车。

南条的右腿好像有点瘸。

看上去女人的岁数比南条大，约莫三十开外，是个西洋派头的美人。

“小姐，您怎么啦？”星枝的司机惊讶地打开了车门。

“请你跟上那瘸子的车。”

“哦，是刚才那两个人？”

“对。绝不要让他们跑掉，到哪儿也要追上去！”

司机慑于星枝的气势，赶紧把车子开动了。

“怎么回事，那是什么人？”

“是舞蹈家，拄着拐杖的舞蹈家，真是绝无仅有啊。简直就像哑巴唱歌，多有趣呀。”

“追上去又怎么样？”

“不知道。”

“您就是来接他的？”

“是啊。”

“他有夫人陪着，是吗？”

“不知道。”

“您过去就相识吗？”

“不认识。”

“只要把车号看清楚，他们无论上哪儿，以后也可以很快弄明白的。”

“真啰唆。只要追上去就行。实在令人窝心啊。”星枝冷冷地责备说。

汽车风驰电掣，驶到横滨市郊，从藤泽穿过松林，豁然开朗，尽头便是海了。江之岛就呈现在眼前。

这是一段相当远的路程。前面的车子老早就发现后面有车子跟踪。也许是想甩掉星枝的车子，才跑了这冤枉的远路。

在南条看来，星枝的行动简直是不可理解。从星枝的年龄来考虑，他离开日本时，她顶多十五六岁。这样一个少女，他是不会有印象的。而她刚才那近乎毫无表情的冷淡态度究竟又是怎么回事呢？与其说是傲慢与执拗，不如说是近似虚无的美，给人留下可怕的印象。他眼下又不能停车问问她为什么要跟踪而来。

女人只得怀疑南条和星枝之间大概隐藏着什么秘密。尽管如此，这个妙龄小姐也不像是一个不正派的人，可她竟如此大胆地紧盯紧跟，还是令人难以理解。

星枝也觉得自己的行动几乎不可理解。

车子从江之岛朝鹄沼的方向奔驰。这是一条滨海公路。左侧是沙滩，右侧是一片松林，一望无垠，开阔悦目，柏油马路宛如一条白线。万里晴空，连遥远的伊豆半岛上空也清朗晴明，浮现出富士山的山姿。涛声呼啸。沙滩无尽地伸展。小松树低矮而整齐，是一幅坦荡而明亮的景致，还有一片松苗丛生的沙地。到处都是松树。

两辆汽车都以高速行驶。看起来完全是名副其实的兜风。

不一会儿，前面那辆车子在辻堂的松林处一拐弯，就在一幢别墅的庭院里消失了。

后边的车子放慢了速度，稍后拐进了那条小路。星枝想看看门牌，把身子往车窗靠时，南条忽然从门后出现了。由于路窄得连车身都几乎擦到路旁的松叶，所以南条和星枝面面相觑，脸贴得意外的近，甚至连对方的呼吸、肌肤的温馨都感受到了。

星枝的脸颊蓦地飞起一片红潮，她紧紧闭上了双唇。

“你是谁？有什么事吗？”南条强装若无其事的样子。

星枝沉默不语。

“你一直跟踪我到这儿来的吧？”

“嗯。”

“究竟是为了什么呢？”

“发疯了。”

“发疯了？是你？”

“嗯。”

南条惊讶地凝视着星枝。

“唔，疯子，倒有意思！我最喜欢疯子啦。难得追到这儿来，就请你到屋里坐坐，谈谈好吗？”

“没什么可谈的。”

“太失礼了吧。你为什么要追到这儿来呢？不说清楚就不让你回去。”

“是发疯了。”

“别开玩笑。你要愚弄人吗？”

“这是说你呢。我只想侮辱侮辱你。”

“什么？”

星枝暗示司机开车。她忽然伤心地闭上了眼睛，说：

“我才不上你那根假拐杖的当呢。”

南条做了一场噩梦似的，目送星枝的车子远去。

铃子教少女们练习基本功。

这些少女年纪很小，就像那回跳《花的圆舞曲》时上舞台献花的女孩子一样。铃子教授孩子有方，又能亲切地照料她们。她常常代替竹内指导排练。

离这些小女孩稍远的地方，有三四个年纪稍大的学员。她们有的把腿架在把杆上，有的对镜作各种舞姿，也有的在练习老师指导的部分舞蹈动作，各自自由练习。

竹内在客厅里会见舞蹈团的干事。

竹内带着困惑的神情说，刚刚收到南条寄来的信。信上说，南条右腿患关节病，得靠拐杖行动。作为舞蹈家，他已经不能站立，是一具活着的僵尸了。他自己早已死心，可一想到恩师的悲痛，就不忍心让恩师看到自己那可怜的形象。

以南条回国为前提制订的计划，全都成了泡影。南条回国连乘哪艘船都没有通知，不过竹内还是毫不怀疑，南条一定会回到自己的怀抱。所以他计划先在东京，后在大阪、名古屋等地举行回国汇报演出，并同影剧院签订了合同，让他率领自己的弟子们进行演出。

“不过，他自己跳不了，还可以担任艺术指导嘛。拄着拐杖指导，可以收到悲剧性的宣传效果，不也很好嘛。”年轻的干事说。

“我可不愿意把悲剧当作贩卖品。南条太可怜啦。”竹内不以为然地说。

“别说这种糊涂话啦。难得派去学习五年，如今人回来了，应该让他当艺术指导，给他找条活路嘛。”

“替南条设身处地考虑，他也许希望把舞蹈忘得一干二净呢。反正不亲眼见见南条，就无法了解。估计他要来道歉的。”

“这种脉脉的温情，反而会害了南条。无论如何也要叫他干呀。”

“究竟是谁温情啦？你是不会明白的。”

现在不是讨论这种问题的时候。干事毫不掩饰地说：应该利用一切有宣传价值的东西，摆脱研究所的经济困境。这是没有错的。由于缴不起税金，钢琴也被没收，税务局的拍卖通知，甚至同南条的信双双到达。

不管怎样，不见南条是无法行事的，所以只谈妥了去为单和服做广告性宣传。这也可以说是个巡回推销团，就是公司用免费招待的方法，请购买单和服的顾客观赏音乐舞蹈会，因此让她们到各地巡回演出。这是长途跋涉的旅行。竹内于心不忍，但还是决定让铃子和星枝去巡回演出。

“还有，南条拄拐杖的事请你保密，因为他连我也瞒过，悄悄上岸了。实际上我也没告诉我们团里的铃子呢。”竹内叮嘱了一句，便同干事一起出门了。

竹内来到排练场，铃子正和着童谣唱片的节奏，在指导小孩跳舞。她自己仿佛也变成小孩，示范给她们看。

年纪大的女弟子正在更衣室里脱排练服。

竹内观看了一会儿孩子们的舞蹈，便走到铃子身边，说：

“我要出去一趟，拜托你啦。”

“嗯。”

铃子向少女们说了声“练习一下刚才的舞蹈”，就走进里头，照料竹内更衣去了。

竹内一边结领带，一边说：

“决定请你参加那个为单和服做广告宣传的旅行啦，虽然这种工作有点俗气。”

“不管怎样都是一种学习。只要认真跳就行，我会好好干的。”

“这是一次长途旅行啊。”

“节目定下来了吗？”

“这回是乡间巡回演出，排一些受群众欢迎的华丽舞蹈节目就行。这种事嘛，就按你喜欢的去办吧。”

“嗯，我回头再考虑，连衣裳也都挑选好。”铃子说着把竹内送了出来，又说，“快要下雨啦，师傅，你早点回家吧。”

铃子再折回排练场，她闻到手里拿着的竹内的排练服有一股味儿，便把它扔进浴室里，然后又继续指导童谣排练。不一会儿，孩子们都回去了。

宽敞的排练厅里，只剩下铃子一个人。

她将身体倚在钢琴上，稍事歇息，一只手不由自主地弹起钢琴来。过不多时，她又选出一张唱片，安详地听了大半支曲子。忽然，她激烈地跳起舞来。

她把壁橱打开。这壁橱像一个大型西服衣柜，镶嵌在墙上，里面挂满了舞蹈服装。铃子触摸着这些衣裳，不禁想起了一桩桩往事。但她还是利索地取出了两三件来。

大概是做旅行的准备吧。她检查了抱来的这些衣裳是不是马上可以穿用。衣裳上笼罩着舞台的幻影。铃子又想跳舞了。她在排练服上穿上了舞蹈服。

天擦黑了。好像下起雨来。

随着房间渐渐昏暗，整面墙上的大镜子反而显得格外清晰，映出了铃子的舞姿，犹如水中的鱼。

门口传来了敲门声。铃子翩翩起舞，没有听见。留声机还在鸣响。

门扉轻轻打开。铃子也没有留意到有人进来观看她的舞蹈，而且已经观看了好一阵子。

响起嘎哒嘎哒拄拐杖走过来的声音。正在跳着《阿拉伯舞曲》的铃子不禁一惊，旋即停住了舞步。

“哎哟，南条？是南条啊！”

铃子跑了过去，差点摔倒在地。

“你回来了，到底还是回来了。”

“你是铃子吧？”

“我太高兴啦。”

“几乎认不出来了，你跳得很好啊。”

“噢，你回来了。不过，你太无情啦！太无情啦！”铃子摇晃着南条的身体，然而当她触摸到拐杖的时候，忽然又将手缩了回去。

“哎哟，怎么啦，你受伤了？”

“师傅呢？”

“受伤了？站着行吗？”

“不要紧。师傅呢？”

“我在问你呢，这是怎么回事？”

铃子胆怯地把椅子搬了过来。

“我们到横滨接你去了。可是怎么也没找到你。真伤心啊。”

“我躲在舱房里啦。”

“躲？”铃子脸色煞白，直勾勾地盯着南条，“原来你在呀？我们那样敲门，你竟……原来你在呀，你真是个可怕的人。那时师傅也跟我们在一起。”

“师傅呢？”

“出去了。你打算怎样向师傅道歉呢？你太过分啦。”

“所以，我才来告辞的嘛。”

“告辞？”

铃子怀疑起自己的耳朵，南条平静地点了点头。

“我就是忘了歌唱的金丝雀。正如你看到的，我已经不能再跳舞了。”

铃子久久说不出话来。

“见不到师傅，心情反而不觉得难受。铃子，你可以替我向师傅好好道歉吗？对师傅说，南条没有自杀而回国来，就算万幸了。”

天色越来越黑了。

“对不起，我……”铃子脱口而出，就像水滴滴答一声掉下来似的。说着，眼泪簌簌地滚了出来。她仿佛在呼唤远方的亲人，自言自语地说道：

“不能跳也好，不能跳也好啊。”

这话声兴许是渗进了南条的内心深处，他沉默了。

“我盼啊，盼啊，一直盼望着你回来，我就是在盼望中长大的啊。”

“可是，对师傅或是对你来说，我已经变成了一个毫无用处的人。”

“不，我需要你，我是需要你的呀。”

“我能对你有什么用呢？我能做什么呢？”

“能！就算什么也不能，却有一样可以做。”

“你是说爱吗？”南条结结巴巴地说：“可是，是啊，你我所能做到的，已经顶多是一同自杀了。”

“死了也好。”

铃子恸哭起来了。

“请不要哭。这里还有一个人更凄惨，欲哭也不能哭啊。”说着，南条从椅子上站起来，“你本来不是那样爱动感情的嘛。”

“你又妒忌又羡慕，我十分了解你渴望着爱情。”

“天黑了。让我看看令人怀念的排练场，我就该回去了。”

南条伸手去摸自己还熟悉的电灯开关，电灯刚一拧亮，他不禁愕然失色。

他的目光猛地落在墙上挂着的星枝的照片上，那虽是一张半身剧照，但他一眼就认出是她。

“那个疯子。”南条情不自禁地喃喃自语，然后若无其事地凝望着照片说：“是个美人儿啊。她也是师妹吗？”

“是啊。她叫友田星枝。前些日子，师傅为我和她举办了双人舞表演会。星枝也到横滨去迎接你了。”铃子说着，揩了揩泪珠。

南条环视了一遍并排挂在墙上的照片说：

“看样子弟子相当多嘛。研究所的情况怎么样？”

“日子不好过啊。亏你还问到这些事。让你去留洋的时候，把这座房子拿去作抵押，你忘了?！后来给你寄的生活费也何尝不是……”

“这我知道。”

“师母已经去世了，你知道吗？”

“知道了。她比我亲生母亲还要疼爱我。”

“打那以后，师傅不知怎的，身体一下子衰弱下来了。”

“是吗？”

“师傅说过，你回来，他就放心引退。他一心指望这个，看样子他打算把研究所让给你。”

“请告诉师傅，就说南条没能自杀而回来了。”

“究竟是怎么回事？”

“你问这个吗？我的关节不顶用了。”

“不顶用？是脱落还是折断了呢？很痛吧，不能治好吗？你说话呀！”

“我一辈子就靠这条腿啦！”南条用拐杖嘎哒嘎哒地戳响地板，又说，“用木腿是不能舞蹈的啊！”

“什么呀，这个家伙！”

铃子忽然一脚把拐杖踢飞了。南条遭到突然袭击，打了个趔趄，快要往前倾倒，铃子敏捷地将他的右胳膊绕到自己的肩膀上，支撑着他。

“你把我当作你的腿啊。不是用木腿，而是用人腿走，不行吗？啊，不是能走了吗？”铃子说着，亲切地拉着南条走起来，“师傅是把你当作自己的儿子看待的。哪有做父母的，会怪罪残废了的儿子呢。”

“谢谢。我也想用温暖的人腿走路啊。”

南条说着悄悄地离开铃子，把拐杖捡起来。

"请向师傅问好。我不去见他了。"

"我不让你走！"

铃子紧紧追上去，南条靠在钢琴上，用拐杖一端使劲敲了两三下放在钢琴后面的洋鼓。

铃子闻声吓了一跳，撒开了手。

"我要让你睁开理智的眼睛！"南条说。

铃子忽然揣摸起南条所说的"你"，是指南条呢，还是指自己。在沉思中，南条已走到门外去了。

"你要到哪儿去？下着雨呢。你现在住在哪儿？"

铃子追出去，想不到外面有辆汽车在等候着他，他已经上车走了。

她无精打采地折回了排练厅。

忽然，她似乎想起了什么，大叫了一声：

"铃子！"

同时还咚的一声用力击了一下大鼓。

"铃子！"

又击了一下大鼓。

她扔下鼓槌，利落地脱掉衣裳走进浴室，开始洗竹内的排练服。

这是一间镶着瓷砖的清洁的浴室。铃子只洗了一件排练服，伸了伸腰，若有所思地站了起来，然后泡在浴盆里。她整个身子仿佛被一种温暖的东西拥抱，不觉泛起微笑。但一想，连忙往脸上浇了浇温水，情不自禁地盯着自己的胸部和胳膊。

电话铃响了。铃子心里一跳，把身子缩作一团，四下里打量了一下。

身体湿淋淋的，她就罩上了后台服。她去接电话之前，电话铃在那静谧的房间里不停地尖声响着。

铃子不知怎的，心房跳得厉害，话声堵在嗓子眼里。

“喂，喂，这里是竹内研究所。”

“啊，铃子。就你一个人？”

“星枝？是星枝吗？”铃子如释重负，“实在对不起，我正在洗澡。”

“噢，在下雨呢。”

“洗澡，我正在洗澡呀。喂，喂，在家？你是从家里挂来的吧。打那以后总不见你来，这可不行呀。你在干什么呢？”

“今天吗？”

“嗯。”

“用望远镜眺望海港呗。”

“讨厌鬼！你一直没来，让人家担心嘛。”

“筑波号今天已经起航了。”

“筑波号？”

“喂，喂，那个叫南条的，怪得很呢。”

“嗯，他刚刚才来过。我本想告诉你的，他真可怜啊。他的腿瘸了。瘸了，你知道吗？他成瘸子了，再也不能跳舞啦。他说，那天他躲在舱房里来着。”

“是吗？”

“他谁都不想见，这也难怪啊。他是来向师傅道歉的。师傅不在，他让我对师傅说：南条没有自杀而回国来，就算万幸了。他是来告辞的。”

“他还拄拐杖吗？”

“嗯，吓我一大跳。傍晚的时候，他像个幽灵似的溜了进来，就站在昏暗的排练厅里。”

“那又怎样？”

“什么怎样，你是说南条吗？今后那条腿真的不能跳舞，可怎么办啊！”

“铃子，你又哭了？”

“他压根儿不好好听我的话，像是不想再活下去，情绪很低沉。”

“那是假的。”

“什么假的，他明明是说来告辞的嘛。就说师傅吧，他也不能坐视不救啊。”

“就是嘛，所以我说那是装样子的，我认为那拐杖是装样子的。”

“什么？不是的，没听清楚吗？星枝，你那边在放唱片吗？”

“嗯。”

“你听我说，南条是拄着拐杖来的。”

“知道了。见过了。”

“嗯，见过了。他刚走。哟！刚才你说见过了，是说星枝你见过他吗？”

“是啊，所以才给你打电话嘛。”

“星枝你见过南条？是见过南条吗？在哪儿见的？真的吗？请告诉我。”

“本来就是想告诉你嘛，你却说个没完没了。我一直等到他从舱房里出来。”

“你等他了？那时他没有拄拐杖吗？”

“拄了。”

“那你为什么说是装样子呢？为什么说是装样子呢？”

“不为什么。”

“请讲明白点。这个我不相信。你怎么知道那是假的呢？”

“只是有那种感觉罢了。”

“为什么会有那种感觉呢？真奇怪，他有什么必要拄着拐杖装样子呢？”

“谁知道呀。大概是同一个女人一道回来的缘故吧。”

“女人？”

“喂，喂，铃子，你见南条的时候，他真的瘸了吗？”

“嗯。”

“那，也许是真的瘸了吧。或许是我想差了。”

“那么，我现在可以到府上去吗？晚了，就在你那儿过夜吧。”

“好啊。”

“师傅也有事。”

“那么，铃子你又怎么想的呢？是跟南条结婚还是作罢呢？”

“哎呀，我可没这样想过。”

“可不是嘛。瘸腿的舞蹈家还有什么用？对你来说，舞蹈比结婚更重要吧。如果你见到南条，被他拄拐杖的花招骗了，以为这样一来，两个人不能一起跳也是出于无奈，那就糟了，所以我才给你挂电话的。”

“星枝，你的话我怎么听不明白。你说，你等了，只有你一个人等到南条从舱房里出来？”

“嗯。”

“是出于什么考虑呢？你这个人净做怪事啊。”

“嗯。南条也问过我，为什么要追上来，我说是发疯了。他同一个女人走进一处叫森田的家，是在辻堂吧。”

“森田，森田，辻堂？在辻堂的家，你也一起去了吗？”

“不是一起，只是紧跟在后头罢了。”

“辻堂，一直跟到辻堂了吗？”

“喂，喂，怎么啦？马上就来吗？我派人到车站接你。”

“嗯。不过，今晚不去了。还有，已经谈妥了一项旅行合同。由于南条的缘故，各项计划都打乱了。师傅真可怜啊！虽然这是推销单和服的广告宣传旅行，但也请你帮帮师傅的忙。你我两人去。就连这部电话，也已是别人的东西啦。”

“真不想去啊。宣传什么单和服。”

“瞧你说的，师傅该为难了。”

铃子咔嚓一声把电话挂上了。

林子里传来手枪声，断断续续地响了四下。

最后一响之后，传来了男女的欢笑声。

但是，只有星枝一个人扒拉开挂满绿叶的枝丫，走到庭院来。

林子和庭院之间并没有明显的界限。因为庭院四周围着林子，但是一边贴着小径。

小径对面是桑田，透过桑叶间隙可以俯视山涧。山涧溪流边上仅有的水田，发出了孤寂的寒光。蝉儿像才想起来似的鸣叫着。

这里是温泉浴场，似乎成了冬季滑雪、夏季登山的歇脚之地。这幢别墅坐落在这儿，是非常合适的。虽说是简易建筑，却是在距周围旅馆稍远的高处，可以说给人一种山中独院的感觉。

星枝好像处在狩猎的高潮，显得兴致勃勃，非常豪放。她的目光仿佛连野生果子也要抓到手似的，有一种要踏破山林的气势。她穿一身轻便的散步服，很是合体，但动作太自如，在高度兴奋之余，反而显得不平衡，看上去挺危险的。

她跑着跑着，把鞋脱掉，大步跳跃了两三次，接着连续激烈旋转，结果猛然摔倒在地。

庭院如一块没修整的草坪，杂草丛生，一直延伸到林子里。星枝那白色的身影在郁郁葱葱之中，静静地一动不动。

星枝把支在一只手上的脸儿抬起来，只见夕阳从正面照射过来。淡淡的行云朝日光相反的方向流去。星枝眺望着倾落在远山的夕照，露出一副渴望着什么的表情，眼睛里噙满了泪花。

于是，她身不由己地以舞蹈的姿势站立起来，翩翩起舞。

虽说是舞蹈，也只是一种无心的即兴，像把基本动作随便连在一起似的。

她一直来到把鞋脱掉的地方，正要把鞋捡起来，无意中往前一看，只见小径的树荫下有个缩成一团的人影。星枝向小径奔去，看见一个拄着拐杖的瘸子正急匆匆地下山。星枝发现了他，却不停下，只是稍稍放慢脚步，在后头追上去。他今天拄的不是松木拐杖，而是白桦木拐杖。

南条回头莞尔一笑。

“又追过来了吗？”

“嗯。”星枝毫无意义地应了一声，与其说她正经地凝视南条，倒不如说是瞪了南条一眼。她的眼睛里又燃起了刚才那股子豪放的火焰。

然而，南条却充满了激情，说：

“简直跟竹内师傅一模一样啊！”

“太没礼貌了。”

“不，也许是我失言了。不过对我来说，这是很值得怀念的。因为竹内师傅的舞蹈是我童年时代的一切希望和憧憬所在，我是想赞扬你啊。就是我也得承认你很有才华，甚至超过了师傅。”

“我是说你偷看没礼貌。”

“失礼了。不过，把躲藏在船上的人一直追到辻堂，甚至追到这座山里来，究竟是谁没礼貌呢？”

“是假装瘸子的人没礼貌呗。”

“假装？”南条惊讶地望着星枝，笑了笑，就在路旁坐下。

“那松木拐杖怎么样啦？”星枝冷淡地说，但并非嘲笑。

“我嘛，对跳舞死心了，甚至感到厌倦了。可是，星枝你却来追赶我。”

“不记得我追赶过什么呀。”

“那么，可能是舞蹈追赶我来了。舞蹈还没有抛弃我。对我来说，你就像舞神派来的天使。”

星枝在路旁把刚才一只手提着的鞋子穿上。

“舞蹈也好，神也好，我都讨厌！我只想知道松木拐杖是装样子的就够了。”星枝冷冷地说完，正要扬长而去，南条也站起身跟了上来。

“星枝，你在辻堂说过：我只是想侮辱你，就是指这件事吗？”南条拖着那只瘸腿，边走边说，“在研究所看了照片，我才晓得你就是星枝。你还到横滨来接我了。那时候，我的做法太懦弱了。不过，如今你的舞蹈感动了我，我可以说出来了，为什么要躲在船上。唉！不用那样躲我嘛。”

“一味躲避的是南条你嘛。”

“是啊，我是想躲避舞蹈的呀。”

“什么舞蹈不舞蹈，我才不管呢。后来，铃子马上到辻堂的家去看你，你却紧闭着门！原来是逃到这深山里来了。”

“逃？这里是有名的温泉区，对我的神经痛和风湿病有好处。多亏到这儿来，我的腿脚比过去好受多了。”

星枝不由得掉回头，用女性温柔的目光，怀疑似的瞧了一眼南条的腿，旋即又露出一副更加尖刻的面孔，像是生气地加快了脚步。她紧紧闭上了嘴唇。

“刚才是你打枪吗？”

“是家父打的。”

“啊，那么说，在那儿碰见的是令尊啰。我边走边呆呆地沉思，那枪声惊醒了我。这个时候，又看见星枝你在翩翩起舞。我恍然大悟，体内已腐烂死亡的舞蹈细胞顿时又复苏了。”

星枝唐突地问道：“能治好吗？”

“我的腿吗？当然能治好。问题是可不可以恢复到能跳舞。”

“够了，回去吧！”星枝呐喊似的说。

南条猛然闭上眼睛，额头忒忒地颤动。

两人不知不觉进了刚才的庭院。

“再跳一次让我看看好吗？”

“不好！”

南条把庭院和林子上空扫视了一遍，说道：

“在这大自然里，能像鸟儿鸣啭、蝴蝶飞舞那样尽情地跳，才是真正的舞蹈啊。舞台上的舞蹈是一种堕落。我看到你的舞姿，就想和你一起起舞。简直沉不住气了。身不由己地动了起来，就像坟场里的死人站起来翩翩起舞一样。”

星枝不由得后退了。

“可不是吗。从舞蹈的角度来看，我已经是死了的人。这样一个我，如今变得那样想跳舞，是做梦也想不到的。请你再跳一次让我看看好吗？”

“不好，太可怕了。”

“哪怕摆个姿势让我看看也好。”

“我说不愿意嘛！”

“那么，我来试跳好吗？”

“请便。”

星枝不禁脱口说了出来，她似疑惑又似恐惧地瞧了瞧南条。

“这是瘸子舞啊！”南条泛起了笑容。

他有所触动似的。夸张点说，他的脸上刹时掠过善与恶、正与邪的影子。

他犹豫不决，不知如何处理右手拄着的拐杖，但马上又举起左胳膊，拖着瘸腿，起步跳了起来。

这是充满凶兆的奇怪的舞蹈。一只胳膊的动作美极了，反而令人生畏。

然而，南条迈了不到十五步，忽然停住，一屁股坐在庭院的草坪上。

“像妖精舞、魔鬼舞吧。”南条说。

星枝依然是一副冷冰冰的脸孔，站在庭院尽头的白桦树荫下，一言不发。

“比起星枝的舞蹈来，简直是天渊之别啊。因此我消沉了。为什么我想再看看你跳，看了我刚才的舞蹈，你恐怕应该充分理解我的这种心情了吧。”

“讨厌。这是认真的吗？”星枝自言自语地嘟哝了一句。

“认真？其实我现在面临着生死关头，正站在人生的十字路口。从孩提时代起，我就沉湎在舞蹈中。也许是因果报应，若是看不见舞蹈，我就不能清醒地觉察到人类的美、人类的可贵啊。”

“我不喜欢看见人家认真，也不愿意自己认真。即使在舞台上跳舞，只要一看到观众认真观赏，我马上就感到太没意思了。要认真的话，我就想一个人认真。”

“你也是个可怜的疯子。”

“是啊。那时候在过堂，我一开头就这么说。”

“我最喜欢疯子。那时候我就是这么说的。舞蹈嘛，也许就是属于这类性质。要么让沾满灰尘的灵魂弄得更脏，要么让传承至今的身体动作表现出纯洁无瑕，这恐怕需要成为疯子才行。”

“我已经不跳了。”

“不跳了？为……为什么？”南条怀疑似的注视着星枝，“为什么不跳了呢？这一点，请老实告诉我好吗？”

“我害怕。不知怎的，我总觉得这样跳下去自己也要变成另一个人了。一跳舞，我不由得要认真起来，而后就感到寂寞。”

“这就是艺术家，就是人们所说的天才的悲哀啊！”

“胡扯！我也不想得到什么东西。什么艺术，我并不认为它可贵。我只想永远一个人待着。”

“这就是星枝的美之所在，是这种美的身躯发出的声音。”

“我只想平凡地生活，再没有比这更自由的了。”

“你要结婚吗？”

星枝没有作答。

“看见你的舞姿总是这般栩栩如生，可是你的心灵却如此疲惫，真不可思议。”

“你太没礼貌啦。我哪有什么可疲惫的。”

“你受伤了，确实是受伤了。”

“我没受伤。那是你戴着艺术的有色眼镜来看人吧。我讨厌，所以才不再跳舞的。停止跳舞，是证明我不是疲惫，也没有受伤呀！”

“那么，刚才那个是什么？”

“那个？是游戏。是孩子又蹦又跳的游戏呗。”

“在我看来，这就是舞蹈，是生命绝妙的跃动。”

“那是你假装瘸子的缘故吧。”

“所以嘛，我想再看一次你的游戏，我是这样请求你啊。有人诚心求神灵保佑，出现过瘸子也能站立的奇迹。”

“奇迹，我也讨厌！”

“如果能借助你又蹦又跳的这股劲头，把我这根拐杖甩掉就好啰。凭借这股力量，我也许站得起来。”

“凭借自己的力量快点站立起来不是更好吗？如果我的游戏真有使瘸子站立起来的力量，那么你的舞蹈就能治好自己的瘸腿，这点应该不成问题。”

“是吗？”

南条眼睛里含有几分敌意，但他马上又下决心似的说：

“按星枝你说，我不妨试着跳跳是吗？”

“那就悉听尊便了。”

“这样无情的观众，兴许对我有好处。”

南条又拄着右手的拐杖，拖着瘸腿，跳了起来。然而同刚才跳的不同。由于愤怒，身体动作不灵活了。

“我这辈子早就打算不再跳了。”

“为什么？”

“因为我热爱舞蹈。舞蹈嘛，我真的多少懂得一点。”

南条断断续续地说，舞蹈越跳越变得激昂起来。看上去，南条的舞蹈像多年的沉渣在翻滚沸腾，眼看就要喷火似的。

随着舞姿的变化，星枝闪烁着好奇的目光。

从讨厌看丑恶东西的目光，转变到害怕看危险之物的目光，而后她又带着一种不安的胆怯，用左手抓住头上的白桦树枝。

南条还是拖着瘸腿。但是他的手足已经自由舞蹈，轻盈飘洒了。

他的动作激烈，跳得越快，那光线的流动就越美。

星枝使劲地攥住树枝，逐渐把它拽到胸前。白桦树枝弯成弓形，眼看就要被折断了。

“星枝，游戏，星枝教我的游戏，真有趣啊。”

“美妙极了。”

南条停住舞步，忽然望了望星枝，而后边跳边说：

“别只顾看，一起来玩呀。请跳吧。”

星枝不由得缩成一团，仿佛要保卫自己的身子似的。

南条又跳到另一边去了。

“能跳啦，我也能跳啦，舞蹈又使我复苏了。”

这很像是原始人、野蛮人，甚至是蜘蛛、鸟雀求偶时跳的舞。星枝恍如听到南条舞蹈的伴奏音乐越来越近，越来越高昂激越。

南条转过身来说：

“俗话说，别人舞时你也舞。”

“你还在装瘸子。难道不能把假拐杖甩掉吗？”

星枝的声音温柔中带着颤抖。

南条迅速跳了过来。他攥住星枝的右手催促她跳。

“只要有活拐杖，那就……”

星枝像遭到突然袭击似的，就这样被南条那有力的手牵着走了，甚至忘记松开手里攥住的白桦树枝。

那根树枝被她从树干上揪落下来。星枝失去了依靠，咚的一声撞到南条的怀里。

“讨厌，讨厌！”

她佯装要用那根树枝打南条，但南条并没有举起那根长长的拐杖。

在这势头上，南条也打了个趔趄。他拄着拐杖站住后，说：

“凭着人间温暖的拐杖跳就够了，何必要这个呢。”

话音刚落，他使尽力气把那根拐杖高高地抛起来。然后，他邀星枝起舞。

正吃惊地出神望着拐杖去向的星枝，这时忽然露出极不协调的羞涩神态。

起初她自己没觉察到那娇媚的神态，后来脸上飞起了一片红潮。

南条把着手教她，缓步跳了起来。

星枝开始还有所抵触，后来渐渐合拍了。不久两人的身上都涌动着一股热流，南条便加快了舞步。

“能立起来啦！瞧，我的腿能准确地立起来，立起来啦！”

南条呼喊起来。他没有松开星枝的手，在她周围跳开了，像一股火焰般的旋涡向她席卷而来。不一会儿，他冷不防地一下子把她抱举起来，然后迅猛地跑进林子里去了。

他轻轻地抱着星枝，腿也不瘸了。看上去，这动作也像是舞蹈的继续。

黄昏渐近，鸟群被晚风追赶似的飞过了庭院。

跳舞的时候，他们俩把鞋子脱了，南条连外衣也脱了下来。晚风吹拂，树林子投在衣物上面的长长的影子，在轻轻地摇曳。

小马从山路下来，大概是到马市去的吧。

饲主骑在母马上。小马没有任何羁绊，随后嘎达嘎达地跟上，老实而可爱。

三四个村里人背着细青竹捆走了过去。

旁边的小山像是一个游乐园，有人在那里做游戏，传来了男女小学生的童谣声。许是百来人的合唱。

那山坐落在溪流边上，南条刚才就坐在那里，心神不定，要么回首张望山路，要么眺望远近重山叠峦上空飘浮的夏日彩云。

星枝同她的父亲并肩走了下来。

父亲抬眼望着传来童谣的小山，说：

"孩子们已经来啦。"

看见星枝的父亲也一道来，南条在晦暗中蜷缩起身子。

阳光炽热，星枝也焦灼不安。她专注地四面看了看，一眼认出南条，就不由得加快脚步想走过去。

父亲只顾观看溪流和对面的群山，没有在意。

"那帮孩子是借胜见的房子住的呀。他们都是东京体质虚弱的儿童。一想到连胜见的蚕种养殖场也成了孩子们的住所，就觉得可怜。"

星枝心不在焉。

"不过，总比大仓库闲着让蜘蛛结网强吧。这也许是胜见的派头。这就叫作不养蚕卵养人卵，让人茁壮成长。胜见的口头禅是为社会、为国家服务，哪怕白借给他们住也行。连葬礼也是那样。记得那时我曾对你讲过，他是蚕种界的第一流人物，甚至从总裁宫得到了两万奖金呢。他不仅在地方，而且在中央蚕丝工会也是举足轻重的人物。他的葬礼办得太寒伧了。他本人总以穷乡僻壤的村夫自居，简朴得也太过分了。许多蚕丝界的知名人士都特地从东京赶来参加葬礼。我是他的朋友，连我都觉得不体面。但据说这是根据他的遗言，把办丧事的费用捐献给村里了。万事都是按这个基调办的呀。"

"是吗？"

"近来什么体质虚弱的儿童之类的名堂，好像很流行呢。"

“嗯。”

“以前学生每年都到胜见这儿来。他们是蚕丝专科学校的学生，是来实习的。为了研究蚕种而漫游世界，这样奇特的，恐怕只有胜见一个人啰。他素负盛名，人们总想选他担任县议会议员或国会议员。可他总是说养蚕太忙，没有那种闲工夫，还是这方面的研究工作对国家有用。他一辈子与蚕打交道，再没有像他这样令人钦佩的男子汉了。他没有任何贪图，我太喜欢他啦。”

绕过小山山麓，首先出现在他们俩面前的，是胜见家。那是有白墙的蚕种养殖场。

这座库房耸立在河岸边堆砌起来的壮观的石崖上，宛如一座城堡，是仓库造型的两层楼房。两排窗户全敞开着，恍如把白墙切开似的。似乎安装了纸拉窗。

从这间库房的一端到拐角处，是古色古香的平房人家。库房远比它雄伟壮观。

“就连那里的标本和研究书籍都放着不用，现在白白糟蹋了。我打算去劝他们捐赠给专业学校或蚕丝会馆。”

“为什么他们不搞蚕种买卖呢？”

“胜见过世之后，儿子又是那个样子，要保持胜见蚕种的信用，也不是一件轻易的事，需要不断从事新的研究，绝不能在改良品种的竞争中打败仗啊。与其造出有损胜见名誉的蚕种，倒不如干脆停下，这样还能帮贫苦的蚕种商一把。嘿，这就是胜见妻子的想法吧。”

“要能帮助小小的蚕种商，倒是件好事。”

“傻瓜。重要的是培育优良品种，把蚕繁殖好。你若是也像体质虚弱的儿童，说些没胆识的话，就去练练开手枪吧。”

“手枪？”星枝轻声地说。声音很小，就像想起一场噩梦。

“是手枪。昨天打中了，真高兴啊。在这样的天空底下，由于山上的空气，枪声都不同了。今年冬天我带你打猎去。”父亲说着，猛地抬头仰望晴空。

“而且，一个妇道人家也不愿意操这份心，去使唤这么多人。她有财产，虽然现金有多少，旁人大概也知道，公司股份可能也是属地方企业的，但山林多得不计其数啊。”

“我回去就打枪好吗？”

“可要对妈妈保密呀。这个库房也许还会恢复的。是以前在那里工作过的手艺人呢。虽说是手艺人，其实是胜见的工作助手，在这行是有真才实学的。这次他们想复兴胜见的蚕种，同我商量来了。他们是胜见的弟子，对研究很热心，但要他们自己经营蚕种买卖就做不来了。”

“所以就由爸爸来经营？”

“那也不是什么了不起的买卖，我去劝劝胜见夫人，以后开个小公司什么的，搞出一套办法来。”

“这同那件事有关系吗？”

“哪件事？是说你的婚事？你是在说傻话。体质虚弱的儿童才这样胡猜。只不过胜见的儿子被你迷住了，真可怜。不过，那孩子倒也不傻。”

两人来到了胜见家的门前。

从宽广庭院的参天古树，也能看出它具有悠久的历史，好像有来历的堂堂的名门望族之家，深邃静谧。

远望并不华丽，但来到门前一看，住宅古雅体面，有点微暗，不禁令人流连忘返。

“胜见蚕种养殖场”这块大招牌，依然挂在库房的白墙上。

父亲停住了脚步。

“顺便进去看看那座古建筑吗？只要能赶上下趟公共汽车就行。反正傍晚前能到达那边就可以。”

星枝轻轻地摇了摇头，望着父亲的脸说：“那件事，希望您谢绝吧。”

“唔。”

父亲望了望星枝，示意要走，然后就跨进了胜见家的门。

星枝忽地抬头望了望库房，就马上走开了。

下了坡道，便是温泉浴场。

偷偷跟在后面的南条，看见只剩下星枝一个人，就飞也似的赶了上来。今天他又拄着拐杖，看上去像飞跑一般。

南条一来到温泉大澡堂，就高声呼唤：

“星枝，请等一下，星枝！”

这是村里的公共澡堂，是一座寺庙式的建筑。为了散发热气，屋顶上开了格子窗，窗上还有个小屋顶。

在旁边树荫下嬉戏打闹的村童，听见了南条的喊声，都一齐回头往这边张望。

星枝呆立不动，忽地垂下眼帘，然后又睁开冷若冰霜的眼睛，说道：“又拄松木拐杖？”

“我从后面追上来的，你没发觉吗？”南条喘着气爽朗地说。

“早就知道啦。”

“我在报上看到竹内师傅要来的消息，我想你准会上街，从晌午前就在游乐园高坡下面等你经过。我本想去见见令尊，向他表示自己的愿望，但又觉得这样做未免太唐突。另外我还想弄清你的想法。”

“你要托家父干什么？”

“还用问吗？不，在这之前，我还要请你好好了解我南条这个人。

就拿这根松木拐杖来说，也是这样。你从一开始就把这家伙说成是装样子，看来你非常憎恨、蔑视我这根拐杖啊。不过，促使我把这根拐杖甩掉，让我第一次依靠自己的腿站立的，也是你星枝呀。我很感谢这根魔术般的爱情的拐杖。”

“这是魔鬼的拐杖呀。”

“这家伙是在法国造的。它跟随我从法国去了美国，很令人怀念。如今有了温暖的人可以依靠，我终于能和它分手了。如果昨天我没有看到星枝你的舞蹈，也许这根拐杖将一辈子伴随我啦。”

“成了神话。”

“神话？”

“是啊。希腊神话舞蹈。”

“哦，不错。那确实是希腊姑娘的舞蹈。邓肯为了恢复希腊舞蹈精神而创新舞蹈，我也应为舞蹈焕发青春啊。”

“我不是神话中的姑娘。那种舞蹈，只不过是一种神话罢了。请你把它看作是可怜的疯狂吧。”

“什么？你是说那只不过是着了魔，是身份悬殊吗？我爱你难道是痴心妄想吗？”

“那只不过是一种舞蹈。昨天我讲过了嘛。我已经不跳舞了。多可怕啊。那是舞蹈吗？我真正觉醒、平静下来了。我只想做个平凡的人。我这辈子再也不跳舞了，希望你宽恕我吧。”

“这是懦弱！”

“南条你不也是吗！今天你不也是拄着拐杖来的吗？”

星枝说着，像要逃脱似的进了汽车铺。可她从南条的表情觉察出他肯定会乘机跟进来，也就不耐烦地从那里出来，抄近道走了。

南条对星枝这个举动毫不介意，缠住她不放。

沙洲边上布满了白石子。温泉旅馆朝这个方向开窗，把庭院伸展过去。

河流两侧小山重叠，低低地蜿蜒而去。星枝远眺河流下游，觉得背上冒出了冷汗。

“松木拐杖，总说松木拐杖，其实我想说的就是它。你知道吗，我忽然能甩掉那根从法国就一直伴随着我的拐杖，那样跳舞，究竟是怎么回事呢？在出现奇迹的瞬间……”

“我讨厌奇迹。”

“胆小鬼。所谓奇迹，绝不是鬼神的妖术，而是生命的火焰在燃烧啊！一旦跳起舞来，马上就能表现出来。你的天赋真是非凡。”

“我讨厌它。”

“你又跟昨天一样，害怕自己的天才啰。”

“是啊。没有什么理由一反昨日的常态啊。”

南条诧异地望着星枝，说：

“虚假得不像样，只要一跳起舞来，你又会像梦一般把它忘得一干二净。”

“有什么虚假？”

“当然是虚假。你除了舞蹈外，都是虚假的。你就是这样的人。不要笑我的松木拐杖，就说星枝你吧，你为何特地让拐杖敲自己的青春之门，而又用绷带缠上自己的心扉来逞强呢？这才是真正的装样子。我不在期间，日本姑娘竟变成这个样子了吗？”

“嗯。我就是这样认为的。你长期待在国外，尽管说得天花乱坠，可一点也引不起我的共鸣。”

“噢？昨天的舞蹈正好疏通我们的思想了。舞蹈家只能用舞蹈的语言来对话，普通语言成了障碍。虽然你我都说不跳舞了，再也不跳舞了，但实际上咱们俩离开了舞蹈还是活不下去，你不觉得这就是充分的证明吗？”

“这是神话。我没有任何责任。”

“我完全明白，你是想说‘我并不爱你’。可是你为什么对爱别人这件事，竟又感到那样委屈呢？”

“你误解了。”

“恕我直言。首先，我也许要道歉。我一味地高兴，做梦也没想到要被推进无底的深渊。我不相信这样的事。星枝你才真正误解我了。第一，就说这根松木拐杖吧，令尊是经营生丝贸易的，而且府上在横滨，如果你也懂得外汇行情，我想你也会同情我这根松木拐杖的。你可以想象到，整整五年，我在西欧过着多么凄惨的生活啊。可以设想，在‘新回国者’这块冠冕堂皇的招牌下，我登上舞台，肯定会有人嘲笑我：你瞧那个乞丐，那个给日本人丢脸的家伙。在国外时，人们把我当作讨人嫌的日本人。这根拐杖对我装扮乞丐倒是很方便的。”

南条用松木拐杖戳了戳地板，又说：

“然而，这绝不是装样子。我患了严重的风湿病，吃不上像样的食物，身体虚弱。在那严寒的日子里，房间里也生不起火炉。要说神经痛、风湿病，严重的时候膝盖咯咯直响，甚至要跪倒在地。有时痛得简直就像骨头折断了。后来好不容易熬到能凭拐杖走路，可已经不能跳舞了。我一想到这个，心里慌乱得很。想请求大使馆把我送回国，又觉得这太丢人，没有法子，只好等待了。即使请医生诊治，这病又不是马上能治好的，再说西方的温泉澡堂又贵得出奇，所以只好自己注射麻醉剂，暂时镇痛。由于药物中毒，脑子也坏了，灵魂也腐朽了。这就是我留洋的情况。昨天看到你的舞蹈以前，我虽生犹死啊！”

在河岸边走着走着，不觉间已到了坡道。登上去便是真正的马路了。时值仲夏，那里盛开着一种散发出奇香的夏天的花。白色蝴蝶翩翩飞舞，令人目眩。

南条停住脚步，擦了把汗。

“躲藏在舱房里的心情，我想你是理解的。那时候，还不是不拄拐杖就走不了道，而是感到自己是作为一个残废人踏上日本国土的。拐杖就是象征，所以我就拄了松木拐杖。与其说没脸见竹内师傅，倒不如说只是不想再接触码头上受人欢迎的场面。我本打算过隐姓埋名的生活。这也包含着懦弱的因素，即怀疑日本人能不能跳好西洋流派的舞蹈。”

“那样困苦，为什么还要绕道美国回来呢？这不是太滑稽了吗？”

“啊？是因为得到那位夫人的帮助。她是我的恩人，是她使我回到日本来的呀。”

这时，公共汽车驶过来，南条的话中断了。

一转眼，星枝举手让公共汽车停下，然后表示拒绝似的冷冷瞥了一眼南条，便转身去乘车，就此告辞了。

南条当然急忙从后面跟着上了车。星枝倏地红了脸，不知为什么，一直红到脖子根。她羞得难以自容，恐惧不安地耷拉下头。

“请停一停！”她忽然叫喊一声，不顾一切从车上跳了下来。

这来得太唐突，南条来不及站起来。

星枝呆立不动，依旧是跳下车来时的姿势。她连满额汗珠也没在意，只顾目送汽车后头扬起的一阵白色尘埃。她极力忍受住心脏的跳动。汽车在山后消失了。这时她才感到腿部一阵钻心的麻木，啪嗒一声倒在路旁的草地上。

之后，她抽抽搭搭地哭了起来。

野外的草丛冒着热气，没有一个行人走过。

铃子照例带着舞台上的舞蹈余韵，轻松地回到后台化妆室来，想不到看见星枝呆然坐在镜前，她高兴得以为是在做梦呢。

“哎哟，星枝，你怎么啦？我太高兴啦。”

铃子从后面抓住星枝的肩膀，滑坐了下来，星枝被夹在铃子的双膝之间。

铃子一身可爱的打扮，像一个在魔幻的森林里吹笛的少年。这个少年叉开赤腿，装成姐姐的样子，摇晃着星枝说：

“这么老远，你特地来！我多么想见你啊。吓了我一跳。瞧你，好像若无其事的样子。”

星枝刹那间闭上了眼睛。铃子有点不安，问道：

“你怎么啦？对不起，你到这儿有什么事吗？”

“没有，我一听到你的声音，心情就舒畅了。”

“哎哟，讨厌，心眼真坏。不过，真是好久不见了。师傅也会吓一跳的。你也不给我回封信，还用望远镜眺望海港吧？”

“给你打过电话，可是没有打通。”

“电话？真的，早就撤了。”

“没电话了？”

“这种事以后再说吧。”

星枝睁开眼睛，把屋里扫视了一圈。

“化妆室真脏！”

“别说啦，会被人听见的。在农村，这样就算不错了。化妆室条件差点倒没什么，最令人伤心的是舞台条件太糟糕了。公会堂或学校一类地方没有跳舞的条件，照明设备也差劲。真可怜啊。不过，师傅也一道来了，我们决不颓废沉沦。我们跳了，一次也没泄气。衣裳有汗臭了吧？我们已经巡回演出了二十天，师傅真可怜。你说你不愿意为单和服做广告宣传旅行，师傅没法子，只好亲自来啦。”

“是吗？”

“天天都很热，是梅雨天啦。”

“真闷呀。”

“只要一跳起舞，郁闷也就烟消云散了。”

铃子离开星枝，站起来说：

“你对师傅，就说是家里不同意好啰。反正你是位千金小姐，师傅还以为是你家里不让你出来巡回演出呢。”

舞台上传来了钢琴声。

铃子望了望星枝，以眼睛示意说：“这是竹内师傅的舞蹈。”然后利落地将下一个舞蹈的服装整齐地放在那里。看来是竹内和铃子的双人舞。

“这些衣裳真令人怀念。”

“嗯。”

“星枝，你的脸色很不好，是坐火车累了吧？你是想见我们，所以来玩玩吗？我光顾着高兴了，没关系吧？”

“前些日子就和父亲一道到这儿来了。”

“哦，来避暑？”

“大概是来做买卖吧。”

“是啊，这里是蚕丝产地。那么我就放心了。起初我还有点纳闷，星枝为什么要赶到这种地方来呢。”

铃子笑了笑，又折回镜台旁。

“请你稍让开点，我要化妆。”

“嗯。”

星枝点点头，可是当铃子的脸映入镜子里，眼看跟自己的脸叠印起来时，她不知怎的，竟胆怯地打了个寒战。

铃子惊讶地问道：

“怎么啦？忽然不跳，是不是身体不好？真奇怪啊。”

“不！是你把化舞台妆的脸和我的并在一起了。这张化妆的脸仿佛不是铃子的，真可气！”

“是吗？”

“给我化妆吧。”

“你呀真没法子，人家忙着呢。”

铃子边说边给她马马虎虎地扑了一点白粉，抹上口红。星枝像一具玩偶，闭上眼睛，一动不动。

“大热天，稍稍抹点儿就行了。”

铃子转身从侧面望了望星枝的脸，说：

“你的脸，淡妆浓抹总相宜啊，美极了。对了对了，你还记得吗？跳《花的圆舞曲》时，你曾坚持说‘我这副脸显得多寂寞啊’。”

“早忘了。”

“你这个人真健忘呀。”

铃子刚要给星枝画眉，只见两粒泪珠从星枝的脸颊上滚落下来。

“哎呀！”

铃子不由自主地停下手来，马上把自己的惊讶神色收了回去，若无其事地微笑着给星枝揩了揩眼泪。

“这是什么？给我吧。”

星枝闭着眼睛，显得特别的美。

“铃子，你爱南条，是吗？”

“嗯，我爱他。”铃子明朗地回答，“那又怎么啦？”

“你这么明说了？”

“明说了。”

“是吗？”

“也许是我从小时候就净想他的事，但实际上我对他是不是那样钟情呢？这值得怀疑。不过，我认为爱就是意志。南条就算是个不道德的人，或是残废，那也没关系。我想把他在西欧学到的东西全部学到手，要把他所有的东西都拿过来。虽然看起来就像被抛弃者的报复，不过对他来说，是需要这种爱的意志的。我无论如何也要和南条一起跳舞。能够同自己喜欢的人尽情地跳，死了也心甘呀。”

铃子越说越带劲儿，不知不觉把星枝从镜台前推到一边，急忙进行下一个舞蹈的化妆。

“我反复考虑过，乍听起来，这种爱像是功利主义，其实不然。这是爱的意志。感情这种东西已经不可信赖。如今世道变成这个样子，越是有才能的人，感情就越脆弱。我想，即使是恋爱，只要将这种意志坚持到底，纵然失败也不至于酿成悲剧，就能昂然挺立，通向彼岸。我不会后悔，我要毫无遗憾地生活！”

星枝茫然地听着。

“为学习舞蹈，哪怕把自己卖掉也行。只是不想寒伧凄切，穷困潦倒。我过去实在太糟糕了。”

“舞蹈，究竟好在哪儿？”

星枝稚气地说。

“好在哪儿？好就好在‘我’这个人能活下去，这就是目的。”

“这是假的。”

“那么，什么才是真的呢？对你来说，什么才是真的呢？”

星枝满不在乎地说：“请你不要说了，真吵死人啦！”

连铃子也生气地瞪了星枝一眼。但她又像从梦幻中清醒过来，说：

“星枝，这些话不是因为你问我是不是爱上了南条才谈起的吗？”

说罢，铃子笑了，霎时又板起面孔来。

“真奇怪，为什么忽然提起这事？怎么回事？”

而后，铃子探询似的望着星枝。星枝觉察到铃子的视线，猛然反驳道：

“南条并不是瘸子呀。”

“怎么？”

“他能跳舞呢。”

“你见过他，星枝？大概发生什么事了吧，是那样吗？那我就明白了。”

“什么也没有呀。”

“用不着瞒我了。照你这么说，仿佛觉得老早以前我就明白了。”铃子安详地说。

这当儿，竹内进来了。

“啊？为什么来这个地方了？好久不见。”竹内坐到旁边的镜台前，皱起眉头，边脱衣裳边说，“好热啊！”

铃子把手巾拧干，给竹内揩拭身体。她的手在颤抖。

“师傅。”

“怎么啦？”

“听说南条不是瘸子，他能跳舞呢。”

铃子抓住竹内脊背上的肌肉，把脸压在他的肩膀上，抽噎着哭了起来。

"不要哭。稍等一会儿。"

竹内甩开铃子，霍地站了起来。因为他看到南条茫然地伫立在后台的入口处。

南条依靠着拐杖，懊丧地垂下头来。看样子若没有拐杖的支撑，他就会无力地倒下去。

"师傅，我给您道歉来了。"

"什么！"

竹内怒不可遏，企图冲出去，想不到星枝却站起来把他拦住。

"师傅，不要这样。"

"让开！这家伙！"

竹内走出去后，冷不防狠揍了南条一顿。

"混蛋！这副丑态像什么样子？"

南条无意识地举起了拐杖，像要自卫似的。

"你要干什么？挥舞那家伙想干什么？"

铃子一只手依然抓住竹内，默默地观望着。星枝又钻进他们两人当中，把他们分隔开。

"师傅，请您息怒，那拐杖是装样子的。"

星枝用嘲讽的口吻劝解竹内。

不知南条在想什么，他倏地变了脸色。

"混蛋！"

他抡起拐杖，结果打在了星枝的肩膀上。她倒进竹内的怀里。由于来势迅猛，竹内往后打了个趔趄，踩空了台阶，摔了个四脚朝天。

舞台上，女歌手正在唱着快活的流行歌曲。

竹内被抬进了医院。他的后脑勺摔得很重，右胳膊肘也疼得动弹不了。

南条决定作为竹内的替角参加这一行人的巡回演出。

当晚更深夜静时分，他便离开该市出发了。

汽车从医院朝着车站疾驰。他们三人在车厢里都默默无言。但刚要走进检票口，铃子轻轻地将南条的拐杖夺了过来，探出肩膀说：

“扶着我走吧。”

然后，她将拐杖递给星枝，说：

“请扔掉这玩意儿吧。要不还会有危险的。”

“嗯。”星枝点了点头。

于是，星枝赶回医院去护理竹内了。

母亲的初恋

一

佐山提醒妻子时枝，别再让雪子下厨房干活，免得她举行婚礼的时候，擦白粉不均匀不好看。

时枝是个女人，这种事她本应关心到。何况雪子是佐山从前的情人的女儿。从这层关系上说，佐山觉得很难开口和时枝谈这个问题。

然而，时枝并没有露出不愉快的神色，她点头答道：

“那是当然的啊。”

“至少要让雪子去两次美容院，好熟悉熟悉化妆，不然，忽然浓妆艳抹，也许还不习惯呢。”

于是，时枝招呼雪子：“雪子，你不要再做饭洗衣了。他说了，在举行婚礼的大喜日子里，把手弄脏了，多不像样呀！杂志上也是常常这样讲的……睡前涂上油质雪花膏，戴着手套，然后再睡才好呢。”

“是。”

擦着手从厨房里走出来的雪子，微屈着双膝，跪坐在门框边上侧耳恭听，但还不至于脸红。她依然低着头，站起来向厨房那边走去。

这是前天傍晚的事——今天，雪子还是下厨房干活。

佐山思忖道：照这样下去，恐怕举行婚礼那天，她连早饭都要做好才离开家呢。

他看了看雪子，只见她微微地伸出舌头，尝了尝舀到小碟里的汤，高兴地眯起眼睛。

佐山被她吸引住，走了过去。

“真是个可爱的新娘子呀！”他轻轻地抚摸她的肩膀，说，“你边做菜边想什么呢？”

“边做菜边……”雪子目不转睛地盯着他，结结巴巴地说。

雪子喜欢烹调，她上女中三年级就当了时枝的帮手，去年中学毕业以后，时枝似乎全放手让她干了。

“雪子，你尝尝这味道。”

如今，时枝连调味也都让雪子来了。

最近，行将打发雪子出嫁的时候，佐山忽然想到雪子烹调的味道，简直同时枝烹调的一模一样。

即使是母女或姐妹，也不见得能调得一样。佐山想起老家有两个姐姐，她们出嫁前，家里让她们学烹调，二姐无论怎样做，总是淡而无味，常招人揶揄。

佐山偶尔回到老家，虽说能吃上老母亲亲手做的饭菜，颇感亲切，可是不合口味，真没法子。可见现在佐山家给菜肴调味的本领，大概是时枝从娘家学过来的。雪子十六岁上被佐山家收养，她全部接受了时枝传授的调味法，然后又带着这门手艺出嫁。要说奇怪，倒也奇怪——类似这种事，肯定还会有许许多多。

雪子的烹调，不知合不合她的对象若杉的口味。

佐山不觉可怜起雪子来。

佐山进入饭厅，望了望布谷鸟钟，高声喊道：“喂，快点给我开饭，我要赶乘一点三分去大垣那趟车哪！”

“来啦。”

雪子赶忙端上饭菜，喊了声正在后院敲木炭的女佣。

雪子也一起就座，侍候着佐山和时枝用膳。

佐山看了看雪子的手。虽然干了厨房的活计，但她的手还不怎么粗糙。她的皮肤洁白，可能是个原因，不管怎么说，她正是芳龄十九的年轻姑娘。那柔嫩而又丰满的粉颈，仿佛漾出一股温馨，迎面扑来。

佐山忽然笑了笑。

时枝抬起头问道：“你笑什么？”

“唔，雪子戴着戒指哪。”

“哟，瞧你说的，那是订婚戒指嘛。我说是人家送的，才让她戴上。有什么可笑的呢？”

雪子臊得满脸通红，把戒指脱了下来，慌慌张张地把它藏到坐垫底下。

“对不起，请原谅。本来是没有什么可笑的，可是不知为什么，我有一种毛病，莫名其妙地就想笑起来……在寂寞的时候，我有时也忍不住要独自发笑。”

佐山像是为自己分辩。话音刚落，雪子显得更加拘谨，羞得无地自容了。

佐山为什么发笑，连他自己也不晓得。雪子那股子羞涩劲儿也异乎寻常。

佐山换上了旅行穿的西装，用过餐后，立即出门去了。雪子提着皮包，先绕到了大门口。

“行了。”

佐山说着，伸过手去。雪子忧伤地抬头望着佐山的脸，摇了摇头说：“我送您到汽车站。”

佐山心想：她大概是有什么话要说吧？

佐山这次到热海，是为了给雪子和若杉的新婚旅行预订旅馆。

佐山有意放慢脚步，可雪子什么话也没说。

“住什么样的旅馆好呢？”

这样的话，已经不知问了多少遍，佐山还在问。

“地点嘛，叔叔您觉得好就行了。”

公共汽车到站以前，雪子一直默默地伫立在那里。

佐山乘上了汽车，她还目送了好大一会儿。随后，她将信投入路边的邮筒里。她并不是轻快地投进去的，仿佛有点踌躇，但动作是沉静的。

佐山从车窗回头望去，看到站在邮筒前的雪子上半截身子的背影，觉得或许还是等到她二十二三岁后再让她结婚才好。

刚才那封信，好像贴了两张四分邮票。究竟是寄到哪里的呢？

二

诚如时枝所说的，订新婚旅行的旅馆这种事，只需挂个电话，或去张明信片预订就可以了。可是佐山却借口顺便去酝酿剧本的构思，特地跑了一趟。

雪子自懂事的时候起，就受到继父和贫困的折磨。她被佐山家收养之后，虽说生活安定下来了，可终究是寄人篱下。若这是亲戚家又作别论。但是，这种状况却是由一段奇妙的因缘造成的。也许这就像坐牢的心情一样。

由于结婚，她仿佛才第一次有了自己的生活、自己的家庭。

佐山的用意，就是要让他们在举行婚礼的第二天早晨，能在解放和独立的强烈感受中醒过来。因此，最好找一家景致优美的旅馆，要使人感到好像在阴霾的天空刚刚放晴之后，从洞穴奔向宽广的原野一样舒畅。

热海饭店等处，朝南可以眺望大海和海角，固然很讲究，但腼腆而纯真的新娘子雪子对饭店的布局，以及可能碰上许多新婚夫妇，或许会感到胆怯。话虽如此，最近兴建的旅馆的新式会客厢房，也未免太不够含蓄了。

最后，佐山选定了一间古雅的别墅式厢房。这些厢房错落有致地分散在布满树丛和小丘的宽阔的庭院里。那里的瀑布和水池布局自然，是个恬静的地方。就像自家的独院一样安宁。还设有浴室。又是在傍山的市郊，地点非常合适。

佐山从庭院眺望这间厢房，虽然觉得它有点阴暗，但马上定了下来，然后回到旅馆自己的房间里。

他本来希望在这里悠闲地度过两天，所以连一本书也没有带来，可是一连坐上两个钟头，闲得无聊，又觉得手头没本书太难受了。

“真没想到竟是这个样子。”他独自嘟囔了一句。

他仿佛忽然感到自己的思索和想象的源泉已经干涸，不觉怜惜起自己来了。

自己究竟被什么东西驱使，这样忙忙碌碌地打发日子呢?

电影制片厂的工作，也并不是那么忙碌。四十刚出头，但作为电影剧作家的佐山已是个隐退的人了。他无须每天上班。他之所以能将一些索然乏味的小说改编成电影之类的事，推给晚辈去干，而同长期以来情投意合的导演配合，写出一些称心如意的作品，看来是靠多年积累的经验，也是靠自己确立的地位。

然而反复考虑，又觉得那是由于自己已不是在职的电影剧作家，已经成了一个对电影制片厂不大有用的人了。

虽然佐山了解电影界红人的激烈变迁，但事到临头，自己就狼狈不堪，好像著名的女明星迎来了不得不演老旦的年龄一样。近来佐山也很不平静。

佐山犹豫着，自己是作为电影剧作家重整旗鼓，还是辞掉制片厂的工作，去搞自己的本行——剧本创作好呢？

某大剧场委托佐山写一个脚本，赶在明年二月演出。佐山已经多年没搞戏剧工作了，所以认为这倒是改变职业的好机会。他打算在温泉旅馆里安安静静地构思。

可是，根据以往自己一蹴而就的脚本拍摄出来的那些电影场面，总是不时断断续续地在脑际浮现，佐山感到苦恼不已。这些在脑际浮现的场面中，出现了若干已不知下落的女演员的形象，她们简直就像过去的幽灵似的。

他竭力将这些片断的思绪连接起来，然而还是形成了电影的老一套情节，总写不出自己的独特风格。由于这个缘故，现在他更加悔恨自己过去虚度了年华。

不过，一旦抛开电影制片厂专职剧作家的思维方式，独自坐下来的时候，他又感到空虚无聊，日子实在难熬啊！

“最后还得叫老婆来喽！”

佐山笑了笑，慢腾腾地刮起胡子来。

时枝比佐山小十一岁，但在小家庭里，她安分守己，沉静稳重。她把一切希望都寄托在孩子们身上，大概是忘却了自己还年轻吧。佐山认为她这样做是天经地义的。像自己那样，由于职业上的需要，将来在某些地方必须和孩子后生拼年轻，也许这种人迟早会受到老天爷的惩罚。

佐山想起雪子的母亲民子那副疲惫不堪的容貌。她才三十二三岁，可全身关节竟松弛得像散了似的。

阔别十余年，他又同从前的情人会面了。那时候，民子就像发自内心那样，确信不疑地说：“您真获得成功，我也为您高兴啊！”

她直言不讳，佐山也不否认。

民子又说：“我很欣赏您的创作，还常常带着孩子去看呢。”

佐山感到意外，特别是对“创作”二字，更觉得难为情了。那电影是根据小说家的原作改编，再经过导演加工拍成的，究竟有多少成分是电影剧作家的“创作”呢？就说改编吧，也是出自各方面的委托，并非由他本人自由选择的。现在她却说成仿佛是佐山个人的“创作”，听起来反而有点挖苦的味道。

但是，这里又不是电影剧作家倾诉不平的场合，所以佐山转换了话题，打听起民子的孩子的事——这个孩子就是这回行将出嫁的雪子。

……那是六年前的往事，妻子时枝带着孩子买东西刚回到家里，看到有个女人紧紧贴在门扉上，像是窥视家中的样子。

时枝想绕到厨房门口。那个女人一看见时枝，就像偷吃的小猫，一溜烟逃跑了。可是，没等跑到大街，差点儿栽倒在某家的板墙根下，她就势蹲在那里。

时枝有点害怕，告诉了佐山。

“我说，你能不能去看一下呢？”

佐山以为是电影制片厂的女同事，于是站起身来，走出去一看，不见任何人影，便问时枝那是个什么样的女人。

“装扮也不算特别，看来像个病人。”

“病人？……”

说话间，门口传来了女人的声音。

时枝往佐山那边瞥了一眼，然后出去应付。她折回来的时候，脸色都变了。

“你听我说，是民子呀！”

“民子？”佐山霍地站起身子。

时枝当即要镇住他似的问道：“你要去见她吗？”

佐山被时枝气势汹汹的样子吓住了。

“嗯？为什么……”

“真没志气！”

佐山莞尔一笑，刚要向门口走去，时枝就高声呼喊两个孩子，然后从后门出去了。

佐山惊愕不已。他虽然觉得对不起时枝，可心里也着实气愤。

摒弃了自己的情人忽然找上门来，自己却老老实实地出门相迎，这件事确实窝囊。这对现在的妻子来说，恐怕是一种难以忍受的侮辱。

但是，她来干什么呢？多半是来借钱的吧？佐山也只想到这一层，他无论如何也唤不起对这位昔日情人的感情。

佐山揣摩，在门口的民子大概也听见时枝的吵闹声了吧？这是多么难堪啊！还不如说，他是想替妻子敷衍一下。

他装作若无其事的样子，把民子让到书斋里。

“尊夫人一定以为我是个厚颜无耻的女人吧？”民子再三地说，“如果我在那里不被尊夫人发现的话，我想今天也会像往常那样折回去。最近我三番两次来到您家门口，可又觉得太难为情，所以没好意思进来。”

民子自卑得可怜。可是，她又很思念佐山。不仅在口头上，而且在态度上也确实令人感到是在思念。佐山甚至觉得自己好像对民子干了坏事，偏偏又这样恬不知耻。

佐山问她如何生活。民子一五一十地细说了她头一个男人得了肺病，回到男方的老家，侍候了病人四年，男人死后，带着一个女儿改嫁给现在的丈夫根岸，已经过了五个年头，等等。她的口吻，宛如对十分体谅自己的亲人倾诉衷肠。

“日子难熬啊！遭到报应了……那时候，谁叫自己抛弃了自己的幸福呢，现在后悔莫及，也就死心了。在痛苦的时候，我就想起佐山先生您，越想越悲伤。真是自作自受啊！”

她是说，自己摒弃了佐山，遭到了报应。假如当年同佐山结婚，也许会是幸福的。

听说根岸是从朝鲜漂泊回来的矿山工程师，回到国内以后，也没去掉那份冒险心，即使运气好，在矿山找到一个职位，但他的野心很快暴露，被赶走了。许多时候不知道他在哪里。民子追到各个矿山四处寻找。偶尔在东京刚刚安顿下来，他就打发民子到酒店之类的地方去干活，积蓄到一点零用钱，又远走高飞了。

民子长年受煎熬，积劳成疾，甚至连医生都感到吃惊，她怎么还能经常起来干活。她心脏病和肾病都非常严重。刚才她被时枝发现时，本想溜走，可没想到眼前一片漆黑，昏沉沉地栽倒在地。她经常晕倒，说不定哪一天就会这样送了命。

民子脸无血色，手脚青黑，骨瘦如柴。头发也稀稀落落了。

民子说，这次才最后下定决心同根岸分手。

接着，她开口提出借五百元，开间小茶馆，同女儿两人糊口度日。

五百元是开不了像样的铺子的。她在这种如同流行病一样蔓延开来的买卖中，能很好地站住脚吗？这对于拖着一副病体的民子来说，恐怕是难以办到的吧。

但是，民子说："有个人决定回老家，他在附近有间好铺子，说如果我有意买下，可以用特别便宜的价钱转让给我。由于是连商品带店铺一起出售，从明天起就可以开始营业。我女儿也憎恨现在这个父亲，因此也乐意开间店铺。"

"她多大了？"

"快十三岁了，学校马上就放假了，可以在店里帮帮忙。"

于是民子兴致勃勃地描绘了一番店铺的模样和地点。

可是，佐山说没有五百块钱，拒绝了。他手头虽然没有闲款，不过若是肯筹措，也并不是筹措不到。

民子认为佐山已经"功成名就"，说没钱似乎是无法相信的。然而，开头就碰了一鼻子灰，她也许后悔不该前来借钱，说了声真没脸见人，显出一副筋疲力尽的神色，颓丧地失声痛哭起来。

两人没发生肉体关系，求借的事就更加不可能了。

佐山又问起她孩子的事。他想：至少在这个孩子身上，可以看到自己从前的情人的风采吧。

"她像你吗？"

"不，不太像。大眼睛，大家都说她很可爱。今天我要是带她来就好了。"

"是啊。"

"雪子看过佐山先生的电影，还常听到我念叨您，所以也很了解佐山先生。"

佐山哭丧着脸。

时枝还没回来，可她是带着孩子出去的，佐山也就放心了。

民子一边哭泣，一边絮絮叨叨地诉说起如今生活艰难，她多么怀念过去，忽然感慨万千地说："佐山先生，您真厚道啊……"

佐山不解其意。民子这次来是打算同根岸分手，开间茶馆，受佐山的照顾，还是仅仅因为依恋他的人品呢？

民子只待了约莫两个钟头光景。

直到天擦黑，时枝才回家来。一看见佐山的样子，她心头的不安似乎也就消失了，对民子的事好像也不那么反感了。佐山跟她说，民子归根结底是来借钱的，还告诉了她民子的身世。

“可是，她怎么好意思上这儿来借钱呢？那么，你打算借给她吗？”

“没钱，爱莫能助啊——你刚才上哪儿去了？”

“带孩子上公园玩去了。”

三

佐山让雪子去新婚旅行，还让他们投宿热海温泉旅馆。

“佐山先生，您真厚道啊……”

佐山想起雪子母亲的话。这句话听起来像是揶揄他，也像是倾诉民子结交男人时运不济的事。

协助办理民子的丧事和张罗雪子出嫁这些事，肯定也都是出于佐山为人诚实，以及时枝的善良和感情脆弱。

……民子来过以后约莫过了两个月，一天傍晚，佐山刚从电影制片厂回来，时枝就说：“今天民子又来了，还带着孩子……”

“什么，带着孩子？什么样的孩子？”

“是个好孩子，挺可爱的孩子。比她母亲长得标致。假若是你的孩子，就有意思啦。”

时枝近乎开玩笑地说，样子显得十分平静，这倒使佐山有点意外。

“那么，请她进屋了吗？”

“请了，而且天南海北地扯了许多，一直谈到刚才。听起来她是个非常可怜的人，很健谈呢。”

时枝对民子已经没有什么反感，好像还同情她呢。而且对自己同情她，似乎感到满意。

就算民子早已失去了威胁家庭安宁的魅力，可是时枝和民子这两个女人竟能像知心朋友，彼此推心置腹地畅谈，倒是出乎佐山的意料之外。

现在，时枝带着比佐山更了解民子身世的神情说：“她说她和那个姓根岸的矿山工程师离婚了。”

“离婚了？她是不是在经营茶馆呢？”

“好像没有。”

时枝说，民子甚至考虑到孩子的前途问题，真是个倔强的女人啊。

打那以后，民子再也没有来过。但是，约莫过了半年光景，佐山偶然在银座遇见了她。

民子仍然依恋地跟着佐山走。

佐山告诉她，时枝夸奖了她的孩子，这时民子蓦地报以开朗的微笑，希望佐山无论如何去看看雪子，说罢自己就要去找出租车。

现在马上就去吗？佐山有点不大乐意，仿佛是被拖着去的样子。

民子却说：“就一个人，不要有什么顾虑呀！”

在麻布十号背巷的家里，身穿水手服的雪子正伏在简陋的桌子前学习。她大概是在女子学校走读吧。

民子叫雪子问叔叔好。雪子站起来，向佐山婀娜多姿地鞠了一躬，随后默默地低下头来。从她的举止可以看出，无须母亲介绍，她似乎早已认识佐山了。

“别客气了，你学习吧。”

佐山说罢，雪子嫣然一笑，点了点头。但是，她依旧坐在佐山跟前。

这个家几乎没有什么家具陈设，但拾掇得整整齐齐，给人一种冷清之感。佐山心想，是不是有什么男人照拂她们，才搬到这里来呢？看上去民子的身体好些了。

“那时候，我还真是个孩子，什么都不懂，简直是不知天高地厚……后来渐渐明白过来，内心总觉得对不起您，真没想到您这样来见我。”

民子又谈起往事。她当着女儿的面说这些话，佐山觉得有点难为情。

民子瞥了雪子一眼。

“没关系的，这孩子全都知道了……她还问，我们接受您夫人的照料，合适吗？”

雪子究竟怀着什么样的心情来倾听母亲初恋的故事呢？

“雪子是个无依无靠的孩子，我倘若有个三长两短，您能不能照料她呢？佐山先生的事，我是经常跟她谈到的。”

民子的话听上去让人觉得有点奇怪。

佐山认为民子的话出自对自己诚挚的信赖，但他又瞎猜，民子也许早就有意让自己帮她开茶馆了。一想到这里，就觉得民子的话听起来可能还包含请求自己怜爱雪子的意思。民子除了两次结婚以外，恐怕还另有男人，说不定也做过别人的小老婆。像民子这样的女人，为了抚养这个衣食无着的女儿，过那样的生活也是迫不得已的啊。

不管怎么说，佐山已是个中年男子，已不是充满青春活力的纯洁的人了。

佐山从几个女人那里得到了教训：没有发生肉体关系的男女关

系，简直类似儿戏。

民子当然也是其中最早的一个。

民子同佐山订婚的时候，正像她所说的，还是个孩子，无疑是个不知天高地厚的孩子。可是，她为什么要仓促地跟别的男人结婚呢？这对年轻的佐山来说，无论如何也是不能理解的。佐山最后把原因归结为他没有夺走民子的身子。虽然事情是平凡的，然而这对当时的佐山来说，却是非常痛苦的。

佐山看得像珍珠一般宝贵的东西，竟被旁的男人用泥脚践踏了。他只好眼巴巴地看着这个姑娘的肉体糊里糊涂地遭到摧残。

民子跟了别的男人以后，佐山还找过她，可是她却耸起肩膀说：“我已经完了，成了这个样子。”

“你也没怎么变嘛。你不是好好的吗？”

佐山当真是这样想的。然而民子不高兴地站了起来，要把佐山扫地出门似的，吧嗒吧嗒地打扫起房间来。

佐山事后悔恨，当时硬把她拽回来就好了。这根本不是谁更爱民子，或是谁能使民子更幸福的问题。是粗暴的一方获得了胜利。

佐山被民子摒弃之后，觉得这是自己的过错，并没有怪罪女方……民子是替代女演员，在佐山同朋友创办的戏剧研究会举办学生演出的时候来帮忙的。在这期间，佐山向她求婚，民子不假思索地答应了。佐山毕业后就进入电影制片厂。他对电影艺术要比对戏剧抱有更多的理想和热情，并且想把它倾注在情人民子身上，使它开花结果。于是，他把民子送进了电影制片厂。他觉得，民子是花了心血培养出来的，假使现在结婚，她的才能就得不到充分发挥。再加上把她完全占为己有，装模作样地托别人去办她的事，在年轻的他来说，是不好意思的，至少要等她担任一个好角色再说。所以这种愉快的梦一般的婚约就这样维持下来了。不料，那一文不值的新闻记者竟常来制片厂找民子，花言巧语诓骗她，说给她宣传什么的，然后把她带走了。

从此民子生下了雪子，回到农村，据说她男人故去以前，她一直护理着他。

在失去民子以后的一段时间里，佐山每逢乘电车，手偶尔触到与民子同龄的十七八岁姑娘的和服时，他就难过得几乎哭出声来。

他还曾想过，自己不在家的时候，说不定民子会回到自己的住所，所以外出总放不下心。

就这样过了十几年，今天民子又出现在佐山的眼前，不过，他再也提不起兴趣去欣赏这个已经失去了一切的沉渣一般的女人了。

倘使民子讲的是真实情况，她经常思念佐山，依恋佐山，感到内疚，甚至对女儿雪子也谈到佐山的情况，那么，背弃爱情的究竟又是谁呢？

民子落魄潦倒，佐山却像民子所说的“功成名就”，那么，难免会发生这样的事情：民子不论在悲戚还是痛苦的时候，势必想到当年如果自己同佐山结婚，一定会是幸福的。她追求佐山的幻影，无疑是为了凭借它来安慰自身的不幸。

退一步说，纵令民子还有自己的打算，但如今仍维持着爱情的，不正是民子吗！佐山对民子没有熄灭对自己纯真的爱，感到迷惑不解。

他几乎忘却自己播下的爱情种子，终归结出了果实。该如何去摘取这个干瘪而又酸涩的果实呢？

佐山痛切地感到，比这更重要的是自己头一个搅乱了民子的一生，使她蒙受不幸。佐山爱过民子，后来遭到民子的摒弃，他悲伤过，而后又忘却了。难道佐山受到过什么损害吗？

……佐山慌里慌张地走出了民子的家。民子带着雪子出来相送。

这是一条坡道。雪子离开了他们俩，在一侧的水沟边缘上走着。

“雪子。”

虽然民子呼喊她，可雪子还是沿着水沟的边缘走去。

四

母民子病逝 雪子

翌年四月，发来了这样一封电报。

“雪子……发报人是雪子呀。那孩子孤苦伶仃的，不知有多大困难。你能去看她一趟吗？”时枝说。

不知为什么，对佐山来说，“雪子”二字的声响，悲悲切切地渗透他的心房。

他只去过一次民子在麻布的家，从那次以后，对方就音信全无了。可是，雪子不知出于什么打算，竟自己署名通报母亲的噩耗。

“不知什么时候举行葬礼，不过在葬礼前去，恐怕多少得准备一点钱吧。”

“那样的事……你何必连那样的事都……”时枝刚要流露没有这种义务的神色，却又一笑掩饰过去，说道，“没法子啊，这算是最后一次尽义务了吧。真是奇怪的灾难啊！”

时枝还为佐山准备了丧服。

民子家里人来人往，都像是邻居，自然不认识佐山这个人。

“雪子，雪子。”佐山喊道。

雪子跑了出来。是个活泼的少女，看不出她是刚死了母亲。

她一见佐山，吃了一惊，顿时显出一副无法形容的纯真而又高兴的神色，脸颊也绯红了。

啊，来对了！佐山心头涌上一股暖流。

佐山默默地走到灵前，雪子随后跟着。

佐山焚烧了香火。

雪子坐在民子遗体的头边，略弯下腰，喊了声“妈妈”，就摘去了死者脸上的白布。

特别触动佐山心弦的，与其说是民子的故去，不如说是雪子告诉她的母亲“佐山先生来了”，然后又让佐山看民子的脸。

佐山呆望着民子像白蜡般的安详的脸。

“一副多么安详的脸啊！”

雪子点点头。

“母亲她……”

“母亲她？……”

“她说向佐山先生问好。”

说着，雪子忽然两手掩面，抽抽搭搭地哭了起来。

“所以，你给我拍电报？”

“嗯。”

“你的通知很及时，谢谢你。”佐山说着，把手搭在雪子的肩上，“雪子，你别哭了。你一哭，大伙儿心里就难过。”

雪子乖乖地连连点头，揩干了眼泪。

佐山用白布盖上了民子的脸。

电灯亮了。

佐山不好马上回去，可是待下去又觉得怪不合适，他打定主意，好歹看看情况再说，所以躲在一个角落里。雪子急急忙忙地一会儿给他送坐垫，一会儿给他端茶、送烟灰缸，忙得不可开交，实在令人怜爱。她旁若无人似的只顾侍候佐山一个人。佐山担心她过分热情，尽管她是个少女，可在别人眼里又会怎样看待呢？所以，他把雪子叫到外面去。

但是，雪子沉浸在悲伤的情绪中，她这样做是近乎无意识的，佐山又怎么好开口对她说，你不要只照顾我一个人？

“谁来帮忙料理丧事？”

“我把他叫来好不好？”

“不用了……通宵守灵，准备好夜宵了吗？”

“不知道。”

“那么，不预先订好可不行啊。附近有寿司铺吧？”

“有。”

“一块儿去吧！”

走下昏暗的坡道，佐山变得悲伤起来。

“哟，樱花开了。”

“樱花？”

“喏，在那边。”

雪子指了指大宅院的墙头。

佐山拿出钱来，可是雪子挺害怕似的，不敢接受。

“小雪，身上也带点钱，也许会用得着啊！”

佐山说着，刚要把钱揣在她的怀里，雪子闪开身子，钞票散落在马路上。

佐山刚要去捡，雪子明确地说：“我来捡！”

然后她蹲在那里，忽然放声痛哭起来。

后来她站起身，一边走一边还在抽泣。

“回到家里可不能再哭了。”

在这期间，大伙儿大概都商量好了，应该尊重佐山，依靠佐山，所以他们两人回来以后，邻居们事事都同他商量。

民子的老父已从乡下出来，可他是个贫苦农民，似乎摸不着门儿，什么都不敢做主。

有佐山在场，邻居们大概觉得有点局促，再三劝他先去睡觉。他们说：“小雪，近日来你也够累的了，今晚上就休息吧！好好睡一觉，不然明天够呛。来，来，隔壁的二楼备好了床铺，带叔叔去吧。”

雪子站在佐山身旁等着，佐山也就到隔壁的二楼去了。

六叠大的房间里，铺上了三副被褥。紧里头的一张铺上，睡着一个女人，不知是谁，所以佐山就睡在靠壁龛的那张铺上。

雪子躺在当中的铺上，辗转不能成眠。

“睡不着吗？”

佐山刚一搭话，雪子又失声哭了。

佐山从远处伸手抱过雪子的脖颈。雪子握住佐山的手，捂到自己的脸上。

佐山的掌心被雪子的热泪濡湿的时候，无疑已经感到民子在表达她那悲哀的爱。

“你睡不着吗？”

“嗯。”

“大概是太伤心了吧？”

雪子摇摇头，说：“这床被子有一股怪味儿，实在难闻……”

“哦？”

佐山挨近一闻，果然是一股男人浓烈的体臭味。他这才感到雪子已经是个女人了。

“我给你换换。这大概是哪个男人的被子吧。”

第二天早晨，雪子在火葬场用佐山交给她的钱支付了丧葬费用。

五

雪子在自己举行婚礼那天，还是连早饭都做好了。

“小雪，你别做了。”

时枝说罢，就去责备孩子们。这声音把佐山惊醒，他起床走去一看，只见雪子已经把两个孩子上学带的饭盒都准备好了。

时枝还埋怨女佣。

“行了，婶婶。这是最后一次啦，您就让我做吧！”雪子说着，把饭盒递给了孩子们。“喏，拿着吧！”

然后，雪子一边一个牵着孩子们的手走出去了。

时枝一边目送她们，一边笑盈盈地对佐山说：“瞧，这是最后一次尽义务哪，你还记得吗？”

“是啊……打发她出嫁了，这才是最后一次尽义务哪。”

“这可不敢说……也许还有许多事呢。”

……收养雪子这件事，与其说是佐山的主意，倒不如说是出于时枝的同情。

民子的葬礼过后不久，佐山就给雪子寄去一封信，可是这封信却被附上一张“收件人迁移，新址不详”的批条，退了回来。

一天，时枝去百货商店，遇见了当上餐厅女招待的雪子。

“她对我表示的那股子亲热劲儿可不一般呀！可怜她已经辍学，

不上女校了，她说就住在百货商店的宿舍里……我想，要是你，一定会对她说上我家来吧！”

就这样，雪子成了佐山家的人。

雪子虽然还继续上女校，但从照料孩子一直到厨房的活，样样都干得很出色。时枝非常喜欢雪子，早把她是丈夫过去的情人的女儿这档子事忘得一干二净了。

考虑到以后结婚的事，让雪子入佐山的户籍、收作养女等等，都是时枝做的主。

一个以做媒为副业、常出入电影制片厂的西服店裁缝，看见了雪子，就上门来提亲，时枝非常高兴。

“雪子为人老实，很好，不过有时发愣，我觉得也该让她嫁人了。她毕竟是别人的孩子，咱们怎么好长期留住她不撒手呀？”时枝说。

相亲的对象若杉，三年前大学毕业，当了银行职员，家庭人口简单，这对雪子来说，无疑是一门再好不过的亲事。

雪子回答说，听从佐山他们的安排。

举行婚礼的当天早晨，雪子在为庆祝她出阁举行的仅仅是象征性的喜筵上，答谢一番以后，时枝说：“雪子，如果你不论怎样也觉得难过的话，你就回家来吧！”

时枝话音刚落，雪子忽然双手颤抖，呜呜地呜咽起来。最后她跑出了房间。

“哪有人像你哟，净说这种傻话。”

“可不是嘛。要是自己的亲生女儿，我就不会说了。”时枝把佐山的话顶了回去，“但对雪子来说，我不那么讲，她不是太可怜了吗？”

“话虽如此，不过……”

“行了。不论哪家的新娘子离开家总是要哭一场的……雪子也哭了，我觉得她真是咱们的女儿了。”

在饭田桥大神宫微暗而宽阔的礼堂里，新郎若杉那边的十四名亲戚并排坐着，可是新娘子雪子这方只有佐山夫妇两人，显得冷冷清清。

结婚喜宴上，除了佐山的朋友、两对夫妇以外，还邀请了十几个雪子的女校同学。这些身穿长袖和服的姑娘们使婚礼顿时变得热闹起来。

佐山坐在新娘父亲的席位上，说：

“新娘子真漂亮啊，端端庄庄的……”

“敢情，穿衣的时候，我还请人把她的胸脯弄得高高的。”

“胸脯？……塞进什么了？”

“别说啦！”时枝责备说。

但是，佐山痛苦地忆起民子的事，再也无法沉默了。他回头眺望窗外，心想，民子的幽灵会不会来探望当了新娘子的女儿呢？

“真叫人吃惊啊。端上来的菜，雪子样样都吃。”

“可不是，是我劝她吃的啊。如今的新娘子多半什么都吃，如果不吃，反而不好。”

“是吗……她好像有点自暴自弃呢。”佐山悄悄地说。

他们去新婚旅行，佐山没有送行。时枝说要送到车站，佐山阻止说：“新娘子的父母不该送。”

再没有比在酒席散后坐车回家途中，在车厢里那样寂寞的了。

佐山沉默了一会儿，又低下头来，心不在焉地说：“真不愧是正式婚礼啊。”

“是啊……总算是我对民子尽了一份心吧……”

“你又在说怪话啦，算了吧。”

“嗯……你是不是很喜欢雪子？”

“很喜欢。”佐山平静地回答。

“你不必顾虑我，不打发她出嫁也可以嘛……让她在咱家再待三四年就好了。真没想到她走后会这样寂寞。”时枝也心平气和地说。

“我总觉得用‘打发出嫁’这种词太残忍了。”

“真可怜啊……如果结婚以前，先让他们来往，同若杉有更多的了解，也许不至于有这样的感觉吧，可是……”

“也许是这样。”

“我再也不愿意打发自己的孩子出嫁了。我要让她自己谈恋爱。坚决让她自己谈恋爱。”

佐山的大孩子是个女孩。

第三天里，他们新婚旅行回来，要上媒人家等处致意，佐山到了若杉和雪子的新居。多么出乎意外啊，根岸竟在那里坐下不走，大声申斥雪子。

根岸连佐山也骂到了，说什么不预先打个招呼，就让雪子出嫁，真是岂有此理。虽然根岸从前当过雪子的义父，但雪子并没有入他的户籍，再说他跟民子也离了婚，因此他的这种说法，首先就是蛮不讲理的。

根岸说他也要到若杉的父母和媒人家里去，便坐上了车。佐山准备劝他回家，就把车子停放在一座大厦前面，到地下室去同他商谈。雪子离开了座位，怎么等也不见她回来。

佐山以为她躲到他家来了，就叫若杉先回去。

然而，这天夜里，雪子没有回佐山的家。

雪子是不是害怕根岸威胁她的新家庭而出走了？她会不会自杀呢？

佐山给雪子在女校最要好的朋友挂了电话。

“是的，她婚前给我来过一封长信，可是有点……”

“有点……写了信？都写了些什么？”

“有点……现在能对您说吗？”

“请说吧。”

“哎，我虽然不太了解，但雪子是不是另有所爱？”

“什么，另有所爱？是情人吗？”

“那我就不知道了……不过，她信上写了许多这样的话：‘但是，母亲告诉过我，不论是结婚或别的什么缘故，初恋的感情是无法消失的，我是听从别人的安排才出嫁的’，等等。”

“啊？”

佐山拿着话筒，蓦地闭上了眼睛。

第二天，佐山为了摆脱不了的工作来到了电影制片厂，雪子早已来了，正无精打采地在那儿等候他。

佐山立即叫来汽车，让雪子坐上。

说是自己糊涂也好，粗心也好……但是事到如今，越发不能提这事了。

“根岸之流，没什么可怕的。”

“哎，那种人算不了什么。”

“此外，你还有什么难过的事呢……时枝说了，要是觉得难过就回家来吧……”

雪子直勾勾地凝视着前方的窗口。

“当时，我觉得夫人真幸福！”

这是雪子唯一的一次爱的表白，也是唯一的一次对佐山的抗议。

坐汽车是不是要把雪子送回若杉家呢？连佐山本人也不知道了。

在佐山的心里，闪烁着从民子贯通到雪子身上的爱情之光。

重逢

战败以后，厚木祐三的生活似乎是从与富士子的重逢开始的。与其说是同富士子重逢，还不如说是同祐三自己重逢呢。

“啊，她还活着！”

祐三看见富士子，大吃一惊。这单纯是震惊，不夹杂着任何欢乐与悲伤。

祐三发现富士子身影的瞬间，无法判断那究竟是人还是物体。祐三是同自己的“过去”重逢了。“过去”是凭借富士子的形体出现的，祐三却觉得它是一种抽象的过去的化身。

然而，“过去”是以富士子的具体形象表现出来的，那么“过去”就是现在了吧。眼前出现的“过去”和现在重叠了。祐三惊讶不已。

此时此刻，对祐三来说，过去与现在之间存在着一场战争。

毋庸置疑，祐三这种怪诞的惊愕，也是这场战争引起的。

也可以说，这种惊愕是由于在战争中早已被埋没的东西又复活了。那场杀戮和破坏的浪潮，竟然无法消灭男女之间的细微琐事。

祐三发现富士子还活着，如同发现自己也还活着一样。祐三同自己的过去彻底决裂，犹如毅然同富士子分手一样。

他以为自己早已把这两桩事忘得一干二净了，就是在战乱中，天赋的生命也是依然只有一次。

祐三与富士子重逢，是日本投降两个多月以后的事。那时候，时间概念似乎已经消失，许多人都沉溺在国家与个人那过去、现在和未来已经颠倒错乱的旋涡之中。

祐三在镰仓站下了车，仰望着若宫大街上一排排高耸云端的青松，感到树梢上正常流逝的岁月是和谐的。人们住在受到战火洗劫的东京，对这种自然景象很容易忽略。战争期间，各地的青松相继枯死，并不断蔓延，仿佛是国家的一种不祥的病斑。然而，这一带的街树大都活下来了。

祐三收到了住在镰仓的友人的明信片，说鹤冈八幡宫将要举办“文墨节”，他就是前来赴会的。举办这次盛会，似乎表明当局决定实行文治，也意味着战神已经改变了这个社会。前来参加这个和平节日的人，再不去祈求什么武运和胜利了。

祐三来到神社办事处门前，看见一群身穿长袖和服的少女，顿觉耳目一新。因为当时人们还没有脱下防空服或是难民服，穿着盛装的长袖和服，就显得色彩异样绚丽了。

占领军也应邀参加了盛会。这些少女就是为这帮美国人端茶送水的。这些占领军在日本登陆以后，也许是初次看见和服，觉得新奇，竞相拍起照来。

如果说两三年前还保持这种风俗，连祐三也是难以置信。祐三被领到露天茶座内，置身于褴褛灰暗的服装之中，这些少女的服饰就显得艳美到了极点。祐三对少女们这种服装赞叹不已。缤纷多彩的服饰，映衬着少女的表情和动作。这也像是在唤醒祐三。

茶座设在绿树丛中。美国兵老老实实地并排坐在神社常见的长条白木桌旁，露出一张张单纯的好奇的脸。一位约莫十岁的小姑娘端来了淡茶。她那活像模特儿的服装和举止，使祐三联想起旧戏里的儿童角色。

这么一来，少女们的和服长袖和鼓起的腰带，很明显地令人感到和时代的气氛很不协调。健康的良家闺秀竟这般穿戴，反而给人一种可怜的印象。

如今看来，这种花哨的色彩和图案，未免有点庸俗和粗野。祐三不由得思索着这样一个问题：战前和服裁缝匠的工艺和穿着者的趣味，如今为什么竟堕落到如此地步呢？

同其后的舞蹈服相比，人们这种感触就更加强烈了。神社的舞殿正在表演舞蹈。或许古雅的舞蹈服很特别，而少女的衣装却很平常。眼前少女们的盛装，也是特别值得欣赏一番的。不仅是战前的风俗，连女性的生理特征，她们也表露无遗。舞蹈服的料子质地好，颜色鲜艳。

浦安舞、狮子舞、静夫人舞、元禄赏花舞——这些衰落的日本的剪影，犹如笛音，荡漾在祐三的胸中。

招待席分设在左右两侧，一侧是占领军席，祐三他们则坐在植有大银杏树的西侧。银杏树的叶子已经有些枯黄了。

坐普通席的孩子们向招待席蜂拥而来。以这些孩子的褴褛衣装为背景，少女们的长袖和服就像泥潭里的一枝鲜花。

阳光透过杉林树梢，洒在舞殿红漆大柱的柱脚上。

一个像是跳元禄赏花舞的艺伎，从舞殿的台阶上走下来，同幽会的情人依依惜别。祐三目睹她那衣裳下摆拖在碎石地上远去的情形，心头蓦地涌上一阵哀愁。

她的棉和服鼓鼓囊囊，露出鲜艳的绢里，华丽的内衣隐约可见。

这下摆酷似日本美女的肌肤，也像日本女性妖艳的命运。她毫不珍惜地把它拖曳在泥土上，渐渐远去，艳美得带上几许凄凉，漾出一缕缕纤细、悲怆、肉感的哀愁。

在祐三看来，神社院内宛如一幅肃穆的金屏风。

也许由于静夫人舞的舞姿是中世纪的，元禄赏花舞的舞姿则是近代的，战败不久，祐三看着这些舞蹈，简直失去了抵御能力。

他以这种眼光追逐着舞姿，视线里闯入了富士子的脸。

“啊！”祐三不觉一惊，一瞬间反而感到茫然了。他暗自提醒自己：看见她会招来没趣的呀。然而，他并没有觉得富士子是活着的人，或者是什么会危及自己的东西，也就没打算马上把视线移开。

望着富士子，刚才被舞衣下摆勾起的感伤，全然消失了。这倒不是富士子给他留下了多么强烈的印象。他仿佛是一个神志昏迷的人，刚刚恢复了意识，而富士子只不过是映现在他眼帘里的一个物像。这就好像在生命与时间的洪流汇合处浮现出来的东西一样。于是，在祐三的心曲里，产生了一种肉体的温馨，一种似乎同自己的过去重逢的依依之情。

富士子的目光也茫然地追逐着舞姿。她没有发现祐三。祐三看见了富士子，富士子却没有发现祐三。祐三觉得有点蹊跷。原先两人相距不过十来米，可谁也没有发现谁，这段时间令人不可思议。

祐三无牵无挂地匆匆离席而去，或许是看见富士子有气无力、神思恍惚的缘故吧。

祐三冷不防地将手搭在富士子的脊背上，那股子热情劲儿好像要把神志不清的人唤醒过来似的。

“啊！”

富士子眼看快要倒下，忽又挺直身子，全身瑟瑟的颤抖传到了祐三的胳膊上。

“你平安无事吧？啊，吓我一大跳。你平安无事吧？”

富士子笔直地站着。祐三却觉得她仿佛要靠过来让自己拥抱。

“你在哪儿？”

“什么？”

富士子像是问他刚才在哪儿观赏舞蹈，又像是问他战争期间同她分手之后待在哪儿。对祐三来说，他听到的仅仅是富士子的声音。

不知阔别了几年，祐三才又听见这女子的声音。他忘却自己是在人群中同富士子邂逅了。

祐三发现富士子时那股新的激情，在富士子那里得到了加强，复又倾泻在他身上。

祐三心想：同这女子重逢，势必面临道德问题和照顾她的实际生活问题。可以说这真是冤家路窄。刚才祐三也有所警惕。然而此时此刻，他恍如忽然跳越一道鸿沟，将富士子捡了回来。

所谓现实，就是达到彼岸的纯洁世界的活动范围，而且是摆脱一切束缚的纯洁的现象。过去忽然变成这样的现实，这是祐三从未经历过的。

祐三做梦也没有想到，他同富士子会再度泛起新婚的感情。

富士子毫无责怪祐三之意。

“没变啊，你一点也没变啊。”

“哪能呢。变多了。”

“不，真的没变。”

富士子很是感动。祐三接口说：“是这样吗？”

“从那以后……你一直干什么呢？”

“打仗呗。”祐三直率地说了出来。

“骗人，你不像是打仗的人。”

旁人哧哧地笑了。富士子也笑了起来。周围的人生怕妨碍富士子。毋宁说，人们看见这对不期而遇的男女，都表示出善意，流露出快活的神色。在这种气氛之下，富士子有点娇羞了。

祐三顿时也觉得不好意思，他刚才注意到的富士子身上的变化，显得更加清楚了。

原先富士子丰满浑圆，现在骤然消瘦了，只有睫眉深黛、眼角细长的眼睛，还在不自然地闪动着亮光。从前那道弯弯的枣红细眉是用黑里透红的眉墨描画过的，如今也不再描画了。脸上的脂粉，只是轻抹淡施，那张脸显得扁平和特别苍老。肌肤白皙，颈项处有点发青，露出了一张干净的脸。颈项的线条直落胸口，蕴蓄着深沉的倦意。她甚至懒得把秀发梳成波浪，脑袋显得很小。一副十足的寒酸相。

仿佛只有眼睛，依然深沉地凝聚着看见祐三时涌现的激情。

往日祐三对两人年龄的悬殊是非常介意的。现今这种感觉淡漠了。这样，祐三反而产生一种不自在的安稳感。但是，青春的心灵的颤动却没有消失。这倒是不可思议。

“你没变啊。”富士子又说了一句。

祐三从人群后面走了出来。富士子盯着祐三的脸，也跟上来。

“尊夫人呢？”

“……”

“尊夫人呢……平安无事吧。”

“唔。”

“那太好了。孩子也……”

“唔，让她们疏散了。”

“是吗，在哪儿？”

“在甲府农村。”

“是吗。房子怎么样，在战火中幸免于难了吗？”

“烧掉了。”

“啊？是吗？我的房子也烧掉了。”

“哦？在哪儿？”

“当然在东京。”

“你一直在东京？”

“没法子呀。单身女人，连落脚的地方都没有，无处去啊。”

祐三打了个寒颤，脚步一下子变得飘飘忽忽了。

“我倒不是贪图东京安逸，反正是豁出去了。唉，战争期间，过什么日子、成什么样子都无所谓。我身体倒蛮好。那时谁还顾得上悲叹自己的遭遇呢。”

“你没回故乡吗？”

“哪里回得去呢？”

富士子反问了一句。她像是在说：回不去的原因还不是你祐三吗！但是，她并无责备祐三之意，口气里还带着几分娇嗔呢。

祐三一时粗心，竟触动了自己的旧伤疤，不觉万分懊恼。富士子仿佛还处在某种麻木的状态中。祐三生怕她会清醒过来。

祐三发现自己也有些麻木，不禁惊愕不已。他在战争期间把自己对富士子的责任和道义感完全抛诸脑后了。

祐三之所以能够同富士子分手，从多年的不幸姻缘中脱身出来，也许是战争的暴力使然。纠缠在男女之间的细微琐事中的良心，也可能早已抛在战争的激流之中了。

富士子是怎样从战争的死胡同里生活过来的呢？刚才忽然看见

富士子的姿影，祐三不觉吓了一跳。不过，说不定富士子也早已把怨恨祐三的事忘得一干二净了。

当年富士子那副强烈的歇斯底里的神情，像是渺无踪影了。祐三不忍从正面瞧一眼她那双有点湿润的眼睛。

祐三用手扒开站在招待席后面的孩子们，走到神社正面的台阶下。在倒数第五六级台阶上坐下。富士子依然站立着。她回头仰望着上方的神社说：

“今天来了这么多人，却没有一个是来参拜的。”

“也没有人向神社扔石头嘛。”

群众在石阶下的广场上，绕着舞殿围成圆圈，通往神社的道路为之堵塞。直至昨天，谁也没有料到在这个节日里，元禄时代的艺伎舞蹈和美军的乐队竟会在八幡宫舞殿登台表演。所以参观这种节日活动，无论思想上还是服饰上都没有很好地准备。从神社院内的杉树林下，大牌坊对面路旁的樱花丛中，乃至高高的松树林间，到处都是络绎不绝的看热闹的人流。目睹这般情景，一阵秋天的凉意不觉沁人心脾。

“镰仓没有遭到洗劫，真是太好了。烧过和没烧过可大不一样。就连树木和景色，也还是一派日本的情趣。看见少女们的风采，实在令人吃惊啊。”

“那种衣裳怎么样？”

“乘电车不方便。有段时期，我也穿那种衣服坐电车或逛大街呢。”富士子低头望着祐三，在他的身边坐了下来。

“望着少女们的服装，我觉得高兴，心想还是活下来好啊。过后又想起什么，就觉得糊里糊涂地活着，也着实可悲。我也不知道自己变成什么样子了。”

“恐怕是彼此彼此吧。”祐三避开了这个话题。

富士子穿着一条藏青色碎白花纹的扎腿裤，像是用男人的旧衣服修改的。祐三记得自己也有一件类似的碎白道花纹的衣服。

“夫人她们都在甲府，你一个人在东京？”

“唔。”

“真的？很不方便吧？”

“嘿，别人也不方便嘛。”

“我也和别人一样吗？”

“……”

“尊夫人也跟别人一样，身体好吗？”

“唔，大概好吧。”

“没受过伤吧？”

“唔。”

“那就好。我……躲警报那阵子曾想过，万一尊夫人有个三长两短，我却太平无事，真不知该怎么办才好。这种事只是偶然想起。是偶然的啊。”

祐三毛骨悚然。富士子仍然柔声细语地说：

“我真担心啊。我自己也岌岌可危，为什么还要惦挂尊夫人呢。真傻，实在遗憾啊。可是，我还是提着一份心。我想过，待战争结束之后见到你，我就把这种心情告诉你。转念又想，即使告诉你，你会相信吗？你会反倒怀疑我吗？的确，战争期间，我常常忘记自己，为别人祈祷。”

这么一说，祐三也想起一些情景来。极端的自我牺牲与自我中心，自我反省与自我满足，利他与利己，道义与邪恶，麻木与兴奋，竟不可思议地在祐三的心中交错在一起。

说不定富士子一方面盼望祐三的妻子溘然长逝，一方面又祈祷她太平无事呢。她没有意识到这是恶意，只顾陶醉在那善心里。也许这是她为了熬过战争所采取的一种生活方式吧。

富士子的口吻完全是诚挚的。她那细长的眼角涌出了泪水。

“对你来说，尊夫人比我更重要。所以我惦挂着她的身体。无可奈何啊。”

富士子执拗地谈起祐三的妻子。祐三自然也思念自己的妻子。

此时祐三也产生了一些疑惑。他从没有像在战争年月那样眷恋自己的家室。可以说，他爱他的妻子，爱得几乎把富士子全忘了。爱妻子成了他自己生命的一部分。

然而，祐三一见富士子，就如同和自我相逢。不过要想起妻子，还需要经过一番努力和一段时间。祐三看到自己已经身心交瘁。他又觉得自己只不过是一头带着配偶的动物在彷徨而已。

“能见到你，我一时也不知道求你什么好。”富士子语气缠绵，“听我说呀，求求你，你不听，我生气啦。”

“……”

“我说，请你收留我吧。”

“什么？你说收留……”

“暂时，暂时收留一段时间也可以。我一定守本分，不给你添麻烦。”

祐三终于露出不乐意的神色，望了望富士子。

“眼下你是怎样生活的？”

“还不至于混不到饭吃吧。我说的不是这个。我是想要改变自己的私生活。请让我从你那里起步吧。”

“不是起步，是走回头路！”

“这不是走回头路。只求你为我的起步鼓鼓气。我一定会很快离开你家的……依然如故是不行的，依然如故对我是没有希望的，请你拉我一把吧。”

祐三听不出哪些是她的真心话。仿佛这是一个巧妙的陷阱，又是悲哀可怜的倾诉。这个在战争中被遗弃了的女人，难道要从祐三身上摄取战后生活下去的力量？难道要在祐三这里重新振作起来？

祐三也因为遇见昔日的情人，唤起了意想不到的生命活力。可是他担心，自己这个弱点是否被富士子看穿了。不用富士子说，被牵拉着的情丝已经埋藏在自己的心底。祐三沉溺在灰暗的思绪里：莫非自己是从罪孽和悖逆中生存下来的？他有点悲怆，垂下了眼帘。

传来观众的掌声，占领军的军乐队入场了。他们头戴钢盔，散散漫漫地登上了舞台。约莫二十来人。

吹奏乐齐奏时发出第一声音响的那一瞬间，祐三陡地振作起来。他豁然觉醒，灰暗的思绪便云消雾散了。清脆的乐声，使人感到犹如身上挨了一根软鞭子的抽打。观众的脸，又恢复了生气。

那是一个多么明朗的国家啊。祐三现在才对美国惊叹不已。

在鲜明的感受鼓舞之下，祐三变得单纯了。就是对待富士子这种女子，也要表现出男子汉的明白干脆来。

车子驶过横滨，景物的影子渐渐淡薄了。这些影子仿佛被大地吞噬，暮色浓重起来。

长期散发着的刺鼻的焦臭总算没有了。经常尘土飞扬的废墟，带来几分秋意。

看见富士子的枣红细眉和满头秀发，祐三不由得想起“寒冬将至”这句话来，自己像是背上了包袱，也许正遇上俗话所说的“流年不利”吧。他不禁苦笑了一下。焦土上也显现出季节的推移，实在令人感慨不已。然而，连这种感慨，仿佛也在助长一种依靠别人的懦弱情绪。

祐三本应在品川站下车，他坐过了站。

祐三已经四十一二，多少也体验到人生的痛苦与悲伤将会不知不觉地消失在岁月的流逝之中，任何难关与纠纷也将随着时间的推移而自然获得解决。疯狂呼号也罢，沉默旁观也罢，都难免落个同样的下场。祐三何尝没有这种经验呢。

连那样一场战争，不是也过来了吗？

而且结束得比预期的还早。那场战争持续的时间是短还是长，四年前祐三他们是无从判断的。好歹战争总算结束了。

以前，祐三在战争中将富士子丢弃不顾。这次刚刚重逢，他竟又复萌旧念，企图让时间的激流把富士子卷走。上次是战争的风暴把他们两人吹散，从而结束了关系。以往“结束”这个字眼使祐三十分激动，如今他却每每从中看到自己的狡猾和自私。

一般认为自私的打算，也许比陶醉于“结束”更合乎道德规范。可是，祐三的心情却是矛盾的。

“到新桥了。”富士子提醒说，“你是要到东京站吗？”

“嗯，唔。”

这种时候，富士子也许会想起两个人习惯于双双从这个车站走到银座的往事。

最近祐三没到过银座。他上班都是从品川站乘车到东京站下。

祐三心不在焉地问：

“你上哪儿？”

“什么上哪儿……我也要到你去的地方。怎么啦？”

富士子露出了些许不安的神色。

“不，我是问你现在住在哪儿。”

“什么住在哪儿……会有什么好地方吗？”

“这么说，彼此彼此。”

“你现在带我去的地方，就是我的住处呀。”

“那么，以前你在哪儿吃饭呢？”

“没吃过像样的饭。”

“你是在哪儿领配给的东西呢？”

富士子望了望祐三像是动怒的脸，沉默不语了。

祐三怀疑她不想说出自己的住处。他还想起了刚才经过品川站时，自己默不作声的情景。

“我现在寄住在朋友那儿。”

“同住？”

“同住是同住，朋友租了一间六叠大的房子，我暂时挤了进去。”

“能不能多住我一个人？三人同住可以吧？”

富士子有点纠缠不清的样子。

在东京站的月台上，六名佩戴红十字标记的护士围着一堆行李站着。祐三前后看了看，没有看见复员士兵下车。

祐三经常乘坐横须贺线电车往返于东京和品川。在品川站的月台上，他时常看见成群结队的复员士兵。有的是与祐三从同一辆电车上下来，有的则是乘前一班电车到达，他们列队站在那里。

这场战争打败了，将许多士兵遗弃在远隔重洋的异国他乡。就这样把他们置之不顾而投降了。这种败仗是史无前例的吧。

从南方的各个岛上复员的士兵也拖着营养不良、奄奄一息的身躯，来到了东京站。

目睹这一群群的复员士兵，祐三心头涌起一阵无以名状的悲痛。他又觉得自己的心灵被醒悟、诚实和自省荡涤干净了。的确，一遇见败北的同胞，就不由得心情沮丧。他们不同于东京的街坊或者电车上的邻人，而是像纯朴的邻居从远方归来，不禁使人产生一种亲近的感情。

事实上，这些复员士兵总是一副纯朴的表情。

也许这只是一副长期病号的脸容。疲劳、饥饿、沮丧带来衰弱与潦倒。他们颧骨凸出，双眼深陷，肤呈土色，面部连露出一点起码的表情的力气也没有了。这就是虚脱现象吧。可祐三又觉得不全然如此。战败后日本人的样子，还不至于虚脱得像外国人认为的那样严重。复员士兵的激情可能还在翻腾吧。的确，他们吃过人类不能吃的东西，干过人类不能干的事情，九死一生，终于回国了。他们身上似乎有一种纯洁之情。

佩戴红十字标记的护士站在担架旁。有的伤病员被直接平放在月台的水泥地上。祐三险些踩在他们头上，只好绕道躲闪过去。这些伤病员的目光还是透亮的。他们毫无敌意地望着占领军上下电车。

一次，一声低沉的“very pure”传入了祐三的耳朵。他心中一震，事后想道，可能是说“very poor”，自己听错了。

祐三觉得眼前佩戴着红十字标记的护士随侍在复员士兵身旁，比起战争期间来，也纯洁得多了。也许是一时的比较吧。

祐三从月台的台阶上走了下来，自然而然地向八重洲口走去。待看到过道上挤满朝鲜人，他才猛然想起似的说：

“咱们走正门吧。平时我总从后门出站，所以疏忽了。”

他又折了回去。

祐三经常看见一群群朝鲜人在这里候车回国。月台上不准长时间列队等候，他们就挤在台阶下。有的靠在行李上，有的铺上脏布或棉被，蹲在过道上。还堆了一些用绳子捆绑起来的锅桶一类的行李。看样子有些人早已在这里通宵等候了。大多是一家一户的。孩子们的相貌很难同日本孩子区别开来，其中也可能混杂着一些嫁给朝鲜人的日本妇女。有时还看见有些人身穿崭新的白色朝鲜服，或是粉红色上衣，特别显眼。

这些人都是要回去新近独立的祖国，看起来像是难民，不少人还是战争的受害者吧。

从这儿出八重洲口，又看见一队队日本人在排队买票。第二天售票，头天晚上就排队等候了。祐三深夜回家路过这里，依然看见一排排的人。有的人蹲着，有的人和衣而卧。前面的人靠在桥栏杆上。桥脚下满地粪便。大概是露宿者的便溺。祐三上班经常碰到这种情景。下雨天就得稍稍绕点远路，从车道上通过了。

每天所目睹的这种情景，忽然又在祐三的脑子里涌现，所以他才从正门走出去。

广场上，树叶沙沙地响。丸大厦侧面染上了淡淡的霞光。

来到丸大厦前，他看见一位十六七岁的姑娘，一手拿着细长的糨糊瓶和短铅笔伫立在那里。她穿着一件灰色衣袖的红黄色旧衣服，脚蹬一双男人穿的大大的旧木屐，样子很像是沿途乞讨而来的。姑娘每次遇见美国兵，都央求似的向他们打声招呼。然而，过路的人谁也没正面瞧她一眼。有的人被她的手触到了裤子，也顶多觉着诧异，好像对待小女孩似的，把她上下打量一番，然后一声不响，漠然地扬长而去。

祐三担心她手里的液体糨糊会不会粘在对方的裤子上。姑娘斜耸着一边肩膀，拖着那双大木屐，踉踉跄跄地独自横穿过广场，消失在昏暗的车站那边。

“真叫人讨厌！”富士子目送着她的背影。

“原来是个疯子。我以为是叫花子呢。”

“不知怎的，近来我一见这种人，自己仿佛很快也要变成那副样子，真叫人讨厌啊……多亏碰上你，我不用担这份心了。没有死去毕竟是件好事。因为只有活下来才能见到你啊。”

“也只好这么看啰。地震那年，我在神田。房子倒塌，我被压在一根柱子底下，险些送了命呢。”

“嗯，我知道，腰部右侧还留下了伤疤……你不是告诉过我吗？”

“哦……那时候我还是中学生。当然，那时日本在世界面前并没有被放在罪犯的位置上。因为地震的破坏，只是一场天灾。”

“地震那年我出生了吗？”

“出生了。”

“我在乡下，什么都不晓得。我要是能有孩子，也要在日本的情况稍有好转的时候再生。”

“什么……正如你方才所说的，在火的洗礼中最能磨炼人。在这场战争中，我还没遇上像地震那样大的危险呢。对我来说，突如其来的天灾反而更危险。就说最近吧，生孩子不是无所谓吗？毫不避讳地就生下了嘛。”

“真的？我和你分手以后经常想：早知你要去打仗，真想生个孩子。这样活下来还能见到你……随时都可以啰。”说着，富士子将肩膀靠近过来。

“所谓私生子，往后恐怕不会再有了吧。”

“哦？”

祐三皱皱眉头，想不到踩空了一个台阶，觉得有点目眩了。

也许富士子谈得很认真。但现在祐三发现，自从在镰仓相遇以来，两人就净说些荒唐又枯燥离奇的话，他心里发颤。

方才祐三也曾怀疑过，不能排除在富士子这种果敢言辞的背后，含有个人的打算。她仿佛还麻木不仁，会不假思索就要投身过来。

不论是对富士子，还是对同富士子邂逅的自己，祐三判断事物的立足点都是游移不定的。

乍一看见富士子，祐三有一种现实的打算。他种下孽缘，害怕旧事重提。但是这种打算一旦变成现实，他又不敢正视了。

他远离疏散的妻子，无拘无束，自由自在，在秩序混乱的城市里流连徘徊。这种时候，他又轻易地把富士子捡了回来。这像是无可抗拒似的，本能而不由自主地把自己同富士子紧紧地拴在一起。

无疑，祐三把自己连同现实生活，一切的一切都献给了战争，并且陶醉其中，才落得如此结局。但是在八幡宫发现富士子的时候，他恍如同自我重逢，惊愕之余，便领着富士子漫步来到这里。一路上，他心头仿佛掠过一抹阴影，觉得自己遭受了毒害，也就更加茫然若失，无比惆怅了。

同战前的情人重逢的宿缘，使祐三重新背上了“昔日”的“刑罚”，这反而成了对富士子的一种哀怜。

来到电车道前，祐三踟蹰不前，究竟是到日比谷还是去银座呢？公园近在咫尺，他们信步走到公园入口处。这座公园的变化实在令人瞠目。他们又折了回去。到了银座，天已经擦黑了。

富士子没谈自己的住处。祐三也不便说出要到她那儿去。说不定她已经不是独身了呢。富士子也很胆怯，她没催促他到什么地方去，好像在同祐三比耐性，只顾尾随着祐三。行人稀少，废墟一片黢黑，她也不说声害怕。祐三焦灼不安了。

筑地附近可能还残留着几家可住的房子。但是祐三不熟悉这一带的情况，也就漫无目的地朝歌舞伎座的方向走去。

祐三不声不响，拐入一条小胡同，走进了一个隐蔽处。富士子连忙跟了上来。

“你在这儿稍等一会儿。”

“不，我害怕。”

富士子紧贴在祐三身旁，近得祐三几乎想用胳膊把她推开。

到处是残垣断壁，几无立足之地。祐三面向墙壁，忽然发现这堵墙犹如一面屏风，屹立在那里。就是说，四周的房屋都已烧塌，只有这堵墙孤零零地矗立着。

祐三不寒而栗。黑夜阴森森的，鬼气逼人。它呲牙咧嘴，发出了一股焦臭味。黑暗压在倾斜的墙头上，仿佛要把祐三吞噬似的。

“有一回，我曾想逃回乡下去。那天晚上也像这样漆黑，在上野站排队……哎呀，不禁一惊，用手摸了摸身后，湿漉漉的。”富士子屏住呼吸说，“是后面的人把我的衣服弄脏了。”

“唔，站得太近了吧。”

“瞧你说的，不对，不是这样……我吓得直打哆嗦，赶紧离开队伍。男人真可怕呀！那种时候竟……哎呀，真可怕！”

富士子耸耸肩膀，就地蹲了下来。

“那是个病人呀。”

“是战争难民。他手里拿着一张房子被烧掉的证明，流落到城里来。”

祐三转过身子，富士子仍不想站起来。

“队伍从车站一直排到外面黑魆魆的马路上……”

“咱们走吧。”

“唉，我累了。这样下去，恐怕要沦落到黑暗的深渊去呢。我从早晨就出来……”

富士子闭上了眼睛。祐三依然站着不动，俯视着她，心想，富士子可能连午饭都没吃呢。

“那边也在盖房子。”

“哪儿？真的……这种地方多可怕，是不能住的呀。”

“说不定有人住了。”

“哎哟，可怕，真可怕啊！”富士子叫喊了一声，抓住祐三的手站了起来。

“真讨厌，净吓人……”

“不要紧的……地震时经常有人在这种临时木板房里幽会。不知怎的，这会儿却叫人害怕。”

“是啊。”

但是，祐三却没有松开富士子。

一种馨香温柔的东西，使祐三产生一股无法形容的亲切感，像纯朴的安息，更像陶醉在神秘的惊愕之中。

与其说这是一种由于长期脱离女性的温馨而产生的激情，不如说是由于病后接触到女性而恢复的一缕柔情蜜意。

祐三搭在富士子肩上的手触摸到的，是嶙嶙的瘦骨。富士子依偎在祐三怀里的，是疲惫不堪的躯体。可是祐三还是感受到自己是在同异性重逢。

一种依恋之情又忽然复活了。

祐三从瓦砾堆上向临时木板房那边走下去。

房子似乎还没安窗户，也没铺地板，他一走过去，脚下发出了薄木板被踏破的声音。

反桥

你在哪里呢?

佛祖纵常在，可怜非现实，拂晓人声寂，朦胧梦里逢……今年春上，我去大阪，在住吉的旅馆里看见了友人须山在一张日本色纸上写了《梁尘秘抄》里的这首诗。我对须山阅读《梁尘秘抄》都有点意外，何况他还能将这首诗记诵下来，并且在旅次为友人挥笔题写呢。这就更出乎我意料之外。听旅馆的人说，须山去淀市赛马时，曾在这里泊宿，这是须山逝世前一年的事。

《梁尘秘抄》年代，人们可能真的是“佛祖纵常在”，而在现今的社会里，像须山这样的男子汉恐怕也不会有佛祖保佑了，自然也不会有“朦胧梦里逢”了。可能这首诗洋溢着一种什么情趣，致使须山如此倾倒。要不就是他将佛祖当作什么象征来接受了。

我将这首诗背熟了。回到家里，便在别人留在我处的日本色纸上试着题写。我是使用乾山造的砚台和木米造的毛笔题写的。实际上我甚至感到它比佛祖更有意思得多。我不论在现实中还是在梦幻里，都没有见过佛祖。也许是我和须山一样，被这首诗的什么地方打动了。也许是由已故的须山挥毫的缘故，这首诗依依地留在我的心中。

这是在住吉的旅馆里看见的事。它也感染了我，使我恋慕不已。

题诗之后，我现在还在寻找我是不是与住吉有什么缘分。可是什么也没有寻到，我就将灵华的画挂在壁龛里。横幅画了《月中桂》，上面的题诗是：肉眼看不见，双手攀不着，月中桂花树，汝辈何相似。

灵华在横幅上写了“月中”，在竖画上写了“月里”。他的横幅挂在我的壁龛里。也许月桂与住吉无缘，不过灵华《歌神》这幅画却写了四首诗来歌颂住吉的松，其中一首是：

下凡神灵相连理，
久别住吉那棵松。

这是灵华的诗，不论是歌神还是桂仙都描写了类似王朝风韵的美女。我这才将《月中桂》这幅画挂在壁龛里。这幅画刚在四五天前送到这里来，也许有些稀奇吧。

据说一位相熟的画商将带书画盒的大雅的画，和《月中桂》、苏丁的《少女图》二画相互交换了。画商也给我看了大雅的画。可以说，这是甲州富士中的一幅吧。背景是富士山的和合峰图。在大雅来说，这是一幅规矩而雅致的写生画，是他青年时代的作品，却还题字装在书画盒里，这倒是稀奇的事。苏丁的画，之前这画商让我看了。这是一张可爱的脸，充满哀愁的哭丧的脸，实在使人难以忘怀。

大雅、苏丁和灵华，的确是离奇的组合，三张画毫无共通之处，却都能打动我的心。仅此回顾，对这种离奇的事，有时也不免感到毛骨悚然，仿佛变成了可怕的自我分裂。与大雅的心灵相通，与苏丁的心灵相呼应，与灵华的心灵相共鸣的，究竟是什么东西呢？

今天下午，我又将龙门石佛的头像据在手里，放在膝上，仔细地端详。

一睹美术品，尤其是古代美术品，我就感到仿佛只有在观赏这种东西的时候，自己才同生命相连。不然，就总觉得自己只不过是处在受污辱、遭恶道和枯萎的生涯尽头，朦胧地从死里抗拒死罢了。

无须赘言，在美术品里，越古老的东西就越生动，越具新鲜感。每次我观赏古老的东西之后，都了解到人消失在过去的许多东西，以及现在正被迫失去的许多东西。观察这些东西的时候，我也会感到消失在过去的人的生命复苏，就像在自己的体内流窜一样。我已经破碎颓伤的心，早已分不清过去、现在和将来的差别了。这可能又是另一个问题吧。

一旦把话题拉回到三位画家上来，我就觉得生活在今天的苏丁和灵华都非常可怜。自不消说，苏丁是从近代的灵魂痼疾出发，是很可怜的。灵华虽是以古典作为心灵描写王朝式的女人、书写王朝式的假名，但其字画之端丽纤细，毕竟还是近代人所作，其优美的线条也是很可怜的。

我总觉得日本南画家芜村、玉堂、竹田、华山等毕竟是世纪末的人。浦上玉堂也许有点不同。他曾画过一幅画，画面是鸦群飞归夕阳西照的树巢上。看上去那棵树恍如在燃烧，那些乌鸦活像在发狂。本应按照南画的风格，题上高逸苍古的话，但我深深感到一种古代的幽静贯穿在非常近代式的寂寞的底层。

我在一本美术书里看到了这样一句话："六十四岁的郁特里罗像亡灵般地活着。"我还看到了五六张这位郁特里罗老态龙钟的照片，顿时感到浑身发冷。这一瞬间，玉堂的《东云筛雪图》立即浮现在我的脑海里。莫蒂里安尼、帕斯金、苏丁都先于郁特里罗，但愿我们日本人中没有一个像郁特里罗这样风烛残年的人。玉堂的雪山图中充满了僵冻的寂寞情调。不过，在日本某些地方，这是得到多方的解救的。

我忆起我家中现在收藏着一幅玉堂的《夏树野桥图》，就将灵华的《月中桂》换了下来，把它挂在壁龛里。这是一幅淡彩小品。有如大雅的《和合峰图》在大雅的画中属雅致的画一样，玉堂的《夏树野桥图》在玉堂的画中也属素雅一类的画，颇有风韵，令人爱不释手。

日本南画家中，玉堂是当今最能吸引我的人。从前我以为自己出生于世纪末，胸襟开阔的大雅是离我遥远的人，可今年正月里，我将大雅的《千马图》挂在书斋的壁龛里，却洋溢着一种吉利的吉祥气氛。这种气氛渗透到我的心底。我甚至不由得祈祷是年的快乐与幸福。有一个时期，开阔了日本南画这一领域的大雅，甚至被认为日本南画世界仅此一人。由他开始又由他终结，恐怕这就是艺术吧。大雅的美，也有近代的美。但欣赏之余，你会感到有些地方是从近代解救出来的。

如果我在这里牵强附会，也就会联想到与住吉的缘分来。于是，我将常德院义尚的和歌古墨迹断片摆到桌面上。

> 似梦又非梦，
> 现实却似梦。
> 苍苍人世间，
> 梦乎现实乎？

这首继赤染卫门之后的相模和伊势大辅的赠答歌，以及其后“叫来西行法师侍候云云”的题词中途断了。梦现的和歌里写有“《维摩经》

十喻中，此身如梦心”，可是在我听来，好像是歌颂义尚本人似的。再将其父慈照院义政的和歌古墨迹断片对照来看，便是《伊势物语》的：

忘了竟是梦，
拨雪与君逢。

一位美少年将军在近江的战地上病故，尸体运回京城的时候，义政非常悲伤。我一边凝望着足利父子的字迹，一边思索着战乱之秋的东山文化和艳丽如花的义尚的躯体。现在处在战败国国难的混乱之际，把足利父子的和歌古墨迹断片放在我的桌面上细细观赏了一番，也赶上邂逅几幅出售的东山御物的宋元画。

这对将军父子的和歌古墨迹断片也是出售品。战争期间，我曾读过义尚的一些东西，我不认为义尚有许多出售品。现在我个人能拿来鉴赏，也许是一种缘分吧。与这幅优秀的书法作品相配的，还有定家的歌。定家的歌对我来说，并不觉得珍奇。但他有四首歌却渗入肺腑。

但愿无风锁云路，
且让少女暂驻步。

妄把誓言当命护，
可怜今秋又虚度。

生命长在情难忘，
历经苦楚犹怀恋。

孤身独隐山村里，
夜半月寒一片寂。

这首小仓百人一首的歌，尽人皆知。这样抄录下来，乍看歌的生命仿佛消失了，变得乏味了。但从定家别具一格的书法来看，我余生的哀伤也附在这种地方了。有时甚至令人寻思：可以长期缠绵在这种哀伤中活下去吗？虽说我并不怎么喜欢这种书法的风格，可还是可以通过他的手迹，体味到定家的一生和他对这些古歌投入的感情。也许这是我自己感到这短暂的生命变得更加短暂的缘故吧。

前些日子，我在一家旧书店里发现了定家歌集中一本据说是定家亲笔的《伊势集》，还发现了一本西行法师亲笔书写、藤原定家亲自注释的《定家心中集》。点评和眉批，都是定家的手迹。实隆是无法与西行、定家相比，这自不消说。但实隆的墨迹却如此便宜，不禁让人觉得他确是世纪末的啊。它也不由得勾起了我一丝怜悯之情。在这家旧书店里，我看到的是实隆自己吟咏和书写的《住吉法乐百首》和三十六歌仙的日本色纸。

可能义政、义尚与住吉有直接的缘分吧，我之所以硬把它联系在一起，乃是这《住吉法乐百首》引起的。在我读过的有关义尚的文献中，《实隆公记》是最宏大的作品。如果将他同东山的人们，比如说同宗祇结合起来考虑，也是饶有兴味的。我对实隆怀有亲切的感情。有关记载他以领差身份赴近江曲故乡探望义尚后兴高采烈回京城的日记，无论何时想起来也让人发出会心的微笑。虽然他为捍卫皇室和古典尽了很大的力气，但不论作为歌人，还是作为国文学家，与镰仓的定家相比，都是望尘莫及的。同时，他也没有近前的兼良那样大的力量，似乎是一介性情温和的乐天派。尽管是活在同一个世纪末，他却没有像义尚父子或宗祇那样深沉和悲哀，也没有留下什么令人瞩目的作品，然而他一生的行动所表现的时代，反而吸引了我。

当然，《住吉法乐百首》是写了百首歌，结集成较长的卷轴，不能做成匾额或挂轴。这不是什么特别精彩的歌式书法。我虽然为它这么便宜而吃惊，但却错过了把它买下来的机会。后来我还不时回忆起这件事，可是后悔莫及矣。我已经记不清那是什么歌、什么书法了，只是想在身边放上一幅实隆的笔迹，足见我对实隆其人怀有一种亲近的感情。

在住吉的旅馆里，我目睹友人须山挥毫的《梁尘秘抄》的歌时，自然而然地联想起实隆的《住吉法乐百首》来。

现在我还保存着与已故友人书写用的一样的日本色纸。我也受人之托写点什么，所以在其中一张日本色纸上题写了住吉的歌，歌曰：

夜寒衣单雪飘落，
间或伴随霜萧瑟。

又在另一张日本色纸上写了一首，歌曰：

住吉神佛发慈悲，
遣送空舟荡过来。

后三条天皇御驾空舟不知作何打算。对我来说，这一叶空舟就像是我的心、我的生命，除此别无其他。

不知怎的，我往往会从灵华的《月中桂》或义尚的断片歌硬是联想起住吉来。可能是我必须到住吉去吧。

我五岁时仿佛曾经走过住吉神社那道反桥。对我来说，它似梦非梦，是现实却又像梦，真不知道是梦还是现实啊！

五岁的我，被母亲牵着手，去住吉神社参拜。说被牵着手，这绝不是为了形容，我的确是一个不被牵着手就不能到户外去的孩子。记得我和母亲在反桥前站立了好一阵子。我觉得反桥很可怕，又高又弯曲，又好像忽然隆起似的逼将过来。这时母亲比往常更悉心地安慰我说：行平也坚强起来，是可以渡过这道桥的。我几乎哭出来，点了点头。母亲目不转睛地望着我的脸。

“走过这道桥，妈给你讲个好故事，好吗？”

“什么好故事？”

“很重要很重要的故事。”

“是很可怜的故事吧？”

“噢，是很可怜的、很伤心的、很悲哀的故事。”

那时候，大人总愿意对孩子们讲可怜又可悲的故事。

登上了反桥，出乎意料地竟不害怕了。我对自己的力量感到惊讶，仿佛自己一个人就能登上来似的。然而实际上是母亲帮助我，不是拉着我的手，就是抱住我登上来的。总而言之，在桥上，我得意忘形。也在这桥上，母亲给我讲了一个可怕的故事。

我记不清母亲的原话了。母亲说她不是我的生母。我是姨母的孩子，她于前些时候去世了。

反桥，下桥要比上桥可怕。母亲把我抱了起来。我觉得在反桥上母亲所说的那番话，简直像演戏似的。当时五岁的我，真的渡过这道桥了吗？连我自己也怀疑起来了。我的记忆变得有点稀奇古怪。

也许这是由我的妄想描绘出来的梦幻。然而五十年前的女人向神佛祷告，并且坦白地说了出来，也许是想试试幼小的我过反桥的力量。我的出生地守护神是住吉神社。

我不埋怨母亲。她受到了自己姐姐的死的冲击，不能不把真情坦白出来。这件事是不是发生在反桥无关紧要。总之，我记得母亲那白皙的下巴颏流淌着两串泪珠子。我的人生就在这个时候被搅乱了。

也许我的出生非同寻常。大概生母的死也是非自然的吧。不久，我便怀疑起这些事来。这也是无可奈何的啊。

我的生母家和养母家，都在距离住吉不太远的地方。不过，我从五岁起就没有再回过住吉。

在生已破坏、死已临近的今天，我心血来潮似的，逼迫着自己想再去一次住吉的反桥，哪怕仅此一次。在住吉的旅馆里邂逅了一定是须山留下笔迹的日本色纸，莫非有什么缘分吗？

佛祖纵常在，可怜非现实。我喃喃自语。翌日清晨，我到住吉神社去了。远眺反桥，它意外的大。五岁的弱小的我，是渡不过反桥的。但是走近一看，不禁令人发笑。桥两侧开了许多洞穴，可以挂脚。我做梦也没有想到会有这样的立脚洞。当然，我不知道这些桥板是不是五十年前原来的桥板。总而言之，仅仅是这洞穴的事，就让我无精打采，茫然地站在反桥前。

我抓住栏杆，靠双脚踩着洞穴登了上去。洞穴与洞穴之间距离稍远，五岁的孩子的脚够不着。下了反桥，我深深地吐了一口气，心想：我的人生难道也有这种洞穴般的立足之地吗？由于遥远的悲伤和衰败，眼前的东西变得昏暗了，这是无可奈何啊！

你在哪里呢？

阵雨

你在何方啊?!

我既非由于懒惰而躺着，也不是因为沉湎于诗作而卧下。摆脱忧愁，我念经修行宣告结束。我独自离开村庄，索居此间，躺着寻思，觉得所有感情动物尽皆可哀可怜。负伤者被箭头穿胸，心潮波涛汹涌，尚且能成眠，而没有负伤的我，为什么竟睡不着呢？清醒而不踌躇，睡着而无恐惧。不论夜间或白昼，我不受痛苦心情的折磨，待人接物也于世无损。缘此，我才能卧下寻思，觉得所有感情动物尽皆可哀可怜——每当我头枕枕头却难以入睡，想起释迦牟尼被岩石的碎片刮伤脚歇息的时候，被恶魔责难说："你是因懒惰而躺卧，或是因沉湎于诗作，还是因该做之事并不多？"他所回答的这番话，往往令我情不自禁地喃喃念诵。

一年之内我难得有几个夜晚能安稳酣睡。失眠症和睡眠不足也折磨了我整整四十年，毋宁说我对这种情状早已习以为常，反倒是能酣然入睡之夜，不知怎的反而感到有一种莫名的不安。真是只有在剧烈地悲伤或万般悔恨的日子里，精神受到摧毁、筋疲力尽的我，仿佛才能坠入深沉的梦境。

秋季里不时有这种情况发生。昨日也是，一大早乃至整个白天，天空的模样活像日暮时分，到了夜晚，一场阵雨袭来。虽然明知东京附近还不到落叶缤纷、秋雨阵阵的季节，但是在我听来，总觉得夹杂有落叶凋零的声音。秋冬之交的阵雨会把我引入古代日本的悲哀境界里，为了排遣这种情绪，我信手翻阅号称“阵雨诗人”的宗祇的连歌等读物，在这过程中，耳膜里依然不时听见传来落叶的声音。此刻距落叶时节为时尚早，再说，仔细想来，我的书斋屋顶上，也没有落叶的树木。如此看来，落叶的声音可能是一种幻听吧。我感到有点令人生畏，侧耳仔细听，则听不见落叶声。然而当我心不在焉地翻阅读物时，又听见了落叶声。我不禁毛骨悚然。因为觉得这种落叶声的幻觉，仿佛来自我遥远的过去。

我像驱魔避邪般，嘴里念念有词地诵念芭蕉的句子：“贯穿于西行之和歌、宗祇之连歌、雪舟之绘画、利休之茶道，其根本之道乃一。”我感觉到芭蕉独具百代之慧眼，但是我更为芭蕉的一大勇猛之心所打动。这句话的前面是，“终以无能无艺而唯系于此道”。这句话的后面是：“且于风雅之物，顺造化而以四时为友。所见之处，非花不观，所思之事，非月不思。形象非花时如同夷狄，心非花时类似鸟兽。”这是谈论芭蕉时不能回避的《笈之小文》中的引子。然而比这前后的激烈语言更使我感到强烈震撼的，是他历数了西行、宗祇、雪舟、利休这四位古人，指出他们的根本之道，其宗乃一，从而发出发现自我之道的呼声。它打动了我，令我感到宛如看见一道贯穿古今的闪电。芭蕉时年四十四五岁。

这引子之后紧接着进入纪行正文：

阴历十月初，苍穹景色缥缈不定，身子恍若风中落叶，飘忽无着。盼人唤我为旅人，时值秋冬之交的头场阵雨。

在这里，芭蕉大概也会想到阵雨中投宿旅店的宗祇吧。

现在正值秋冬之交的头场阵雨时节，我联想到五十一岁客死旅次的芭蕉和八十二岁于旅途中客死他乡的宗祇。宗长在《宗祇终焉记》中，这样述说："翌日抵达箱根山麓，一处名叫汤本的地方，感觉比在旅途中稍好些，吃了些汤泡饭等食品，在聊天的过程中昏昏打盹，于是各自平心静气，安歇一宿，准备明日翻山越岭。刚过夜半，（宗祇）身体突感痛苦不堪，推动他一下，问明情况，他说：刚才梦见了定家卿，吟咏和歌'生命行将绝'，闻者说：这是式子内亲王的御歌，并低声吟唱上回的千句连歌中此歌之前句'相伴眺望当空月'，（宗祇）一边开玩笑说，我难以续作，诸君且续作吧，一边宛如点燃的火顿时熄灭，溘然长逝了。"八十二岁的长者临终前还梦见定家，真不愧是室町时代靠近末期的学人啊！这点恐怕是与元禄时代的芭蕉的不同之处吧。

这种客死旅途中之露珠的余韵，也是只缘爱好旅行啊！据说唐朝游子，也是毕生生活在旅途中，人们把此举称为道祖神。

"人生如旅途，旅次中歇息，露宿梦境里，却见梦中梦。"我想起此歌与慈镇和尚所咏的歌"有心今宵应思无"类似。尽管宗祇不是芭蕉那种梦似荒野般贯穿终生的辞世，再说，宗祇的诗境可能也没有芭蕉的那么清澄明澈，但是我觉得宗祇能让离乱之世与古典和歌长生共存，这就有值得怀念之处。我曾两三次寻访骏河的宗长草庵，有时一边回忆起这些往事，一边打盹，还做梦了。

我正在观赏两张手的素描。一张是黑田清辉所画的作品，画的是明治天皇的手的素描。另一张则是画大正天皇的手的素描。从梦境里惊醒过来之后，忘记了画家的名字，但还记得是大正时代的西洋画家所画的作品。一幅画得坚毅刚强，一幅画得柔和软弱。我把这两张手的素描一边两相对比来观赏，一边感到恍如看到了明治与大正这两个时代的象征，因而觉得内心痛苦，梦破醒来了。

醒来后寻思，我未曾看过黑田清辉只画手的素描，再说，那坚毅刚强的线条不像是黑田的画风，其实我觉得倒像是阿尔布雷特·丢勒画的手的素描。大概因为是明治时代的画家，才在梦里浮现出黑田的名字而已。也许由于我在画册里曾看见过好几幅丢勒画的手的素描，从而脑子里留有印象的缘故吧，不过，我梦见的素描似乎是一五〇八年所作的《祈祷之手》。《祈祷之手》是合掌朝上的，而我梦见的手是单手朝下，画的是手背。但无疑是那《祈祷之手》。醒来后，这只手的素描依然留在记忆里挥之不去，而另一只手则印象模糊，没有记住。

丢勒画的《祈祷之手》，为什么会成了明治天皇的手了呢？虽说那是个梦，但我总觉得似乎有某种意味，再说，梦见天皇也是有生以来头一回，这究竟是为什么呢?！在诧异摸不着头脑的过程中，终于惊醒过来，侧耳倾听，阵雨的音响已经停息。

从挡雨木板套窗的破口透进一道亮光，照在枕边的隔扇纸拉门上。我伸手打开拉门，看见是月光，遂从被窝里爬出来，一只眼贴紧木板套窗的破口窥视外头。外面是黑黢黢的湿润的月夜。庭院里也没有落叶。刚才听见的落叶声，难道还是阵雨声的错觉吗?！我以螳螂般的姿势望着降露似的月光，这过程中脖子疲惫，遂将额头贴紧木板套窗休息，那薄薄的破木板发出嘎吱嘎吱的声响，活像要挣脱老旧的钉子。

我站起身来，顺手开了灯，手持丢勒的画集，又折回卧铺。一边观赏《祈祷之手》，一边试着模仿它同样的姿势合掌。但是我的手不像。手背宽、手指短，极其丑陋，令人感到简直就是罪犯的手。

我蓦地想起友人须山的手。不错。这《祈祷之手》和须山的手很相似。

我觉得先前观赏丢勒画的素描时，似乎曾察觉过《祈祷之手》和须山的手很相似，又仿佛觉得现在是初次发现。我连昨日发生的事都记不住，哪儿还谈得上断定是什么时候察觉的呢。但是，总而言之，正是由于这《祈祷之手》和须山的手很相似，因此刚才的梦里，才会出现这幅素描吧。

于是，我直勾勾地凝视着《祈祷之手》，眼看着这手仿佛逐渐活动起来了，不由得感觉到须山正朝向我合掌。

然而，我是否于某个时候，曾全神贯注地凝视过须山的手，如同此刻目不转睛地凝视着这素描的手呢？我记不得了。再说，须山早已故去，再也看不到须山的手了，因此，四百几十年前所画的手如今已不再存活，所以即使说须山的手和丢勒所画的《祈祷之手》很相似，也已经无法觅到实物来作比较证实，正因如此，也许还可以认为所画的手就是须山的手呢。

从朝向我合掌的这个画面里，我仿佛感到有一股强烈的气势冲着我逼将过来。头枕着枕头的我，把脖子向后一仰，内心怀疑：须山拥有如此神圣的手吗？

我最后一次看见须山的手，是在一个雷电交加的夜里，他的右手搭在苍白的额头上打凉棚，颤巍巍的，仿佛要遮挡乱窜的闪电似的。他的左手拽着娼妇的手。我的手握着这个娼妇的另一只手。那时节，须山和我是包租这一对双胞胎娼妇的熟客。这天夜里，我们带着其中的一个，正在浅草逛街。

女方拿双胞胎当招牌卖点，有意把着装打扮诸如发型，甚至服饰，都精心策划弄得一模一样。没有其他客人的时候，我独自一人来，她们也会双双上座陪酒。在交往的过程中，连须山和我终于也分不清她们谁是姐姐谁是妹妹了。

那天夜里，雷电轰鸣。这对双胞胎中的一个说她讨厌打雷，借此不出门，只有那另一个女子送我们出门。须山已有几分醉意，他一边摇晃着细长的脖子，一边说：

“只有你不怕打雷，这就奇怪啦！这是个大发现嘛。唔！就用雷来区别你们两人吧。”

接着，须山步履蹒跚地向我这边走过来，说：

“喂！这可怜的双胞胎女子，怎么竟有一个害怕打雷，一个不害怕打雷呢？你说这究竟是怎么回事呀！”

“大概很可悲呗。”女人说。

“也许确实很可悲。这是人的不幸的根源。”

“两个人一起出生，可是事到如今，一个人才说讨厌打雷，这不等于说了也白搭嘛。”我也莫名其妙地脱口而出。

“说的是啊！这简直像雌狐被响雷吓得露出狐狸尾巴了嘛。但是，你说，本来是一个人出生的，怎么就生出两个人来呢？”

“是啊！”

像这样的两人合成一人，一人分成两人，这对难得一见的娼妇身上，不仅具有性功能的刺激，而且还有精神麻痹的功能。但是，这一切都已冷却下来的此刻，须山和我都像企图掩饰彼此的可恨劲似的，把女人夹在当中，两人相互背过脸去迈步走。

雷鸣声越来越猛烈，距头顶上越来越近了。每次闪电轰鸣，街上的电灯紧跟着就眨眼。街灯悬挂在商店街上方正中拉起的一道钢丝索上，这屋外的街灯宛如吸纳了闪电似的蓦然放亮，紧接着雷鸣声巨响。落雷似乎行将炸裂，电流沿着钢丝索流窜，悬挂在街道上空的电灯，眼看就要炸裂似的强烈放光。大地上尽染闪电的色彩。

天空乌云密布，大有扩展开来的气势，时令已届秋天，因此这不是雷阵雨的云彩，而似乎是预示台风的云。

头顶上猛然雷声轰鸣。

“真可怕！”女人蓦地紧紧握住须山和我的手。须山也脸色刷白。

“倘使你也害怕打雷，刚才所谈的区别不就泡汤了吗？”

我说着正要笑，那女人说：

“好危险啊！回去吧！”

但是，我们正站在公园的商店街半道上，因此即使想前行到达我们的目标地铁站，或者掉头折回往女人的家那个方向走，距离也几乎相等。女人也没有折回去的意思，她紧握住我们的手，朝前方迈步。

往来行人小跑着四散开，也有的过路人躲在屋檐下。雨还没有下，可能是为了躲避惊雷吧。雷鸣的间隔越发短促了。

须山“啊！”的一声，旋即将右手举到额头上搭起凉棚，活像要遮挡雷电似的。他那张开的长手指在颤抖。闪电噼啪响的瞬间，我看见那手影映现在须山的脸上。落雷仿佛就在头顶上炸裂似的。悬挂在钢丝索上的街灯，仿佛因刚才的那股冲击力摇晃个不停。

我猛然觉得须山行将晕倒，连忙撑住他的脊背。也许是我自身胆怯，一把抱住了须山。

“喂！放开，赶紧走！”须山甩掉女人的手，也把我的手松开。

这时刻，是我最后一次看见须山的手。

每当须山从双胞胎娼妇家出来，回家的时候，经常这样对我说：

“你曾像今天这样堕落过吗？”

“有啊！从生下来的时候就开始啦。”我说着把脸转向一边去。

“问题就坏在她们俩是双胞胎。而且这对双胞胎，极尽造化之神妙能事，实在完美。你曾认真地思考过她们存在的价值吗？”

“没有。”我依旧冷淡地回答。

须山与世长辞后，我还曾去过那双胞胎姐妹那儿。谈到须山之死的话题时，姐妹俩都露出了悲伤的神色，其中一人还从眼里冒出两三滴泪珠。她是不是须山更常光顾的那个女人？我无法准确地判断。我独自前去，远不如与须山两人同去的时候有意思。

在阵雨过后的月夜里，我一边观赏合掌的《祈祷之手》，一边回忆起这无聊的往事。

你在何方啊?!

明月

据说今年十月三日是中秋明月当空的日子。

十月一日傍晚，我把宗达的水墨画兔子图挂在壁龛里就出门去。要到箱根去写作，恐怕得在那里观赏明月了。

但是，月子生日那天，我不在东京，提前了四五天向她祝贺。

月子是我妹妹的孩子，生于中秋明月之日，因而取名月子。

“中秋明月之日，是个良辰吉日，孩子就在这时日诞生。”

多少年来在月子生日这天，我都反复地做了如上的致意。

可是，去年月子的生日，我却对她说：

“每天都有孩子诞生，即使明月之日诞生，也没有什么不可思议的呀。”

作为生日的贺词，重复往年的话也是可以的。但是“每天都有孩子诞生”这种理所当然的话，也不是那么轻易就能说出口的。其实，我这是借用了林芙美子的话。

去年夏天，芙美子辞世，为了编辑她的全集，我也读了芙美子的作品，把其中的名句、诗句记在心里。有一句是这么说的：

“每天都有孩子诞生。从各式各样的女人、从女人美丽的梦中诞生。”

但是，芙美子还接着这么说：

“我怎么能够侮辱我的母亲呢。”芙美子是私生女才这样说。

去年秋天，月子生日那天，我只借用了“每天都有孩子诞生”这句话。

由于阴历与阳历的错离关系，中秋明月不一定都在每年的十月三日。但是在赏月的月份，祝贺这个月的明月之日里诞生的月子的生日，是按阴历计算的。二十年前，我也这样劝说过妹妹。我与月子相差三十多岁，月子对中秋明月的感受恐怕也与我不同吧。我觉得在中秋明月之日诞生，仿佛是一种绝世稀罕的幸福。对我来说，每年中秋明月之日前往祝贺少女的生日，在她家等待满月的出现也是一种小小的幸福。两三天前就已经开始祈盼：但愿明月之夜不下雨才好，天空无云才好。光凭这点愿望，也是一种小小的乐趣。

然而今年，要赶着写急稿，我将离开东京，因而提前四五天向月子祝贺生日。我在日比谷十字路口那家美国人经营的商店，买了一个彩色尼龙料的手提包，还在美国人开设的餐厅里与她共同进了餐。彩色尼龙手提包还算稀罕，看上去它与西服或和服都能配得上。中秋明月做生日，一般总是要插穗芒，吃汤圆、芋头、柿子、栗子这类东西，可是吃西餐祝贺这天生日，大概也是罕见吧。

看来月子很高兴，从西餐厅出来后，她说我们走走吧。六点日暮，天已擦黑。她说朝赤坂她家的方向走。我们便从公园与皇宫之间的道路，沿着护城河走去。

“箱根有许多胡枝子花呢，现在正是胡枝子花盛开的时候，不计其数的花从石崖上向路边垂下来。我觉得箱根的胡枝子花格外的美。夏天有很多绣球花。”

“哟，这里也开胡枝子花呀。”月子说着停住了脚步。

果然，护城河畔的柳树下有胡枝子。不过，天黑看不见花。

“请等一等……汽车一驶过来，凭着车灯的亮光就可以看见。”月子拿起胡枝子的枝在等待着。

对面樱田门的红绿灯处，停着好几辆汽车。不大一会儿，那车灯的亮光就移了过来。

我也看到了胡枝子花。每当车灯流逝过去，胡枝子花的色彩就浮现出来，又瞬即消失。

“要是白胡枝子花，可以看得更清楚……”月子说着，离开了胡枝子。

也许月子只不过是凭着先前疾驰过来的车灯看见了胡枝子花，所以要等待后边的车灯照射过来吧，可是在我来说，我感受到了月子的智慧。

在意想不到的时候，凭借疾驰而过的车灯的亮光，月子让我看见了胡枝子花，恐怕我一辈子都难以忘怀。对月子来说，也许是坦然自若的事，很快就会忘却，可是我却铭记在心。可能与年龄也有关系吧。

“每天都有孩子诞生”这句话，似乎不是那么容易就说出来的。在东京秋天的夜里，姑娘举起胡枝子花，凭着车的灯光，我看到她的叹息，在短暂的一生中，这种机会大概也不多吧。

我在箱根观看胡枝子花，肯定也会马上联想起护城河畔之夜那浅红色的胡枝子花和月子那白皙的手。对于年轻的月子来说，宛如护城河畔的胡枝子花，一些细微的事似乎不会留在她的记忆里，然而宗达的那幅兔子图，也许会给月子留下关于我的记忆。

我答应把这幅画送给月子。我买这幅画那年，在月子生日的那天曾把它带到她家，挂在壁龛里让他们观赏。

“是月中兔啊。”说出这句话的，是我呢，还是到我家来的客人？还有是在什么时候说的？我都已经记不清楚。总之，我看到这幅水墨画，立即决定称它为月中兔。

宗达的水墨画中，恐怕这幅画也是运用最单纯的描写手法来创作的吧，是宗达某方面的登峰造极之作吧。与其说画的是一只兔子，莫如说有只兔子隐约浮现出来。

整幅画面上涂满了淡墨，只留下兔子的形状是白色的。那淡墨真的是很淡，宗达流派的运墨之浓淡，简直引人入胜。只点了点兔子的眼珠。没有画兔子的轮廓，只稍稍勾勒了几道兔足的线条。兔子仪态端庄，很可爱地蹲在那里，宛如小兔般纯洁。

虽然画的兔子不是拿着杵站立的姿态，而是在画面的下方，但却能令人感到画的是月中兔。淡墨的画面，使人感受得到这是月夜的天空。隐隐约约、柔和温馨、辽阔宽广。在宗达的水墨画里，虽然也有画配以大月亮和秋草的兔子，但是这幅画却尝试着把这些潜藏在意识里，省略了月亮和秋草，而画了月中兔。也有月一般的品位。承传至今的宗达作的许多水墨画，美术史家都抱有疑问，这幅兔子图说不定也会被他们否定，不过，我至今还认定它是宗达所作。

当这幅画还在画商手里的时候，一位友人兼美术史家问道：

“看见兔子了吗？”

“看见了。”我回答。

“不行吧。”他征求我的同意，可是我买回来了。我一般顺从别人的意见，可是那隐约让我感受到的月，吸引了我。

如果说这是月中兔的话，那么与其说是幅兔子图，不如说是幅月亮图。当然是秋月。我觉得把这幅画送给中秋明月时诞生的月子是最合适不过了。

月子恐怕没有机会了解一些美术史家的论说，对大舅赠送的宗达真迹的月的象征画，也许终生都不会去想将它脱手，不过，每当中秋明月她过生日之时，大概会把它挂在壁龛里吧。倘使一个姑娘供奉月亮，一边礼拜明月一边观赏这幅兔画，也可以说，这幅画是适得其所。

这么一想，我就觉得月子是个温柔而美丽的姑娘。虽然对这幅兔画还恋恋不舍，不过我却后悔，如果这幅画能赶上月子后天过生日时送到她那里就好了。我已经没有时间从东京车站往家里挂电话了。从箱根的旅馆里挂去电话还来得及。

我乘上电车，天还没有擦黑。虽然已是亮起车厢内电灯的时间，但还不是那种昏暗，而是一种异样的昏暗。以美国女人名字命名的波利台风，充其量像刮寒冷的北风，没有疯狂肆虐，但是台风模样的云层却笼罩着天空，只留下西边天空的一角没有罩上。那西边的天空在城镇与云层之间，横躺着一片冰冷而寂寞的黄色晚霞。市镇上的人家都沉浸在黢黑之中。市镇鸦雀无声，怯生生的，像是要发生什么残酷的事件似的。市镇上的电灯和霓虹灯忽然寒飕飕地闪烁。

我一边担心着后天的天气，一边阅读晚报，看到汉文学者写了题为《月与兔》的随笔。在公元前四世纪的《楚辞》里，写了月腹中有兔，唐朝白乐天写了月中的白兔捣药的诗歌。药是长生不老的仙药。还有，公元前二世纪的《淮南子》中也写了有关这样的传说：月宫中有蛤蟆吃月；嫦娥这位妻子偷吃了丈夫从西王母那里讨来的长生不老仙药，并向月宫中逃奔。也写了有关这样的传说。公元前四世纪，可谓悠久矣。

多少年来，我在月子过生日时，同月子她们赏月，从不曾想过长生不老的仙药，总是以月子的成人为话题。在十岁到二十出头的姑娘的生日里，前来祝贺的人恐怕没有一个头脑里有什么死的念头。因此，我此刻想到的，就是在月子家观赏中秋明月可能是长生不老的一天。今年若是能前往祝贺就好了，内心不免感到遗憾。再说，我也总想尽可能回忆起在月子家观赏中秋明月的种种景象。

虽然不知妹妹夫妇的内心是怎么想的，不过他们的家庭是一个安稳的家庭，所以对月子来说，迄今也没有发生过什么太异常的事，是幸福的。每过一次生日，月子就越靠近成人一步，她这种姿影是很醒目的。

记得月子过十六七岁的生日那天，曾下了一场大雨。月子从学校回到家里来，马上换上了友禅料子的和服。当她把菜肴端到客厅来，刚要站立的当儿，脚踩住了衣服的下摆，摔了一跤。她蓦地哭了起来，她的双亲和我都为之愕然。如果说她过生日的时候发生什么异常的话，也就是这丁点的事。

今年月子过生日，我未能和她见面。在她过中秋明月生日之际，我把宗达的兔子图送给她。我写了这些，只不过是记下备忘而已。

水月

某日，京子蓦地想到用手镜照一下自己的菜园子让丈夫看看。对于一直因病卧床不起的丈夫来说，即使这是一桩区区小事，也仿佛掀开了新生活的一页。因此，此举决不能说是“区区小事”。

这面手镜，是京子陪嫁家具化妆镜台上的附件。镜台虽然不大，却是用桑木制造的，手镜的把儿，也是桑木制的。曾记得在新婚的日子里，有一回，由于自己想瞧瞧脑后的发髻，用手镜和镜台对照着看，谁知袖口滑落下来，露出了胳膊肘，使京子顿感羞臊至极的，就是这面手镜啊！

曾记得，还有一回沐浴过后，丈夫把手镜抢了过去，说：“你真是笨手笨脚呀！照哪儿，我给你拿着吧。”说着从各个角度替京子把她的后脖颈映到镜台的镜面上去，丈夫自己似乎也引以为豪，乐滋滋的。看来，从镜子里有时也会发现以往未曾发现过的东西。其实京子的手脚并非不灵巧，只因丈夫在身后端详着自己，她难免感到紧张。

此后没过多少岁月，镜台抽屉里那面手镜的桑木把儿还没有变色。然而，战争、避难、丈夫患重病等事态接连发生，待到京子初次想到用手镜把菜园子照给丈夫瞧瞧的时候，手镜的表面已模糊不清，手镜边缘也被脂粉末和灰尘弄脏了。当然，照人或物还是无妨的，倒不是京子不介意这些，而是实在没有精神去讲究这些了。从此以后，丈夫再也不让手镜离开枕边，缘于病中的无聊和病人特有的神经质，镜面和镜框边缘都被丈夫磨蹭得干净铮亮。镜面上早已不模糊了，可是京子还不断地看到丈夫呵气，擦了又擦。京子有时在想：那肉眼看不清的、镶嵌着镜面的边缘细缝里，准是布满结核菌吧。有时，京子给丈夫的头发涂抹上一点山茶油，梳拢一下，丈夫随即用手掌捋了捋发上的油，而后用它涂抹在手镜的桑木把上。相形之下，镜台的桑木座黯淡失色，而手镜的桑木把儿则铮亮闪光。

京子携带着这架镜台再婚了。

不过，那面手镜已放进前夫的棺木里火化了。代之以镰仓雕漆手镜，与镜台搭配。她没有把此事告诉再婚的丈夫。

前夫刚一咽气，立即按照老规矩办理丧事，人们把死者的双手合拢，让其手指交叉扣紧，因此即使入殓后，也无法让死者手持手镜，最终只好把手镜放在死者胸膛上了。

“你活着的时候，总说胸口疼，纵令是一面手镜，放在胸口上恐怕也很沉重吧。”京子暗自喃喃低语，随即把手镜挪到丈夫的腹部上。因为京子觉得手镜是他们两人婚姻生活中最珍贵的物件，所以一开始她就把它放在丈夫的胸膛上。她把手镜放入棺材的时候，也是极尽可能地避开丈夫的父母兄弟的视线，在手镜上放了一堆白菊花，因此谁也没有注意到这面手镜。在捡遗骨的时候，由于火化时的高温，镜面的玻璃完全熔化变形，其表面凹凸不平，鼓成厚厚的圆形，颜色也成了黑一块黄一块的。有人看到了，说：

“这是玻璃吧。它原本是什么东西呢？”

其实，是京子在手镜上，又放了另一面小镜子。那是洗脸用具包里装的狭长方形的小镜子。京子曾经梦想过新婚旅行时，这面小镜子说不定能派上用场。然而在战争中，新婚旅行的计划落空。因此前夫生前旅行时一次也没有用过它。

京子和第二个丈夫做了新婚旅行。先前的洗脸用具包的皮套陈旧不堪，因此又买了一个新的。当然，包里也装有镜子。

新婚旅行的头天，丈夫抚摸着京子的手说：

"你简直像个姑娘呀！真可怜！"

他的话音里，丝毫没有挖苦的语气，毋宁说似乎还包含着某种出乎意料的喜悦。从第二任丈夫的角度来说，也许京子越接近于处女越好吧。然而，京子听了他这简短的话语，猛然感到有一股剧烈的悲伤情思袭击过来，这股难以名状的悲伤促使她泪如潮涌，畏缩着身子。也许丈夫会认为她这种状态也是一种近乎处女的流露呢。

京子甚至不知道自己究竟是在哭自己呢，还是在为死去的前夫伤心哀泣。实际上感情这种东西也确实很难分得清。当意识到这点的时候，她觉得太对不起新夫婿了，应该更温柔妩媚地对待他才是。

"不一样呀！差别就那么大吗？"后来京子如斯说。话音刚落，她又觉得此话似乎说得不得体，不禁羞得满面通红。她丈夫似乎颇感满意地说：

"你也没有怀过孩子。"

这句话又刺痛了京子的心窝。

接受和前夫迥然不同的另一个男人的爱抚，毋宁说让京子感到一种被人玩弄般的屈辱。她仿佛存心反抗似的，只回答了一句：

"不过，看护一个病人，宛如呵护怀里的一个孩子啊！"

长期患病的前夫即使辞世以后，还是让京子觉得他依旧活像她怀里的孩子。

然而，她心想，早知他反正都会死，以往那样严格禁欲又有什么用呢。

“森这个村镇，过去我只是在乘坐上越线火车时从车窗里瞥见过……”

新夫婿提到京子故乡的村镇名字，说着又将她搂到近身。

“的确名副其实，村镇果然是在森林的环绕中，不愧是个美丽的乡村啊。你在故乡待到多大？”

“一直待到女子中学毕业，然后被征到三条的军需工厂去劳动……”

“不错，你的故乡距三条很近。常言道，越后的三条出美女。怪不得京子的肌肤如此细嫩漂亮。”

“并不漂亮呀。”京子说着将手放在胸襟上。

“因为手足都很细嫩漂亮，所以我想身体肯定也是很细嫩漂亮的。”

“哪儿的话。”

京子觉得把手放在胸襟上还是碍事，于是悄悄挪开。

“就算京子你有孩子，我想我也会和你结婚的。可以把孩子领来，好好地呵护嘛。倘若是个女孩那就更好了。”丈夫在京子耳边悄悄说。大概因为丈夫有一个儿子，所以才这样说吧。这句话即使作为爱情的表白，京子听起来也觉得怪别扭的。但是，丈夫和京子进行这连续十天的新婚旅行，也许是因为他自家已有个孩子，才这么体贴照顾吧。

丈夫有一个似乎是用高级皮革制的旅行用的洗脸工具包。这洗脸工具包和京子的无法比较。它又大又结实，但物件并不新。可能由于丈夫外出旅行次数多的缘故，或是勤于收拾的关系，物件的表面已呈现陈旧的光泽。它使京子想起自己那个陈旧得发霉了的洗脸工具包，自己终于一次也没有用过它。尽管如此，唯有内里装的小镜子，算是给前夫用了，让小镜子陪伴着前夫到另一个世界去了。

放在手镜上的那小片玻璃被火化，粘在手镜面上，除了京子之外，似乎无人知道这原来是两件东西。这奇怪的玻璃球团原来是一大一小两面镜子熔化成的。京子也没有吭声，因此难以设想在场的亲属能否猜得出来。

然而，京子着实感到这两面镜子所映现过的诸多世界，似乎都被残酷地烧成灰烬了。如同前夫的尸骸化成灰一样荡然无存了。最初，京子就是用镜台所附的那面手镜，把菜园子照给丈夫看的，打那以后，丈夫再也不让这面手镜离开他的枕边，然而手镜的分量对病人来说似乎也过于沉重，京子不能不保护丈夫的胳膊和肩膀，所以又把另一面分量较轻的小镜子递给了丈夫。

丈夫只要一息尚存，这两面镜子里所映现的光景绝不仅仅是京子的菜园子，镜子里映现过天空、云彩、雪花，映现过远方的山峦和近处的森林，也映现过月亮，还在镜子里观赏过野花和飞鸟。还看到人从镜中的道路上通过，孩子们在镜中的庭院里戏耍。

在小小的镜子里所看到的世界是那么广袤辽阔、丰富多彩，京子对此也不免感到惊讶。以往，把镜子只当作照人容貌和风姿的化妆工具，更不用说手镜之类，充其量也不过是照照后脑勺和后脖颈罢了。未曾想到镜子对病人来说，竟成了新的自然界和人生。京子在丈夫的枕旁落座，和丈夫一起照镜子，共叙镜中所映现的世界。如此这般度日，日子久了，连京子自己也逐渐分不清哪个是肉眼所见的世界，哪个是镜中映现的世界，仿佛原本就有两个分别不同的世界，甚至感到镜子里能创造出新的世界来，镜子里的世界才是真实的世界似的。

“镜子里的天空闪烁着银色的光芒呀！”京子说。于是，她抬头望了望窗外，“可是天空却是一片灰色，阴沉沉的……”

镜子里的天空没有映现出那种阴沉沉令人郁闷的氛围，确实是明亮的。

“那是因为你把镜面擦得太干净的缘故吧。”

尽管丈夫卧床不起，但只需转动一下脖子，就能看见天空。

“是啊！真是灰蒙蒙的。但是，对于同一种天色，人眼所见的天色，同诸如狗眼或者麻雀眼所见的天色，未必一样吧。真不知道究竟哪方的眼睛所见的才是真实的天色呢。”

“镜子里的，也许叫镜子眼？”京子很想再添上一句“那就是我们两人爱情的眼睛”。

镜子里树林的绿色好像也比实际的水灵，百合花的洁白也比实际的鲜艳优美。

“这是京子的大拇指指纹吧。右手的……”丈夫指着镜子的边缘让京子看。不知怎的，京子吓了一跳，她冲着镜子吹了口气，把指印揩拭掉。

“没关系嘛。初次给我照菜园子的时候，京子的指纹也留在手镜上了呀。”

“我丝毫没有察觉啊！”

“京子可能没有觉察吧。多亏这面镜子的帮忙，我把京子的大拇指和食指的指纹全都记住了。能把自己妻子的指纹都记住的，恐怕得数长期卧床不起的病人了吧。”

丈夫和京子结婚之后，除了患病之外，不能不说什么也没有做。甚至在那种战争时期，他连仗都没有去打过。在战争快要结束的时候，丈夫虽曾应征入伍，但只在飞机场当了几天苦力就累垮了，战败后旋即回家来。由于当时丈夫已经不能行动，京子和丈夫的兄长一起去迎接他。当丈夫名义上应征入伍之后，京子遂投靠娘家，避难到乡下去。丈夫和京子新婚的家什，在这之前，大部分都已先行运到乡下的娘家去了。京子新婚的家被战火烧毁后，他们借了京子朋友家的一间房子住下，丈夫每天就从这里去上班。细算起来，在新婚的家里住了一个多月、在朋友家里住了约莫两个月，也就是说京子婚后和没有生病的丈夫一起生活，就只有这么丁点短暂的日月。

丈夫在高原地带租了一所小房子，开始过疗养生活。这所房子原先住着一户避难到乡下来的人家，战争结束后他们又搬回东京了。京子承接了这个避难者种植的菜园子。这个菜园子也不过就是在杂草丛生的庭院里，开辟出一块约莫五米见方的土地。

其实，住在乡村里，两个人所需要的菜量并非买不到，但是，以当时的状况来说，难得开辟出来的这块菜地，实在舍不得让它荒废掉，于是京子每天就到院子里耕耘。京子逐渐对自己亲手栽培的蔬菜产生兴趣。这倒不是想要离开病人。但是，总在病人身旁或缝衣服或织毛线衣，难免令人情绪低落。同样是惦挂着丈夫，干种菜的活的时候，惦挂的心情是明亮开朗、充满希望的。京子天真地为了沉浸在丈夫的爱情中，才到菜园子里劳动。至于读书嘛，也是在丈夫的枕边朗读给他听就足够了。也许是看护病人过于疲劳的缘故，京子不时感到自己在诸多方面空虚失落，但是在菜园子里干起农活来，她仿佛感到精神得以恢复振作起来。

搬迁到高原地带来，时值九月中旬，避暑客们都返回城市了。初秋季节阴雨连绵，在微寒中雨水滴沥下个不停。一天日暮之前，天空蓦地放晴，传来小鸟清澄嘹亮的鸣啭声，京子来到阳光灿烂的菜园里，看到绿油油的青菜在闪闪放光。远方天际飘浮的桃色彩云也令京子陶醉。丈夫的呼唤声令她手忙脚乱，顾不上清理满手泥土，赶忙奔上二楼，只见丈夫在痛苦地喘气。

"那么使劲地呼唤你，也听不见吗？"

"对不起，没有听见。"

"不要干菜地活儿啦！那么使劲，再呼唤上五天，恐怕人都会喊死了。首先，京子在那边做些什么，我见都没见着啊！"

"就在庭院里嘛。不过，我不再干菜地活儿啦。"

丈夫情绪镇定了下来，说：

"煤山雀在啁啾鸣啭呢，听见了吗？"

丈夫呼唤京子，就为说这句话。他的话音刚落，煤山雀又在近处的树林子里鸣啭了。在夕阳的辉映下，那片树林清晰可见。京子从而记住了煤山雀的鸣啭声。

"你手头上倘若有个铃铛之类的器具，就方便啦！在购置铃铛之前，先给你枕边放个可供投掷的东西，你意下如何？"

"从二楼上也可以扔饭碗吗？这倒蛮有意思的啊。"

这样一来，丈夫的意思似乎是，京子接着干菜地活儿也无妨。可是京子想起要用手镜把菜园子照给丈夫瞧瞧的时候，早已是度过高原地带酷寒漫长的严冬，春到人间的季节了。

尽管是从一面镜子里观看世象，但也足以令病人感到新绿复苏的世界是多么令人欢欣鼓舞。京子在菜园里捉菜虫子，这小虫子毕竟照不到镜子里去，京子只得把虫子拿到二楼上去给丈夫看。有一回，京子正在挖土的时候，丈夫说：

"镜子里也能看到蚯蚓呢。"

有时候，在夕阳西沉的时间里，菜园子里的京子会忽然感到射来一道亮光，她朝二楼仰望，就会看到丈夫手持镜子，正在反射阳光来照她。丈夫让京子将他学生时代穿的藏青底碎白花纹布衣服，改制成她的劳动裙裤，丈夫在镜子里看见京子穿着这条劳动裙裤，在菜园子忙着干农活的情景，心里似乎不胜愉快。

京子知道丈夫正在镜子里端详着她，她一半意识到这点，一半似乎又忘却这一切似的在菜园子里劳动。她回想起新婚当初，自己曾因手持镜子照看自己的当儿，袖口滑落露出胳膊肘，深感腼腆的情景，当时的情景与如今的境况两相对照，事态的变化多么大啊！京子沉湎在温馨的幸福感中。

然而，虽说使用两面镜子合起来照，细腻地化妆，不过毕竟时值战败后不久，哪里还有什么闲心涂脂抹粉呢。后来又是看护病人，接着又是为丈夫居丧，哪儿还谈得上什么化妆。京子真正能称心如意地化妆，还是她再婚之后的事。京子自己也知道，人一经打扮，显得美丽多了。她逐渐感到和现在的丈夫在新婚旅行的头一天，丈夫说她肌肤细嫩漂亮，这句话是真实的。

沐浴过后，即使自己的肌肤被镜台映照出来，京子也不再感到害羞了。她看到了自己的美。然而，对于镜中呈现的美，京子从前夫那里领会到与别人迥然不同的感情。这种感情直到现在也没有消失。这并不是说她不相信镜子里映现出来的美。毋宁说相反，她确信镜子里无疑存在着另一个世界。尽管在手镜里，灰色的天空会变成闪光的银色，在肉眼目睹的肌肤和镜台上的镜子里映现的肌肤之间，就没有这种区别。这也许不只是距离不同的缘故。里面说不定还有卧床不起的前夫的渴望与憧憬在起作用呢。这样看来，往昔身处二楼的前夫的手镜里所映现出的，菜园子里京子的姿影，究竟有多么美丽，事到如今就连京子自身都无从知晓。就算是在前夫还活着的时候，京子自己也是不知道的啊！

前夫辞世前手持的镜子里映现的她在菜园子里耕耘的身影，还有在这面镜子里映现的其他，诸如鸭跖草花朵的浅蓝、百合花的洁白、村子里成群的孩子们在原野上戏耍、远方雪山上冉冉升起的朝阳，这一切都与前夫在另一个世界里。与其说京子缅怀，不如说她憧憬这一切。京子照顾到现任丈夫的情绪，极力按捺住心中日渐形成的这种鲜活的渴望，努力把它当作一种对神的世界的遥远的瞻望。

五月里的某日清晨，京子从无线电广播里听到了野鸟的啁啾鸣啭声。那是山间的现场录音广播，该现场距她前夫生前生活过的高原地带很近。京子关照并送走现任丈夫去上班之后，把镜台抽屉里的手镜拿出来，照照晴空万里的天空，然后又看看映现在手镜里的自己的面影，发现了一种奇怪的现象。自己的脸庞不照镜子就看不到。唯有自己的脸是自己看不到的。自己仿佛相信镜子里映现的脸，才是肉眼直接看到的自己的脸，每天都在拇饬打扮。造化把人造成看不到自己的脸，这里面究竟包含着什么意思呢？京子凝神寻思了一会儿。

“倘若看到自己的脸，难道人就会发疯吗？难道就会什么也干不成吗？”

京子接着又想，不过，大概是由于人类逐渐进化的结果，才使人慢慢演变成看不到自己面庞的形状吧。蜻蜓或螳螂等动物，说不定能看到自己的脸呢。

最属于自己的部件的脸，仿佛成了供他人观看的东西。这点难道与爱情相似吗？

京子一边把手镜归置到镜台的抽屉里，一边注意到镰仓雕漆的手镜和用桑木制造的镜台很不般配。先前的手镜给前夫做陪葬品火化了，余下的镜台只得成为“不配套”的单件物了。不过，回想起来，将那面手镜和另一面小镜子交给卧床不起的丈夫，的确是一利一弊。因为丈夫也经常用镜子照自己的脸。镜子里映现的病人的脸不断受到病情恶化的威胁，这难道不是形同面对死神的面孔吗？倘若这是一种用镜子进行的心理性的自杀行为，那么京子就成了犯下心理性杀人罪的人。当京子意识到这一弊病，想从丈夫那里拿回镜子的时候，丈夫自然再也不肯撒手。

“难道你想让我什么也看不到吗？我要在一息尚存期间，爱我所看到的东西啊！”丈夫说。也许丈夫就是为了让镜中的世界存在下去，才牺牲了他自己的生命呢。在大雨滂沱过后，丈夫曾用镜子照过那倒映在庭院积水里的月亮，欣赏那样的月色。那样的月色也可以称得上是倒映中的水月影像，当时的水月光景，至今依然清晰地浮现在京子的心底。

“健全的爱，只能寓于健全人的心中啊！”后任丈夫对京子说。当然，京子腼腆地点了点头，但内心尚有些不以为然之处。丈夫刚死的时候，京子曾暗自想过：和患病的丈夫坚持严格的禁欲生活，究竟有什么用呢？但是过了一阵子，这种严格的禁欲生活就成了缠绵苦恼的爱的回忆，而在沉湎于这种回忆的日日月月里，京子感到内心充满了爱的情思，接着她也不后悔了。在这点上，京子觉得后夫是不是把女人的爱看得过于简单了呢?!

“你是个温文尔雅的君子，怎么就同妻子分手了呢？”京子曾向后夫探寻过这个问题。丈夫没有回答。由于京子前夫的哥哥屡屡劝说京子再婚，她才同这位后夫结婚的。婚前这两人交往了四个多月。他们的年龄相差十五岁。

京子怀孕了。她惶恐得甚至容貌都变了。

“可怕呀！真可怕！”京子依偎在丈夫的怀里说。她害喜反应很厉害，闹得精神都有些失常。有时候，她光着脚丫下到庭院里，去揪松树叶。当前妻留下的男孩上学去时，有时候她还会递给孩子两份盒饭。两个饭盒里都装着米饭。有时候，她忽然觉得自己的眼睛能透视，能望见放在镜台抽屉里的镰仓雕漆手镜似的，从而双眼发直。有时她半夜惊醒，坐在被子上俯视酣睡中的丈夫的面容，蓦地觉得：人的生命是多么脆弱呀！一阵莫名的恐惧感向她袭击过来，她解开睡衣的带子，无意识地模仿勒紧丈夫脖子的动作。忽然间，京子哇的一声放声痛哭起来。丈夫惊醒了，和蔼可亲地将睡衣带子给她系好。尽管时令是仲夏之夜，京子却冷得发抖。

“京子，要信任腹中的胎儿啊！”丈夫摇晃着京子的肩膀说。

医生劝说京子住院。京子起初很不情愿，但终于还是被说服了。

“即将要住院了，那么在住院前，希望给我两三天时间，回一趟娘家吧。”京子说。

丈夫送京子回娘家来了。第二天，京子独自从娘家溜出来，前往和前夫一起生活过的高原地带去。时值九月初旬，距当年她和前夫一起搬到此地来的日子，约莫早十天左右。京子在火车上也感到恶心想吐，头晕眼花，仿佛要从火车上跳下去似的不安。但是，从高原车站出来，接触到新鲜清爽的空气之后，她顿觉轻松痛快多了。活像附在身上的妖魔被驱走，整个人苏醒过来似的。京子也觉得不可思议，伫立在那里，环顾群山叠嶂围绕着高原的景象。那微带蓝色的青翠山峦的轮廓，在苍穹的映衬下清晰可见，京子感受到活生生的世界的氛围。她一边揩拭那噙着热泪的眼角，一边朝向早先住过的房屋迈步。当年那里是一片桃红色的斜阳夕照映衬下的树林，今天从这片树林里也传来了煤山雀的啁啾鸣啭声。

原先的房屋里，现在住着人家。二楼的窗子悬挂着洁白的纱窗帘。京子没有靠得太近，就在远处一边眺望，一边喃喃自语：

“倘若生下来的孩子像你，那怎么办啊！”

蓦地冒出的这句话，连京子自己都感到震惊。不过，她还是带着温馨平和的心情，向原路折回去。

一只胳膊

“我可以把一只胳膊借给你一个晚上。”姑娘说。于是，她用左手从肩膀上将右胳膊卸了下来，放在我的膝头上。

“谢谢！”我望了望膝部，姑娘右胳膊的温馨传到了我的膝上。

“哦！我给它戴上戒指。标志着它是我的胳膊呀！”姑娘笑眯眯地在我的胸前扬起左手，“拜托了……”

只剩下左胳膊的姑娘，难以把戒指脱下来。

“那不是订婚戒指吗？”我说。

“不是，这是母亲的遗物。”

这是一只镶嵌着成排小钻石的白金戒指。

“也许您会以为这是我的订婚戒指，那也没有关系，就给它戴上了。”姑娘说，“一旦把它戴在手指上，脱掉它，就好像是离开了母亲，会感到寂寞的。”

我从姑娘的手指上把戒指脱了下来，然后将放在我膝上的姑娘的胳膊竖起来，一边将那只戒指戴在它的无名指上，一边问道：“戴在这只手指上好吗？”

“好。”姑娘点了点头。“是啊，胳膊肘和手指关节如果不会弯曲，而是直挺挺的，那么难得您拿着它，也就像拿着假手，可没意思啦。我让它会活动吧。”姑娘说着从我手上把自己的右胳膊拿了过去，轻轻地吻了吻，而后又亲了亲它手指上的每个关节。

“这样它就会动了。”

“谢谢。”我把姑娘的一只胳膊接了过来，“这只胳膊也会说话吗？会和我说话吗？”

“胳膊嘛，只能做胳膊所能做的事。如果胳膊变成会说话的东西，把它还给我以后，我会很害怕的，不是吗？不过，您不妨试试……您对它体贴些，它也许能听懂您的话。”

“我会体贴它的。”

“去吧。”姑娘像改变了主意似的，她让我手中拿着的她的右胳膊，抚触她左手的手指，“只借今天一个晚上，你将成为这位先生的东西哟！”

于是姑娘望着我，她的眼睛，仿佛在抑制噙着的眼泪。

“您把它带回家以后，不妨把我的右胳膊同您的右胳膊调换一下……”姑娘说，“可以试试嘛。”

“啊！谢谢。”

我把姑娘的右胳膊藏在防雨外套里面，走在烟霭低垂的夜间大街上，心想：如果乘电车或出租车，一定会令人感到可疑。脱离了姑娘身体的胳膊万一抽泣起来，或喊出声来，可就热闹啦。

我用右手握住姑娘胳膊上端的圆头，让这只胳膊紧贴在我的左胸上。外面罩上一层防雨外套。可我还是不时得用左手去摸摸防雨外套，确认一下姑娘的胳膊是不是还在，不然就放心不下。或许这并不是确认姑娘的胳膊，而是在确认一下我的喜悦的动作吧。

姑娘从我喜好的地方，将自己的胳膊卸下来给了我。是胳膊的上端也罢，肩膀的一头也罢，这里有个软和的圆块。这是西方美丽的细长身材的姑娘所拥有的圆润，日本姑娘则罕见。这姑娘却拥有它。它像隐约闪烁着一种娇滴滴光彩的呈球形的东西，是一种清纯而优雅的圆润，姑娘一旦失去纯洁，这种圆润的可爱程度不久便黯然失色，整个松弛下来。对美丽姑娘的人生来说，它也是一种短暂的美的圆润。这个姑娘拥有这种美。从她肩膀这种可怜的圆润，可以感受到姑娘身体的可怜的一切。她胸脯的弧形并不大，一只手心完全能够容纳得下，有好像羞答答地吸住般的坚硬和柔软。我看到姑娘肩膀的弧形，也看见了姑娘走路的脚。姑娘走路，好像纤弱小鸟那轻盈的脚步，也好像蝴蝶在花丛中飞来飞去。在接吻的舌端上也有这样纤细的旋律吧。

这是穿无袖女装的季节，姑娘的肩膀方露了出来。那肌肤的颜色，明显说明它尚未习惯于接触空气。那是整个春季都隐藏不露的润泽，夏季凋零前的蓓蕾的光泽。这天早晨，我在花铺里买来了荷花玉兰的蓓蕾，把它插在玻璃花瓶里，姑娘肩膀的圆润，就像这荷花玉兰又白又大的蓓蕾。与其说姑娘的衣服无袖，不如说是袖子卷了上去。胳膊上端的肩膀露得恰到好处。丝绸衣服是蓝黑色的，光泽柔和。姑娘那连着圆润肩膀的脊背有些隆起。肩膀的弧形和脊背的隆起，画出了弛缓的波浪。从后面稍微斜斜望去，从肩膀的弧形沿着细长脖颈的肌肤，用梳拢上去的后项发画出鲜明的界限，黑发仿佛在肩膀的弧形上落下了光的投影。

姑娘似乎觉得我以为这是美的，所以才把右胳膊从肩膀的弧形处卸下来，借给了我。

我在外套内珍重地握住的姑娘的胳膊，比我的手还冰凉。我心潮澎湃，脸上发烧，手也是热乎乎的。可是，我却但愿这种火热不要传到姑娘的胳膊。我希望姑娘的胳膊保持姑娘原来那种微微的体温。再说手中这份微凉的感觉，把它本身那份可爱传给了我，仿佛未曾被人触摸过的乳房。

雨雾和夜间的烟霭越发浓重。我没戴帽子，头发被濡湿了。从关上正门的药铺深处传来了广播声：现在有三架客机，由于烟雾浓重，不能着陆，在机场上空盘旋了三十分钟。广播接着又敦促各家庭注意：这样的夜晚，由于潮湿，钟表可能会走乱。又说，在这样的夜晚，由于气温的关系，如果把钟表的链条上得太足，很容易断。我抬头仰望天空，心想，说不定能看到盘旋的飞机的灯光呢。但却看不见。上空，飞机渺无踪影。连我的耳朵也钻进了低垂的潮气，仿佛发出了类似无数蚯蚓向远处爬行时的蔫呼呼的声响。我想，广播大概又在给收听者提出什么警告吧。于是我在药铺前停下来，可听见广播说动物园的狮子、老虎、豹等猛兽厌恶潮气而吼叫不停的时候，就觉得动物的吼啸声，仿佛地盘鸣动般滚滚而来。后来广播说，这样的夜晚，请孕妇和厌世家们早点就寝，安静地休息吧。还说这样的夜晚，妇女把香水直接抹在肌肤上，香味就会渗到肌肤里，抹也抹不掉。

听见猛兽的吼叫声时，我已从药铺门前走开了，可是甚至连香水都提醒人们注意的广播，却追赶着我。成群猛兽愤怒的吼声，威胁着我，我想姑娘的胳膊是否也感到害怕了呢？因此我才离开了药铺的广播声，寻思着姑娘既非孕妇，也不是厌世家，她不过是给我借了一只胳膊，只剩下一只胳膊而已。今晚，恐怕还是像广播所提醒的那样，还是静静地躺在床上吧。但愿一只胳膊的母体——姑娘能安稳地睡个好觉。

横穿马路的时候，我从防雨外套外面用左手按住了姑娘的胳膊。

汽车的喇叭声响了。侧腹有东西在动，我身子扭动了一下。姑娘的胳膊大概是害怕喇叭声吧，它把手攥得紧紧的。

“别害怕。”我说，“汽车还远着呢。由于能见度差，所以才鸣喇叭的。”

我怀里揣着珍贵的东西，看好了马路的前前后后才横穿过去。那喇叭声当然不是因我而鸣，我朝着来车的方向望去，却不见人影。看不见车，只瞧见车的前灯。灯光朦胧扩散，呈浅紫色。这种车前灯的色彩难得见到，我穿过了马路，就驻步望着奔驰而过的汽车。只见一个身穿朱红色衣服的女子在驾驶。女子似乎冲着我点了点头。我蓦地想道：莫非是姑娘前来取回她的右胳膊？我背过身去，企图逃跑。可转念又想，她单凭左胳膊是不可能驾车的。但是，莫非驾车的女子看穿了我怀里揣着姑娘的一只胳膊？这是姑娘的胳膊与同性女子本能的直觉。我捉摸着，在回到自己房间以前，得注意不要再碰上女子。女子那辆车的车后灯也是浅紫色的。还是看不见车身，只见浅紫色的光在灰色的烟霭中模糊地浮现，远去了。

“莫非是那个女子漫无目的地开车，只为开车而开车，在开车的过程中，整个踪影消失了……”我独自嘟哝道，“女子后面的车厢座席上，是不是坐着什么东西呢？”

好像又没有什么东西坐着。没有什么东西坐着，我却反而感到毛骨悚然，这是不是由于我怀揣的姑娘的一只胳膊在作怪呢？这潮乎乎的夜晚的烟霭也乘坐了那女子的车子。而且女子的某种东西使车灯照射到的烟霭变成了浅紫色。如果说女子的身体不可能发出紫色的光，那么又是什么东西使然呢？这不禁使我感到在这样的夜里，独自开车奔驰的年轻女子是虚无缥缈的，难道也是我藏着的姑娘的胳膊在作怪？女子是不是从车厢里向姑娘的一只胳膊点了点头呢？

说不定在这样的夜间，有天使或妖精四处巡逻，护卫着女性的安全呢。也许那年轻女子不是在乘车，而是在乘坐紫光呢。这绝不是虚空的。她看穿了我的秘密。

不过此后我在路上没有遇见任何人，回到了公寓的门口。我止步观察了一下门扉内的动静。萤火虫在我头上飞过。我觉察到萤火未免太强烈，猛然后退了四五步。又看到有两三个萤火虫似的火星飞逝过去。那火星没等被浓重的烟霭吸掉，早早就消失了。是人魂还是鬼火般的什么东西抢在我前头，急切地盼着我回来？但是我很快就明白过来，那是成群的小飞蛾。原来是门口的灯光照射在飞蛾翅膀上的反光，看上去恍若萤火虫的光。虽然它比萤火虫大，但是令人错以为是萤火虫，可见它作为飞蛾是太小了。

我避开了自动电梯，从狭窄的楼梯悄悄地登上了三楼。并非左撇子的我，依然让右手放在防雨外套里面，用左手去开门，动作很不习惯。心里越着急，手指尖就越哆嗦。心想，这样哆嗦岂不像犯了罪吗？我觉得房间里仿佛有什么东西。虽然这总是我孤独的房间，但是所谓孤独，不正意味着有什么东西在吗？今天晚上，我同姑娘的一只胳膊回来，一反往常，我不孤独了，但是这样一来，我那充满整个房间的孤独就威胁着我。

“你先进去吧。”说着，我好不容易才把房门打开，然后从外套里把姑娘的一只胳膊掏了出来。

“欢迎你来啊。这是我的房间。我给你开灯。”

“您是不是在害怕什么东西？”姑娘的胳膊似乎在说，“是不是有人在？”

“什么？你是不是觉得房间里有什么东西？”

“有一股气味呀。”

“气味吗？大概是我的气味吧。莫非是我那硕大的影子模模糊糊地站在黑暗处，那你好生地看看呀。也许是我的影子在等着我回来吧。”

“是一股香甜味儿。”

“哦，那是荷花玉兰的香味嘛。”我开朗地说，心想，好在不是由于我的不净发出潮湿的孤独的气味。多亏我预先插上了荷花玉兰的蓓蕾，迎接这位可怜的客人。我的眼睛多少习惯黑暗了。就是在漆黑处，我凭着每晚熟悉的动作，便知道在哪里有什么。

“让我来开灯吧。”姑娘的胳膊说了一句意想不到的话，“这房间我是第一次来呀。”

“好，那太好了。除了我没有任何人给这个房间开过灯，这是破天荒头一回。”

我手持姑娘的一只胳膊，让这只胳膊的指尖能够得着门扉旁的电灯开关。天花板下、桌子上、床头的枕边、厨房、卫生间五处的电灯同时都亮了。我的眼睛新鲜地感觉到房间的电灯从未这么明亮过。

玻璃花瓶里插着的荷花玉兰盛开大朵的花。今早它还是蓓蕾呢。刚绽开不久，可花蕊却已散落在桌子上。这点使我感到不可思议，我没有注视白花，却凝视着凋零的花蕊。我一根根地把撒落的花蕊捡起来，凝视着它。放在桌子上的姑娘的胳膊，像尺蠖般一伸一缩地把手指活动开，拾拢了花蕊。我把姑娘手中的花蕊接过来，站起身，把它扔在废纸篓里。

“浓烈的花香渗进肌肤里啦。请帮帮我……”姑娘的胳膊呼唤我。

“啊！到这儿来一路上让你受委屈了，累了吧。请安静地休息一会儿。”我在床上把姑娘的胳膊放平，在它的旁边坐下来，温存地抚摸了姑娘的胳膊。

“很漂亮，我真高兴呀！”

姑娘的胳膊所说的漂亮，大概是指床单吧。床单是浅蓝色的底子，上面带有三色花样。对于孤独的男子来说，也许这过于花哨了吧。

“今晚我睡在这上面歇宿吧，我会很老实的。”

“是吗？”

“让我贴近您，您身边好像没有什么人嘛。”

于是姑娘的手轻轻地握住我的手。我看到姑娘的指甲修剪得非常漂亮，还涂上淡红色的指甲油。指甲长长了，比指尖还长得多。

姑娘的指甲一挨近我，我那又短又宽、又厚又可怕的指甲就显得不像是人的指甲，而它呈现出一种不可思议的形状美。女人连这样的指尖也要超越于人吗？抑或是企图追求女人本身呢？虽然平时脑子里也曾浮现过诸如内侧斜纹闪光的贝壳、妩媚飘逸的花瓣等平庸的形容词，但是此时此刻，面对姑娘的指甲，我脑子里的确没有浮现出类似色泽和形状的贝壳或花瓣，姑娘的手指甲就只能是姑娘的手指甲。看起来这指甲比又脆又小的贝壳和又薄又小的花瓣，显得更加透明清澈，首先令人感到是一种悲剧的眼泪。姑娘每日每夜真诚地磨炼着女人的悲剧之美。它渗透到我的孤独里。也许是我的孤独滴落在姑娘的指甲上，成为悲剧的眼泪。

我把姑娘的小指头放在没有被姑娘的手握住的、我另一只手的食指上，用拇指肚儿一边抚摩这细长的指甲，一边看得出神。不知什么时候我的食指已藏到姑娘的指甲檐下，触到了姑娘的小指尖。姑娘的手指一哆嗦，就抽缩了。胳膊肘也弯曲了。

“啊，痒痒吗？”我对姑娘的一只胳膊说，“是痒吧。”

我终于说出了这么一句轻浮的话。我毫无保留地告诉了姑娘的一只胳膊：留长指甲的女人的指尖发痒，这是我知道的。就是说除了这个姑娘之外，我还熟悉很多别的女人。

我曾听一位女人说过，藏在这样的指甲下的手指尖会发痒。要说她比借我这只胳膊一个晚上的姑娘年纪更大，不如说她更习惯于男人。那女人说，因为习惯用长长的指甲尖触摸东西，而不用手指尖去触摸，所以一触碰到什么就会发痒。

“唔。”我对意想不到的发现感到吃惊。

女人接着说：“即使做吃的，或吃东西，只要手指尖一触摸到，就会感到，啊，不干净！让人浑身发抖。是这样的呀，真的……”

所谓不干净，是说食品不干净呢，还是说指甲尖不干净？恐怕是什么东西一触到手指尖，女人就会感到不干净而发抖吧。女人纯洁而悲伤的眼泪，在手指尖上留下了一滴，受到长指甲的庇护。

我已经不想再触摸女人的手指尖了，虽然诱惑是自然的，但是我再也不要了。我自身的孤独拒绝了它。她似乎是这样一个女人：纵令触摸她身体的任何部分，她也几乎感觉不到痒。

借给我一只胳膊的姑娘，她身上大概有许多地方一旦被触摸，就会感到痒吧。纵令使这样的姑娘的手指尖感到痒，我也不认为是罪恶，也许会认为是嬉闹。不过，姑娘大概不是为了让我恶作剧才把一只胳膊借给我吧，我可不应该演喜剧呀。

“开着窗呢。”我觉察到了。玻璃窗掩闭着，窗帘却是敞开的。

“有什么东西在偷看吗？”姑娘的一只胳膊说。

“如果说偷看，那就是人啰。”

“即使有人偷看，也看不见我的。如果说真有人在偷看，那么就是您自己吧。”

“自己？所谓自己是什么意思，自己在哪里呢？”

“自己在远处呗！”姑娘的一只胳膊像一首抚慰的歌，“人为了寻求远处的自己才向前走去的啊。”

“能走到吗？”

“自己是在远处的呀。”姑娘的胳膊重复了一句。

我蓦地感到这只胳膊同其母体——姑娘，仿佛在无限遥远的地方。这只胳膊果真能回到它那远方的母体处吗？我果真能走到遥远的姑娘处，把这只胳膊还给她吗？姑娘的一只胳膊信赖我，似乎很安详。作为母体的姑娘也信任我，此刻她是不是已经安静地进入梦乡了呢？会不会由于没有了右胳膊而产生不协调感，或者做噩梦呢？姑娘同右胳膊分别的时候，眼睛里好像噙满泪水，不是吗？眼下一只胳膊来到了我的房间，可是姑娘却未曾来过。

窗玻璃被潮气濡湿，变得模糊不清，活像蒙上了一张癞蛤蟆的肚皮。烟霭仿佛把毛毛细雨堵在空中让它静止似的，窗外之夜失去了距离，被笼罩在无限的距离中。看不见房屋的屋顶，也听不见汽车的喇叭声。

“我来把窗关上。”我想把窗帘拉上，窗帘也是潮湿的。

我的脸映在窗玻璃上。看上去它比我平日的那张脸要年轻。然而，我拉窗帘的手没有停住。我的脸消失了。

那时候，在某饭店看到的九层客房的窗户，蓦地在我心头浮现。有两个身穿下摆张开的红衣服的小女孩在爬窗嬉戏。她们穿一样的衣服，模样也相似，也许是孪生姐妹。是西方人的孩子。两个小女孩时而用她们的小拳头敲打着窗玻璃，时而用她们的肩膀去碰撞窗玻璃，时而又互相推来推去。她们的母亲背向窗户，在编织毛线衣。窗户的一面大玻璃万一破碎或者脱落，小女孩从九层上掉落下来，必死无疑。我觉着危险，两个孩子和她们的母亲却全然没有这方面的心思。因为结实的窗玻璃是没有危险的。

我把窗帘拉到尽头，回转身来，姑娘的一只胳膊从床上说：“真漂亮啊。”因为窗帘与床罩都是相同花色的布料做的吧。

“是吗？太阳晒得都褪了色。已经很旧啦。”我坐到床上，把姑娘的一只胳膊放在膝上，“漂亮的是它啊。再没有比这更漂亮的了。”

于是，我用右手同姑娘的掌心相互握紧，用左手拿住姑娘胳膊的最上端，慢慢地将这只胳膊肘弯曲又伸张，反复地做着这个动作。

“您是个淘气的孩子啊！”姑娘的一只胳膊似乎温柔地微笑着说，“这样做，您觉得很有意思吗？”

“哪儿是什么淘气，也不是什么有意思。”真的，姑娘的胳膊浮现出微笑，这微笑仿佛一道光束，在胳膊的肌肤上飘流着，恍如姑娘脸颊上水灵灵的微笑一样。

我一看就知道了。姑娘曾经把双肘支在桌子上，将下巴颏轻轻地落在交叉着手指的双手上。作为一个年轻姑娘来说，这不是一种优美的姿势，不过在遣词上使用了诸如支啦交叉这类不合适的词，那是一种轻盈的可爱劲儿。从胳膊最上端的弧形到手指、下巴颏、脸颊、耳朵、细长的脖颈，甚至到头发，形成一个整体，是一首美妙乐曲的和声。姑娘熟练地使用着刀叉，握刀叉的食指和小指保持着弯曲的模样，偶尔无意识地往上一抬。她把食物送入小嘴里，咀嚼咽下，这动作也令人感觉不到是一般人在吃东西。她的手、脸和咽喉演奏出一首可爱的乐曲。姑娘的微笑也流动在胳膊的肌肤上。

我之所以看到姑娘的一只胳膊在微笑，那是因为在我使她的胳膊肘时而弯曲时而伸开的过程中，姑娘那又细又结实的胳膊的肌肉，随着呼吸的节奏泛起了微妙的波浪，微妙的亮光和阴影在胳膊白皙而润滑的肌肤上流动。刚才，我的手指触到姑娘那长指甲阴影下的指尖，姑娘的胳膊蓦地将胳膊肘弯曲收缩，那胳膊上的光闪闪烁烁地流动着，照射了我的眼睛。因此我才试着把姑娘的胳膊肘弯了弯，绝非恶作剧。即使我停住了手，不再弯曲姑娘的胳膊肘，让它一直伸开放在我膝上观赏，姑娘的胳膊上也依然有一种纯真的光和影。

“既然提到有意思的恶作剧，她倒是说过把你同我的右胳膊调换一下也是可以的，你是得到允许才来的，知道吗？”我说。

“我知道。”姑娘的右胳膊答道。

“可见我并非恶作剧，我总有点害怕。”

“是吗？”

“这样做行吗？”

“可以呀。”

“……”我把姑娘胳膊的声音听成了哎呀声，“你是说‘可以’吗？再说一次……”

“可以呀，可以。”

我想起来了。这声音很像决心委身于我的某位姑娘的声音。那姑娘的长相没有这个借一只胳膊给我的姑娘标致，也许还有点异常。

“可以呀。”那姑娘一直睁开眼睛凝视着我。我抚触姑娘的上眼皮，试图让她的眼睛闭上。姑娘用颤抖的声音说：

“耶稣哭了。犹太人就说：你看他爱她是何等恳切。”

“……”

“她”是“他”之误。这是死去的拉撒路的事。身为女人的姑娘，不知是错把“他”记成是“她”呢，还是明知却故意说成是“她”呢？

我对姑娘在这种场合不应有的唐突而奇怪的语言感到惊愕。我屏住呼吸望着姑娘，泪珠会不会从姑娘合上的眼皮下流出来呢？！

姑娘睁开眼睛，挺起了胸脯。我的胳膊撞到了她的胸脯。

“好疼呀。”姑娘把手移到后脑，“好疼啊。”

白色的枕头上沾上了小星点血。我用手拨开姑娘的头发，轻轻抚摩了她的头，吻了吻鼓起的血滴流淌着的地方。

“没关系的，轻轻一碰也会出血的。”姑娘把发卡全摘了下来。原来是发卡扎了她的头。

姑娘的肩膀又在颤抖，可是她强忍住了。

我虽然明白女人欲委身于我的心情，但我还有些地方不能理解。女人对委身这件事是怎么想的呢？为什么她自己希望这样做，或为什么她自己要主动委身于他人呢？即使我懂得女人身躯所有的部分都是为此而生成的，我也不能相信。即使到了这把年纪，我也觉得这是极其不可思议的。再说，女人的身体和要委身于他人的想法，各自都不一样，确实也不一样。要说相似，倒也相似；要说相同，确也相同。难道这不也是莫大的不可思议吗？我的这种动辄感到不可思议的劲儿，也许是一种远比年龄更为幼稚的憧憬，也许是一种比年龄更为老耄的失望。难道这不是一种心灵上的残疾吗？

像这个姑娘那样的痛苦，并不是所有委身于人的女人经常有的。即使是这个姑娘本人，也只是那时有这么一回。银带断，金盘碎了。

“可以啊。”姑娘的一只胳膊说，这话声使我想起另一个姑娘，但是这只胳膊的声音同那个姑娘的声音果真相似吗？由于说的是同样的话，听起来不是很相似吗？即使说同样的话，唯独离开了母体前来的一只胳膊，和那个姑娘不一样，它是自由的，不是吗？再说这正是所说的委身，因此一只胳膊没有自制、没有责任，也没有悔恨，什么都能做，不是吗？但是，正如“可以啊”所说的，如果把姑娘的右胳膊同我的右胳膊互相调换的话，我想作为母体的姑娘可能会异常痛苦。

我继续凝视着姑娘的一只胳膊。胳膊肘的内侧隐约有亮光的影子，好像可以吸一吸。我把姑娘的胳膊微弯了弯，让光影储存下来，而后把它举到唇边吻了吻。

“痒痒啊，真淘气。”说着，姑娘的胳膊躲开嘴唇似的，搂住我的脖颈。

“我喝了好东西，可是……”我说。

“您喝了什么啦？”

“……”

“您喝了什么啦？”

“大概是吸入肌肤光的芳香吧。”

户外的烟霭越发浓重，好像连花瓶里的荷花玉兰的叶子都潮湿了。广播又在提醒人们注意什么了吧。我从床上站了起来，刚要走向放着小型收音机的桌子那边，却又没有迈步。同时我的脖颈被姑娘的一只胳膊搂住，听广播就多余了。但是，我觉得广播可能会这样说：性质恶劣的潮气濡湿了树枝、濡湿了小鸟的翅膀和脚，许多小鸟滑落下来，不能起飞了，所以希望过往公园等地的车辆注意不要轧死小鸟。如果微暖的风吹来，也许烟霭的颜色就会改变，变换颜色的烟霭是有害的，如果它变成粉红色或紫色，请大家不要外出，务必把房门关严。

“烟霭的颜色会变？变成粉红色或紫色？”我嘟哝着攥住窗帘，窥视了一下户外。烟霭仿佛以空虚的分量逼将过来。与夜间的黢黑不同的微暗似乎在浮动，这大概是因为起风了的缘故吧。尽管烟霭的厚度有无限的距离，但是它的彼方仿佛有某种惊人的东西在卷成旋涡。

我想起来了，刚才借了姑娘的右胳膊，回家途中，看见有个身穿红色衣服的女子驾车行驶在烟霭中，车前车后都浮现出淡紫色的光，打我身边疾驰而去。那确是紫色，好像一个呈浅紫色的大眼球，从烟霭中模模糊糊地向我逼将过来，我慌忙离开了窗边。

“睡觉吧。我们也睡觉吧。”

这会儿，四周的寂静，仿佛人世间没有一个人是醒着似的。在这样的夜里醒着是很可怕的。

我从脖颈上将姑娘的胳膊摘了下来，放在桌面上，然后换上了新睡衣。睡衣是夏季穿的单衣。姑娘的一只胳膊瞧着我更衣。我被人家看着，颇感腼腆。过去我从没有被女子看过在自己这间房间里换上睡衣的场面。

我抱着姑娘的胳膊上床了。我朝向姑娘的胳膊，轻轻地握住它的手指，让它贴近我的胸口。姑娘的胳膊一动也不动。

窗外稀疏地传来了像是小雨的声音。不是烟霭变成了雨，而是烟霭变成了水珠滴落下来的吧，是隐隐约约的声音。

姑娘的一只胳膊在毛毯里，还有它的手指在我掌心里，我知道它会暖和起来的。但是，还没有传达到我的体温，这确实给我一种文静的感觉。

“睡着了吗？”

“没有。”姑娘的胳膊回答。

“你不动，还以为睡着了。”

我打开睡衣，把姑娘的胳膊贴在胸口上。一股不同于我体温的温暖渗透到我胸间。在这像是闷热又像是寒冷的夜里，抚摩着姑娘胳膊的肌肤，实在很愉快。

房间里的电灯照样通明。上床的时候忘了关灯。

“对了。电灯……”我说着站起身来。姑娘的一只胳膊立即从我胸口上滑落下来。

“啊！”我拾起胳膊，“你给我把电灯关掉好吗？”

于是，我一边走向门扉处一边问道：“你喜欢在黑暗中睡，还是喜欢亮着灯睡？”

“……”

姑娘的一只胳膊没有回答。胳膊不会不知道，可是为什么不回答呢？我不晓得姑娘夜间的习惯。我脑海里浮现出亮着灯睡觉的那个姑娘，还有在黢黑中睡着的那个姑娘。今晚她没有了右胳膊，大概是亮着灯睡的吧。我忽然感到把灯关了很可惜。我还想更多地凝视姑娘的一只胳膊，想起身看看先于我入了梦乡的姑娘的胳膊。但是，姑娘的胳膊已经伸出手指去够大门旁边的开关，做出要关灯的动作。

我从黑暗中折回床边躺了下来，并且让姑娘的一只胳膊在胸脯旁边陪伴我睡眠。我保持沉默，一动不动，仿佛等待着胳膊入睡似的。不知姑娘的胳膊是感到不满足，还是害怕黑暗，把掌心贴在我的胸脯上。不久，又张开五指爬到我的胸口。它自然而然地弯曲着胳膊肘，形成搂抱着我的胸脯的姿势。

姑娘的这只胳膊，可爱的脉搏在跳动。姑娘的手腕放在我心脏部位上，它的脉搏同我的鼓动彼此交响。姑娘胳膊的脉搏跳动，起初稍微慢了点，但不久就同我心脏的鼓动完全一致了。我只感觉到自己的鼓动，而不知道究竟是谁快，或是谁慢了。

这种手腕的脉搏和心脏的鼓动的一致，也许是为了在这短暂的时间里将姑娘的右胳膊同我的右胳膊调换吧。不，也许它只是姑娘的胳膊睡着了的一种象征呢。虽然我曾听女人说过：对女人来说，与其陶醉于神志昏迷的狂喜，莫如在他身旁安心地睡上一觉更幸福。但是，我没有像这姑娘的一只胳膊那样安详地陪伴我睡觉的女人。

由于心脏部位有姑娘脉搏跳动的手腕，所以我才意识到自己心脏的鼓动。它一下又一下地鼓动，我感到在鼓动的间隔里，仿佛有某种东西迅速地往来于遥远的距离之间。这样随着不断倾听心脏的鼓动，这段距离就变得更加遥远了。而且无论走多远，即使走无限的远程也罢，它的前方还是空空如也。也不是到达某处就折回来，是紧接着的鼓动猛然把它招回来的。理应是可怕的，我却不怕了。但我还是探摸了枕边的电灯开关。

然而，在亮灯之前，我试着悄悄地将毛毯掀开。姑娘的一只胳膊不知道，它熟睡了。隐约发白的柔和的微光，撒满了我敞开衣襟的胸膛。这亮光仿佛是从我的胸膛蓦地浮现出来似的。很像是一轮小红日，在暖融融上升之前从我胸膛射出的光。

我亮灯了。我把姑娘的胳膊从胸脯上挪开后，双手放在这只胳膊的最上端和手指上，将它抻直。五支光的微弱亮光，使姑娘胳膊的弧形和光影形成的波纹显得格外柔和。我一边轻轻地转动姑娘的一只胳膊，一边继续观赏摇摇晃晃地移动的光和影，只见光和影顺着胳膊最上端的弧形线条往下移动，途中变细，过了下半截胳膊隆起的地方，又变得细小，移到了胳膊肘那美丽的弧形和胳膊肘内侧微微凹陷的地方，然后再移向手腕变细，复又圆圆隆起，最后光和影的波浪从手心和手背流动到手指。

“我把它要过来吧。”我不觉喃喃自语。

于是，在看得出神的时候，我把自己的右胳膊摘了下来，同姑娘的右胳膊调换，然后安在自己的肩膀上。我这样做，自己也是不晓得的。

只听见“啊”地轻轻叫唤了一声，不知是姑娘胳膊的声音还是我的声音。我的肩膀忽然痉挛起来，我这才知道右胳膊已经调换了。

姑娘的一只胳膊——现在成了我的胳膊，它颤抖着抓向上空。我让这只胳膊弯曲到我嘴边，一边说：

“很疼吧？很痛苦吗？”

“不，不疼。不痛苦。”这只胳膊马上断断续续地说。这时候，一股战栗闪电般地传遍我的全身。我叼着这只胳膊的手指。

“……”我是怎样来表达喜悦的呢？姑娘的手指触摸着我的舌头，我说不了话。

“可以啊。”姑娘的胳膊回答。颤抖戛然而止。

“我就是为这个来的嘛，不过……”

我忽然觉察到，我的嘴唇感受到姑娘的手指，但姑娘右胳膊的手指，也就是我右胳膊的手指，却未能感受到我的嘴唇和牙齿。我赶紧试着挥动了一下右胳膊，却没有挥动胳膊的感觉。肩膀的一头，胳膊的最上端，有堵塞，有拒绝。

“血液不流通。”我脱口而出，“血液流通了还是不流通呢？”

恐惧袭击了我。我坐在床上，我的一只胳膊卸落在一旁。它映入了我的眼帘。我的胳膊离开了我，它是一只丑陋的胳膊。更重要的，恐怕是这只胳膊的脉搏没有停止跳动。姑娘的一只胳膊在暖乎乎地跳动着，而我的右胳膊却冷冰冰地变僵硬了。我用安在我肩膀上的姑娘的右胳膊，握住自己的右胳膊。握是握住了，可是却没有握住了的感觉。

“有脉搏吗？”我问姑娘的右胳膊，“没有变得冰凉吗？”

“有一点……但只比我稍微凉一点。”姑娘的一只胳膊回答，“因为我变得温乎乎的。”

姑娘的一只胳膊使用了“我”这个第一人称的字眼。我听来仿佛有这样的弦外音：现在，它被安在我的肩膀上，成了我的右胳膊，这才把自己称为“我”的。

“脉搏还在跳动吧？”我又问了一句。

“瞧您，您不相信吗……”

“相信什么？”

“您自己的胳膊不是同我的胳膊调换了吗？”

“可是血液通畅吗？”

“‘妇人，你找谁呢？’您知道吗？”

“知道。‘妇人，为什么哭？你找谁呢？’”

“我半夜里梦醒了，这句话总在我耳边回荡。”

当然现在它所说的我，肯定是安在我肩膀上的可爱胳膊的母体。我觉得《圣经》中的这句话是在永恒的场所里说的，它仿佛是永恒的声音。

“没有被梦魇住吧，难以入睡……”我说的是一只胳膊的母体，“户外烟霭弥漫，仿佛是为了让群魔彷徨似的。但是就连恶魔的身体也受了潮气，想咳嗽。”

“让它听不见恶魔的咳嗽声……”姑娘的右胳膊握住我的右胳膊，堵住了我的右耳朵。

现在姑娘的右胳膊就是我的右胳膊。但使它活动的不是我，而是姑娘的胳膊的灵魂。不，还不至于分离到如此地步。

“脉搏，脉搏跳动的声音……”

我的耳朵听见了我自己的右胳膊的脉搏跳动声。姑娘的胳膊，依然握住我的右胳膊来捂住耳朵。因此，我的手腕被压在耳朵上。我的右胳膊也有体温。正如姑娘的胳膊所说的那样，比我的耳朵和姑娘的手指稍微冰凉些。

“我给您驱邪……”姑娘小指头上又小又长的指甲，带着几分淘气挠了挠我的耳朵。我把头避闪开，用左手——我真正的手——抓住我的右手腕。实际上是姑娘的右手腕。于是，我把脸向后一仰，便看见了姑娘的小指。

姑娘用四只手指握住从我肩膀上卸下来的右胳膊。只有小指头空闲着，它仰向手背，指甲尖轻轻地触到了我的右胳膊。只有年轻姑娘的柔软手指才能够弯成这种形状。对于长着一双硬邦邦的手的男人来说，这是无法相信的。从小指根处形成直角向手掌的方向弯曲，而且近旁的指关节也弯曲成直角，再下一根手指关节也曲成直角。这样，小拇指就自然地画出了一个四方形，四方形的一边就是无名指。

我的眼睛透过这个四方窗，有了窥视的位置。如果说它是窗，未免太小，充其量是个窥视孔或眼镜罢了，可不知为什么我却感觉到是扇窗。是一扇能窥视到户外的紫花地丁的窗。仿佛是有点微光的白皙小拇指的窗框，或是小拇指的眼镜边缘，我更愿让眼睛靠近它。我闭上了一只眼睛。

“是窥视装置？”姑娘的胳膊说，“您看见什么啦？”

“自己那间微暗的老房间啊。五支光电灯的……”我还没说完，又像叫喊似的说，“不，不对，看见了。”

“看见什么啦？”

“又看不见了。”

“您看见什么啦？”

“颜色啊。是淡紫色的光啊。模模糊糊的……在那淡紫色里，有许多红色和金色的米粒般大小的小圆圈，飞也似的旋转着呢。”

“那是因为您累了呀。”

姑娘的一只胳膊把我的右胳膊放在床上，用指腹温柔地抚摩了我的眼帘。

“红色金色的小圈圈，也有变成大齿轮在旋转吗……在那齿轮中，不知道是看到有什么东西在动，有什么东西出现了又消失……”

齿轮也罢，齿轮中的东西也罢，是看见了还是好像看见了，我都不知道，没有留在我的记忆里，那是一种暂时的幻觉。这种幻觉是什么东西呢？我想不起来了。

我说：“你想让我看到什么幻影呢？”

“不，我来是为了消除幻影的呀。”

“是消除往昔的幻想吧，憧憬和悲伤的……”

姑娘的手指和手心的动作，在我的眼帘上停住了。

“头发留得很长，一松散开来，就垂到肩膀和手腕上吗？”我脱口而出，提出了个想不到的问题。

“是的，能垂到。”姑娘的一只胳膊回答，“入浴洗发时，是用热水，也许这是我的习惯吧，最后总要用凉水把头发冲洗到全凉。这冰凉的头发垂到肩膀、手腕上，还抚触到乳房，舒服极了。”

当然，那是一只胳膊的母体的乳房。姑娘可能未曾让人抚触过它，冲洗后冰凉的湿发抚触乳房的感觉，恐怕不好意思说出口吧。离开了姑娘的身体前来的一只胳膊，大概也离开了母体的姑娘的谨慎，或者说也离开了腼腆吧。

我安上了姑娘的右胳膊，现在成了我的右胳膊，我用左手掌悄悄捂着这只胳膊最上端可爱的圆弧形。我感到在手掌心里的，仿佛是姑娘胸脯那还没长大的圆弧形。肩膀的圆弧形逐渐变得像胸脯的圆弧形，变得柔软了。

姑娘轻轻抚触了我的眼睛。她的手掌和手指被我的眼帘温柔地吸住，渗透到眼帘里。眼帘里温乎而湿润。这种温乎乎的湿润还不断扩散，渗透到眼球里。

“血液在流通。”我轻声地说，“血液在流通。”

这时候，没有发出类似发现自己的右胳膊同姑娘的右胳膊互相调换时的那种惊叫声。我的肩膀也罢，姑娘的胳膊也罢，都没有出现痉挛或战栗的现象。不知什么时候，我的血液通向姑娘的胳膊，姑娘胳膊的血液也流向我的体内。胳膊最上端的堵塞和拒绝，不知什么时候也没有了。清纯的女人的血液流入我体内，一如此时此刻。可是，像我这样的男子的污浊血液流向姑娘的胳膊，当这只胳膊返回姑娘肩膀上的时候，会不会发生什么事呢？万一不能一如既往地将它复原在姑娘的肩膀上，那该怎么办才好呢？

“不会发生这种背叛的。”我喃喃自语。

“没关系的。”姑娘的胳膊低声细语。

但是，我却没有夸张的感觉，诸如我的肩膀和姑娘的胳膊之间，血液在奔流，或者血液在交流等。我捂着右肩的左手掌和我右肩上姑娘的肩膀弧形，自然是知道这件事的。不知不觉间我和姑娘的胳膊也知道了。这样一来，它们就被引入令人心荡神驰的梦乡了。

我进入梦乡了。

笼罩着大地的烟霭呈淡紫色，我荡漾在缓慢流动的巨大波浪里。在这宽阔的波浪里，唯有我漂浮着的身体上，荡漾着淡绿色的波浪。我那阴湿孤独的房间消失了。我仿佛把自己的左手轻轻放在姑娘的右胳膊上。姑娘的手指像是捏着荷花玉兰的花蕊。虽然看不见却嗅到了芳香。花蕊理应扔在废纸篓里，不知她是在什么时候怎样捡起来的。一日之花的雪白花瓣尚未凋零，可是为什么花蕊竟先行凋落了呢？身穿红色服装的年轻女子驾驶的车子，以我为中心在远处绕着圆圈，顺利地滑行。仿佛在照看着我和姑娘的一只胳膊的睡眠，保护我们的安全。

这种情况下，恐怕很难熟睡。不过，我未曾有过这样温暖而甜美的睡眠。过去我总是难以成眠，躺在床上闷闷不乐。我从未像幼儿那样安稳地睡过一觉。

姑娘别致的细长的指甲，仿佛疼爱我似的搔着我的左手掌。在这隐约的触感中，我深深地熟睡了。我不在了。

“啊！”我自己把自己叫醒了，像从床上滚落下来似的下了床，蹒跚了三四步。

我忽然醒过来了。原来是令人感到毛骨悚然的东西在抚触我的侧腹。那是我的右胳膊。

我叉开踉跄的双脚，站稳脚跟，看见了掉落在床上的我的右胳膊，呼吸停止，血液逆流，浑身战栗。看见我的右胳膊，那是一瞬间的事。在下一个瞬间里，我从肩膀上薅掉姑娘的胳膊，换上了我的右胳膊，活像魔性发作杀人一样。

我在床前跪下，胸脯落在床上，用刚刚装上的自己的右胳膊，抚摩着狂跳的心脏上方的位置。随着悸动逐渐安静下来，一股悲伤的心绪从自己体内的深处喷涌上来。

“姑娘的胳膊……？”我仰起脸来。

姑娘的一只胳膊被扔到床脚处。推到一旁的蓬乱的毛毯中，只见它被扔在那里，手掌朝上。伸直的指尖一动也不动，在昏暗的灯光下微微发白。

“啊！”

我急忙拾起姑娘的一只胳膊搂在怀里，就像紧紧抱住生命逐渐冷却下去的、令人可怜的爱儿似的，紧紧地搂住姑娘的一只胳膊。我的双唇衔着姑娘的手指。如果从姑娘那伸直的指甲里侧和指尖之间滴落女人的眼泪……

图书在版编目（CIP）数据

花的圆舞曲／〔日〕川端康成著；叶渭渠，唐月梅译．
－海口：南海出版公司，2014.9
ISBN 978-7-5442-7298-8

Ⅰ．①花… Ⅱ．①川…②叶…③唐… Ⅲ．①短篇小说－小说集－日本－现代 Ⅳ．①I313.45

中国版本图书馆 CIP 数据核字（2014）第 194660 号

著作权合同登记号 图字：30-2011-140

花的圆舞曲
〔日〕川端康成 著
叶渭渠 唐月梅 译

出 版 南海出版公司 （0898）66568511
海口市海秀中路 51 号星华大厦五楼 邮编 570206
发 行 新经典发行有限公司
电话（010）68423599 邮箱 editor@readinglife.com
经 销 新华书店

责任编辑 翟明明
特邀编辑 陈文娟
装帧设计 韩 笑
内文制作 王春雪

印 刷 北京中科印刷有限公司
开 本 850 毫米 ×1168 毫米 1/32
印 张 8.25
字 数 187 千
版 次 2014 年 9 月第 1 版
印 次 2022 年 1 月第 12 次印刷
书 号 ISBN 978-7-5442-7298-8
定 价 49.00 元